講談社文庫

挑戦つきることなし

小説ヤマト運輸

高杉 良

講談社

目次

単行本は一九九五年九月、文庫本は一九九七年一二月、徳間書店より刊行されました

第一章　改革前夜

1

「社長がお呼びです。お手すきでしたら、すぐいらしていただきたいとのことですが……」

秘書の山本佳子が部下と打ち合わせ中の鈴木久彦に遠慮しいしい言った。

「わかった」

鈴木は椅子《いす》に着せてあった背広を抱え、ネクタイのゆるみを整えながら、五階から四階の社長執務室に向かった。

社長から呼び出しがかかれば、否も応もない。

昭和五十（一九七五）年四月下旬の某日昼下がりのことだ。

鈴木は大和《やまと》運輸株式会社の常務取締役で、関東支社長を委嘱《いしょく》されている。昭和四十九年三月に取締役に選任された鈴木は、五十年二月に常務に昇進した。十一ヵ月で常務に抜擢《ばってき》されたのは大和運輸でも異例である。

大和運輸は昭和五十年四月一日付で大幅な組織改正が断行された。従来の業種別組織を地域別に改め、本社集中から地方分権へ移行するために、支社制度をスタートさせたのである。この狙《ねら》いは①関東地方に限られていた〝面の開発〟を全国に拡大すること②小口貨物の全国的配送網の確立を期すること③本社中心から現場中心に考え方を変えていくこと——の三点に集約される。

倉田正雄社長の経営決断によるが、特に倉田は②に主眼を置いていた。

倉田が折りあるごとに〝小口便〟を重視すべきだ、と社内で強調し始めたのは昭和四十七年ごろのことだ。倉田は〝小口便〟で社内の啓蒙《けいもう》運動を始めたわけだが、社内世論の盛り上がりは乏しく、役員会で倉田は孤立気味であった。そんな中で、鈴木だけが危機感に裏打ちされた倉田の主張に理解を示していた。

もっとも、鈴木とて消極的賛成といった程度で、倉田の強力なリーダーシップを以てしても、役員会を〝小口便〟実施でまとめるのは困難ではないか、と内心危惧《きぐ》していた。

だいいち組合に反対されたらそれまでである。組織改正は、倉田が背水の陣を敷き、不退転の決意を示したはずなのに、社内の受けとめかたは冷やかで、〝小口便〟などにかまけている社長の気が知れない、というのが役員に限らず、社内の大方の見るところであった。

一般家庭が相手の小口荷物は手間がかかるだけで儲《もう》けが少ない。しかもゆくゆくは松上電器やビクトリアなど大手家電メーカー等の大口クライアントを切り捨てて、〝小口便〟を主力事業にするなど正気の沙汰《さた》とは思えない――。

誰もがそう思ったとしても、無理からぬことと言えた。

鈴木は、社長の呼び出しは、〝小口便〟のことに違いないと思いながら、社長執務室のドアをノックした。ドアが内に引かれた。鈴木を待ちわびていたとみえ、倉田の長身がぬっと立っていた。

案の定、倉田は直截《ちょくせつ》に切り出した。

「役員会でコンセンサスを得るのはできない相談だろう。見切り発車するしかないと思うんだ」

「組合に反対されたら、どうするんですか。見切り発車は、組合の合意なしには不可能です」

「そこだよ。だからこそ、きみにひと肌脱いでもらいたいんだ」

鈴木は倉田の言わんとしていることが呑《の》み込めず、小首をかしげた。

倉田はメタルフレームの眼鏡の奥で二重瞼《ふたえまぶた》の優しい眼に、微笑を浮かべた。ひたいが広く、鼻も隆《たか》い。大正十三（一九二四）年十二月十三日生まれの倉田は五十歳。

鈴木は倉田より四歳若い。鈴木もメタルフレームの眼鏡をかけている。倉田に劣らず整った顔だが、どこかやんちゃな感じを与える。

「きみなら組合を説得できるだろう。委員長とは気心も知れてる仲だし……」

そういうことか、と鈴木は合点がいった。

「たしかに、相原さんとは旧《ふる》いつきあいですけど、一筋縄でいくとは思えません」

「あの人は、話のわかる人だよ。もちろんわたしも、かれと差しで話すが、まず、きみからわたしの意のあるところを伝えてもらいたいんだ」

倉田は遠いところを見るような眼を窓外に投げた。

「営業部長のころだから、もう十四年も昔のことだけど、昭和三十六年二月に日本トラック協会訪米視察団の一員として渡米したとき、小口貨物専門会社のユナイテッド・パーセル・サービス社（UPS社）を見学して、大きな示唆というか刺激を受けたことを、きのうのことのように鮮明に憶《おぼ》えている。おぼろげながら将来、日本にも〝小口便〟の時代が到来するんじゃないかと考えたのは、そのときだった」

「よく存じてます。当時の社内報に、社長が書いた〝アメリカの業界をみる〟を熟読玩味《がんみ》させてもらいました。三年ほど前に、社長室企画課が〝多品種小量輸送に対する物流システム化構想〟をまとめたとき、わたしは、いよいよ〝小口便〟に対するアプローチが始まったな、と思いました」

「昨年、運賃制度が改定されたときチャンス到来と思った。オイルショックで大口貨物が著しく減少しているいまをおいて、〝小口便〟に打って出るチャンスはないと思う。このままではジリ貧で、大和運輸の明日はない。役員たちがなぜもっと危機感を持ってくれないのか、僕は不満でならないんだ」

運輸省が、路線トラックの運賃制度を見直し、コストに見合う運賃体系に改定したのは昭和四十九年五月のことだ。たとえば重量二十キログラムで輸送距離が百キロメートルの荷物の運賃は百八十円だったが、五百円に改められた。二十キログラムで六百キロメートルは三百二十円から六百円に、一トンで百キロメートルは三千六百円から五千五百円に、六百キロメートルは一万三百円に改定された。

大和運輸は、この年十月に、百貨店配送網を利用した小口配送システム化の試験的な実施に踏み切った。都内および東京近郊を対象に二十キログラム以内の小口貨物を翌日中に配達するサービスシステムである。

これは〝小口便〟と名づけられたが、テストの結果はまずまずであった。倉田は、テストランから、コマーシャルベースに乗せるタイミングをいつにするか懸命に模索していたのである。

それにしても、反対派の壁は厚かった。役員会に喧嘩腰《けんかごし》で臨む倉田を役員たちは正面切って反対しないまでも、暖簾《のれん》に腕押しで、誰も賛成とは言ってくれないのだ。

倉田の懐刀的存在の鈴木に対して、「社長の暴走を止められるのはきみしかいない。なんとしても思いとどまらせるんだ」と言ってくる専務や常務ばっかりで、鈴木は社長との板挟みになって閉口していた。

「〝小口便〟のマーケットは、限りなく大きくて広い。しかも競争相手は親方日の丸が二社あるだけで、サービスの悪さはよく知られているところだ。たとえば田舎から桃を送っても、東京に着くのに一週間もかかって、腐ってしまう。この分野に参入して受け容れられないはずはないんだ。短時日の間にマーケットを席捲《せっけん》できるかもしれない」

倉田は役員会や部課長会で、そう主張してやまなかった。これに対して、「大赤字を出して会社が潰《つぶ》れてしまったら元も子もない。採算がとれるという確たる見通しがない以上、リスクは冒すべきではない」と社内の九〇パーセント以上が反対していた。

「〝小口便〟の事業化にあたって最大の課題は採算性のいかんにあることは、重々承知している。一定の地域からいかに多くの荷物を集められるか、カギは密度を高めるシステムを構築できるかどうかだが、昨年秋以来のテストで、その見通しはついたとわたしは判断している。テストの結果は、相原委員長もよく承知してるはずだから、わかってもらえると思う。さっき、このままではジリ貧だと言ったが、座して死を待つ愚だけはなんとしても回避したいと、委員長に伝えてくれないか」

熱っぽい口調で諄々《じゅんじゅん》と説く倉田の熱意にほだされて、鈴木はともかく大和運輸労働組合中央執行委員会委員長の相原進と話してみようと思った。

2

大和運輸株式会社は、関東一円では名門の運輸会社で通っている。

東京証券取引所一部上場企業で、資本金は八億四千万円、昭和五十年三月期決算によると年間売上高約二百二十億円、経常利益約一億三千五百万円、従業員約五千七百人。

しかし、全国的な知名度となると、ぐっと落ちる。いわば二流企業の域を出なかった。このことは、トップ会社の丸通運送と比較すると、より明確になる。

同時期の丸通の資本金は四百八十九億一千九百万円、売上高二千四百億円、経常利益約二十七億円、従業員約六万八千人。

丸通は大和の十倍の規模を誇っていたことになる。

大和が自慢できることといえば、銀座に自社ビルを保有していたことぐらいかもしれない。

昭和通りに面した銀座二丁目の大和運輸本社ビル三階に、組合本部があった。

鈴木は、なにかしら気が急《せ》いていたので、社長執務室から、その足で組合本部に回った。

鈴木の綱島《つなしま》支店長時代、相原は組合の綱島支店分会長だった。二人のつきあいは十年以上に及ぶ。

昭和三十年代から四十年代にかけて、大和運輸の組合は、一年に二度や三度はベースアップや一時金問題でストライキを打つほど戦闘的だった。

そういう時代と言ってしまえばそれまでだが、組合は階級闘争にあけくれ、労使の相互不信感が強かったのだ。

相原は、少年戦車隊の生き残りである。昭和二十四年に義兄の仲立ちで、大和運輸に運転手として採用された。相原は大正十四年一月生まれで丑年《うし》だが、子年《ねずみ》の倉田は十二月生まれだからひと月違いの同い年だ。

鈴木は分会長時代の相原と綱島温泉の料亭〝水明〟に繰り出して、芸者遊びをした仲である。

十二月三十日の〝綱友会《こうゆうかい》〟の忘年会は、必ず〝水明〟で綱島芸者総あげのドンチャン騒ぎになった。

〝綱友会〟の綱は、綱島の綱《つな》を取って〝交友会〟をもじった親睦会《しんぼくかい》で、綱島支店に勤務する従業員は全員会員だった。年一度のドンチャン騒ぎのために、共済会の積み立てのほかに、支店の売店で上がった利益も経費に充《あ》てられた。

まだ専務だった倉田は綱友会に必ず顔を出したし、組合本部の三役も招待された。

東大経済学部出身の倉田は、運転手たちの目には富岳《ふがく》を仰ぎ見るような近寄り難い存在と映るが、一度でもドンチャン騒ぎの輪の中に入ると親しみが湧《わ》いてくる。「案外、話せる」

「二代目にしては肚《はら》が据わってる」。かれらの評価は一変した。

倉田を綱友会に引っ張りだしたのは鈴木だが、鈴木にも、倉田を従業員の中に融け込ませたいという思いがあった。

全従業員の八割は組合員で、その半分は運転手だが、荒くれ者の運転手たちがぶったところのない倉田と酒を酌《く》み交わして、親近感を覚えぬはずはなかった。胸襟《きょうきん》を開き、裸のつきあいをして、初めて気持ちがかよい、心が触れるのだ。

しかし綱友会は、昭和三十八（一九六三）年から三年間しか続かなかった。

昭和四十年十二月三十日の綱友会で、悪酔いして、芸者の襟足に煙草を落とした狼藉《ろうぜき》者のお陰で、〝水明〟から出入り禁止を申し渡されてしまったのである。

座が乱れに乱れて、どさくさにまぎれた悪さだったせいで犯人は特定できなかったが、芸者に火傷《やけど》を負わせるなど論外である。

「悪ふざけにもほどがある」と芸者組合が怒り心頭に発するのも、もっともだった。

大晦日《おおみそか》に、鈴木と相原が雁首《がんくび》そろえて〝水明〟と芸者組合に謝りに出向いたが、けんもほろろで、「大和運輸さんの席には、綱島芸者は二度と出さない」と引導を渡されて、綱友会はあえなく解散する羽目となった。

そんな苦い思い出もあるにはあるが、鈴木と相原の交友関係は、綱島時代に培われた。鈴木が常務になり、相原が委員長になったいまも、二人の交友は渝《かわ》らず続いている。

相原は外出していた。

鈴木は本部詰めの女性事務員に、電話をかけてほしいと言伝《ことづて》して、自席に戻った。

相原が鈴木に電話をかけてきたのは、その日の夕刻である。

「やぁ、相《あい》ちゃん……」

鈴木は明るい声で応答した。どんなときでも笑顔を絶やさず、明るく振る舞うのが鈴木の流儀である。

「久しぶりに一杯やりたいなぁ」

「どういう風の吹き回しなんですか。なにか魂胆でもあるの」

「そんなものないよ。相ちゃんの顔が見たくなったんで、さっきぶらっと本部に寄ったんだけど」

「スーさんに会うのは愉《たの》しいからいいけど、とんでもないことを言いだされるんじゃないか、ちょっと心配だな」

相原は冗談ともつかずに言って、からからと笑った。

「とんでもないことかどうかわからんが、話したいことがないでもないんだ。でも、悪い話じゃないと思うけどねぇ」

「そんなことだろうと思った。今夜はふさがってるが、あしたの夜でよかったらいいですよ」

「じゃあ、あけといてよ。六時に烏森《からすもり》の〝菊田〟で待ってます」

「わかりました」

〝菊田〟は割烹《かっぽう》料理店である。

翌日の夜、〝菊田〟の二階の小部屋で二人は人払いをして、ビールを飲みながら話した。

「相ちゃんが委員長になってから、労使関係はかなり改善されたと思うんだ。ストもずいぶん減ったしねぇ」

「事務員と労務員の賃金体系の一本化に、会社が協力してくれたことが、会社に対する組合の意識を変えたかもしれないねぇ。三年がかりの長い交渉で、お互いずいぶん苦労したけど、お陰で事務系に格差をつけられていた現場の従業員の士気が高揚したことは事実だし、組合員同士の反目もなくなった。社長が正雄さんになって、風通しがよくなったことはたしかですよ」

「おっしゃるとおりだ。皆んな労使は利害が対立すると思い込んでたふしがあるが、利害得失を一致させなければいけないんだ。会社が良くなれば従業員の生活も向上するわけだし、年がら年中ストをやってれば、社会的な信用度も薄れて、いつまでたっても一流企業にはなれない。会社も組合もそのことに気づいたってことなんだろうねぇ」

「ストを打たなければ収まらないみたいな風潮もあったのかなぁ。それが落としどころになった面は否定できないけど、そのためにお客様に迷惑をかけることは間違いないわけだから、僕はダラ幹といわれようと、なんといわれようと、よほどのことでもない限りストはやるべきじゃないとつねづね思ってた」

鈴木はビールで赤く染まった色白の顔をぐっと相原のほうへ近づけた。相原も眼鏡をかけている。慶応ボーイの鈴木以上に、すっきりした面立ちだ。

「こんな話をするために僕を呼び出したわけじゃないんでしょう」

「うん。実は社長の使者として、相ちゃんに話したいことがあるんだ」

鈴木はにこやかに返して、淡々とあるいはこともなげに〝小口便〟の話をつづけた。

相原の表情がこわばり、しまいには顔がひきつるほど緊張の色をあらわにした。

「社長が〝小口便〟の問題でしゃかりきになってることは、われわれにもよくわかりますよ。百貨店の配送網を利用して〝小口便〟の実験が行なわれてるが、組合が協力的なのは、あくまでも実験だからです。はっきり申し上げるが、組合が〝小口便〟に賛成することはあり得ない。考えてもみてよ。組合の中で最も発言力の強い路線乗務員が大口貨物から〝小口便〟に乗り換えろと言われてイエースというわけがないでしょう。どうしてもと言われたら、それこそ伝家の宝刀を抜かざるを得なくなるかもしれませんぜ」

相原は腕を組んで、口をひき結んだ。

「社長は相ちゃんならわかってくれるはずだって楽観的だけどなぁ。組合に反対されたら、もしなかったなあ」

〝小口便〟に踏み切ることはできない。冗談とは思うけどストまでちらつかされるとは考え

「冗談でこんなことが言えますか。組合に賛成しろという前に、経営陣は〝小口便〟で一枚《いちまい》岩《いわ》になれるんですか」

相原から鋭く凝視されて、鈴木は視線をさまよわせた。

痛いところを突いてくる。相原は役員会に反対論の強いことを先刻承知なのだ。

「相ちゃんだから、手のうちをさらけ出すけど、役員会で採決したら、賛成するのは社長と僕だけですよ。しかし採決で決めることがらではないと思うんです。トップの経営決断の問題でしょう。しかし、組合に反対されてストを打たれたら、社長も撤回せざるを得ないんじゃないですか。組合は頼みの綱なんですよ」

「名前は特定しませんが、役員の中に、組合に対して、絶対反対してくれなければ会社は潰れてしまう、と圧力をかけてくる人が何人もいますよ」

鈴木は何人かの役員の顔を眼に浮かべた。

相原はおよそけれんみのない男だ。事実に相違なかった。

「スーさんは本気で〝小口便〟に賛成してるの」

意表を衝かれて、鈴木は咄嗟《とっさ》の返事に窮した。

「はじめは懐疑的だった。しかし、社長の話をいく度となく聞いてるうちに、ウチが生き残

るためには〝小口便〟しかないような気がしてきたことはたしかですよ。三月期決算で経常《けいじょう》で一億三千万円ほどの利益を計上するが、相当背伸びをした数字で、実質は赤字だ。オイルショック後の輸送需要の減少ぶりは眼を覆いたくなるほど深刻です。このままでは経営難に直面するでしょう。だったら〝小口便〟に懸《か》けてみようと発想を変えてみる価値はあるんじゃないか、と考えたわけです」

相原が手酌でグラスにビールを満たして、不味《まず》そうに飲んだ。

「社長がスーさんに関東支社長を委嘱したのは〝小口便〟に取り組むための布石でしょう。師団長のスーさんはもともと意見を封じられてるようなものですよ。つまり〝小口便〟シフトが敷かれたも同然で、関東支社が〝小口便〟の中核部隊になることは明らかです。しかし、〝小口便〟に打って出ることは自殺行為と取れないこともない。運ぶ荷物があるのかどうか。郵便局と国鉄（現ＪＲ）を相手に勝負になるのかどうか。しかもだ、郵便局も国鉄も赤字部門だっていうことがわかってるんですよ」

「その点は、社長の意見は単純明快です。親方日の丸の二社はサービスが悪いから赤字なんだ。良質なサービスによって荷物の絶対量も増え、スケールメリットが出てくればコストも下がる。〝小口便〟はきわめて魅力的分野という論法です」

「超楽観的というだけのことでしょう。絶対大丈夫か、と問われて大丈夫と答えられるはずがないんです」

「一度社長の話も聞いてくれないかなあ。社長の気魄《きはく》は凄《すご》いですよ。鬼気迫るとは、いまの社長の姿を言うんじゃないかなあ。ウチで危機感を最も強く持ってる人は社長ですよ。僕なんかまだ若いし、経営陣の端くれだからどうせ会社が潰れるんなら、前進しよう、〝小口便〟に賭けてみようという程度のイージーな考え方だけど、社長は五千七百人の従業員を路頭に迷わせるようなことがあってはならない、家族を含めたら二万人近い人の生活がかかってるわけでしょう。社長に言わせれば〝小口便〟は賭けなんかじゃない。リスクがないとは言わないが、成算はある、と判断してますよ」

鈴木と相原は、深夜まで飲み歩いたが、いくら飲んでも酔いは回ってこなかった。

3

鈴木は、翌朝一番で倉田に面会を求めた。二日酔いで頭は重いし、胸のむかつきも取れなかったが、相原と話したことを倉田に報告しなければならない。

「委員長の意見は予想どおり厳しいものでした。組合員で〝小口便〟に賛成する者は少ないだろう、わけても路線乗務員の反対論は強硬で、会社が強行すればそれこそ伝家の宝刀を抜きかねない、と威かされました」

「伝家の宝刀は穏やかじゃないねぇ。相ちゃん自身はどうなの」

倉田も相原に親近感をもっているとみえ、ときどき相ちゃんの愛称で呼ぶ。

「やはりどっちかって言えば反対でしょう。役員の中に反対しろと組合の幹部に焚《た》きつける人もいるみたいですよ」

鈴木は告げ口してるようで気が差したが、この程度のことは倉田もわかっているとも思える。

倉田は果たして端正な顔に苦笑を滲《にじ》ませた。

「それが誰と誰だかわかるが、かれらも会社を思えばこそなんだろう。しかし、考えが浅いなあ」

「ただ、委員長のことですから、中央執行委員会で正式に問題提起してくれるような気がします。反対に固執しているふうには見えませんでした」

話しながら、判断が甘いかもしれないと鈴木は思った。

「いちど委員長に会ってください。社長と私では迫力が違います」

倉田は左手で頬《ほお》をさすりながら、小さくうなずいた。

鈴木はその後も相原と何度も話した。四月だけで五、六度会ったが、相原の姿勢は頑《かたく》なだった。

「〝小口便〟に出なかったら大和運輸の発展はない。騙《だま》されたと思って、わたしの言うことを聞いてください」

「運転手の歩合が減るだけで、得はない。騙されるわけにはいかんのです」

「社長は〝小口便〟を強行するつもりですよ」

「躰《からだ》を張って阻止します」

そんな押し問答がずっと続けられた。

4

五月の連休中に、相原が札幌に出張すると聞いたとき、倉田は札幌で相原に会おうと思い立った。四月は残り日数も少なくて両者のスケジュール調整がつかなかったのである。

大和運輸が東京―札幌間でフレートライナーと称する貨物直行定期便をスタートさせたのは、昭和四十七（一九七二）年十月だが、将来は札幌に北海道支社を開設したい、と倉田は考えていた。札幌支店が北海道支社に昇格するのは七年後の昭和五十五年二月だが、そのとき倉田は「僕は北海道支社長心得のつもりだよ。北海道には思い入れが強いんだ」と側近の人たちに話している。

倉田は秘書を通じて相原にその旨を伝え、了承を取りつけたが、直前になってよんどころない急用が生じ、札幌行きはキャンセルせざるを得なくなった。もちろん、そのことは相原にも連絡された。

札幌市内のホテルで組合関係の会議に出席していた相原に、秘書室長の高橋から電話が入ったのは、夕刻五時過ぎのことだ。

「社長は六時ごろ千歳空港に着く予定です。委員長と夕食を一緒になさりたいとおっしゃってました。一応ススキノの××に部屋をお取りしておきました。委員長の都合はいかがでしょうか」

「札幌に来ないことになったんじゃなかったの」

「それが急にうまい具合に時間が取れたんです。あしたの早朝、帰京しますが、宿泊するホテルは××ホテルです」

「もっと早く連絡してくれれば、なんとでもなったのになぁ。会食の予定が入ってるし、会議が長びきそうなので、社長と会食するのは無理ですよ」

「なんとかなりませんでしょうか」

高橋は立場上も、相原に都合をつけてもらいたかったので、ねばったが、相原の返事はつれなかった。

結局、九時に倉田が宿泊するホテルの個室に相原が訪ねることになった。

倉田は約束の時間より早めにホテルに戻って相原を待ったが、相原が現れたのは九時を二十分ほど過ぎていた。

「お待たせして申し訳ありません」

「こちらこそ。お呼び立てして申し訳ない。相ちゃんに一日も早く会いたい一心で、札幌まで追っかけてきたっていう次第だ」

「恐縮です。社長にご馳走《ちそう》してもらえることを愉しみにしてたんですが」

「もっと早く時間のやりくりがつくとわかってればよかったんだが、はっきりしたのはきょうの昼過ぎなんだ」

話が本題に入ったのは、水割りウイスキーを一杯あけてからだ。

「鈴木から、相ちゃんの厳しい意見は聞いた。それで落ち込んでるんだが、ここは踏ん張りどころだと肚《はら》をきめてるんだけどねぇ」

「執行委員会でそれとなく話してるんですけど、ネガティブな意見のほうが圧倒的に多くてねぇ」

「〝小口便〟については十数年来あたためてたテーマなんだ。組合の委員長が相ちゃんじゃなければ、端《はな》から諦《あきら》めてたと思うんだ。きみなら必ずわかってくれると信じて満を持して放ったつもりなんだけど」

「そんなに買いかぶられても困りますよ。ただ、社長が危機感に駆られて〝小口便〟に活路を見出そうとしてることはわかるような気がします。あくまでも個人的な感想に過ぎませんが」

「組合の皆さんは、賃金が下がることをいちばん心配してると思うが、そんなことはあってはならない。その点は保証する。相ちゃんもご存じと思うが、昨年の十月から都内を中心にテスト的にやってる〝小口便〟の配送業務の成績を見る限り、成算は充分ある。翌日中に荷物を確実に配送する。これが良質なサービスなんだよ。需要は確実に増えてる。われわれが需要者の都合を第一義的に考える立場に立つ限り、〝小口便〟の将来は明るい。必ず成功する。ただし組合にそっぽを向かれたら、話は別だけど。頭の硬い役員には僕がいくら口を酸《す》っぱくして言っても、わかってもらえないが、組合の幹部にはわかってもらえると思ってるんだが……」

相原はなぜだかはよくわからなかったが、胸に熱いなにかがこみあげてきた。

五月の連休に〝小口便〟の話をするために札幌まで飛んでくる倉田の熱き思いが、相原の胸にひびかぬはずがなかった。

「執行委員会に諮《はか》って、決を取れば確実に否決されると思います。しかし、この問題は大衆討議にかける筋合いの問題ではないと思うんです。鈴木常務も話してましたが、トップの経営決断の問題ですよねぇ。むろん、組合は、社長の言いなりになるつもりはありません。社長の方針を丸呑《の》みすることはできませんから、一定の条件はつけますが、なんとか〝小口便〟を受け容れる方向で、意見がまとまるものならまとめたい、そんな感じがしてます」

倉田が手ずから二杯目の水割りをこしらえて、グラスを相原に手渡した。

「どうも」

相原は両手でグラスを受けた。

「アルコールがだいぶ入ってるので、食言してもなんですが、きょうは非公式に社長とお目にかかったわけですから、いまの話はわたしがひとりで勝手につぶやいたぐらいに取っていただかないと、わたしの立場がなくなります」

倉田がしんみりした口調で言った。

「相ちゃん、きみの立場は重々承知してるよ。でも、ありがとう。きみに、そんなふうにつぶやいてもらっただけで、僕は勇気百倍だ。役員会で〝小口便〟の話をすると厭《いや》な顔するやつばっかりで、四面楚歌《しめんそか》だったが、相ちゃんに会って胸のつかえが取れた感じだ」

「鈴木常務という強力な応援団がいるじゃないですか」

「そうだった。鈴木を忘れたらバチが当たるよねぇ」

倉田が相好《そうごう》を崩した。さそわれるように相原もきれいな笑顔をみせた。

「僕は、〝小口便〟の潜在需要は年間ベースで五億個から七億個はあるんじゃないかとみてます」

「五億ですか」

相原は甲高《かんだか》い声を発して、眼をしばたたかせた。

社長は、夢を語っているのだ。いくらなんでもオーバーである。誇大妄想と言いたいくらいだ。

「もちろん、五年ぐらいのタームで考えてのことで、〝小口便〟を始めたら、すぐ五億個の需要がついてくるということはないと思うけど」

倉田は、相原の呆《あき》れ顔を見据えながらつづけた。

「僕が大風呂敷《おおぶろしき》を広げてると思ってるようだけど、決してそんなことはない。ワーキンググループなりプロジェクトチームを設けて、勉強してもらいたいと考えてるが、五年はともかく十年後には夢ではないことがわかってもらえるんじゃないかなあ」

「経営者がロマンを持つことはけっこうですけど、なんだかぴんときませんよ」

「鈴木とも話したんだが、ワーキンググループに組合も参加するというのはどうだろうか。組合の幹部にもぜひ勉強してもらいたいんだ」

「社長の熱意には頭が下がります。大変ありがたい提案だと思いますので、さっそく執行委員会に諮らせてもらいます」

相原は、倉田にたぐり込まれている自分を意識した。ワーキンググループに組合の幹部を参加させる、という提案が組合に大きなインセンティブを与えずにはおかないだろう——。

5

相原は、帰京後まず労働組合副委員長の江藤修と伊勢幸治に〝小口便〟の問題で倉田と話したことをるる説明した。

江藤は三十九歳、伊勢は三十八歳。二人とも腹蔵なくずけずけ話すほうだ。特に伊勢は相原より一回り下の丑年だが、慎重居士の相原とは対照的に、柔和な顔に似合わず、まっしぐらに突き進んでいくほうで、判断が早い。

相原を委員長に担ぎ出したのも伊勢である。

その昔、アルコールに弱い体質の相原を「酒が飲めなくて人の気持ちがわかってたまりますか」と、赤ちょうちんや安バーに連れ回して、飲めるように体質改善させたのも、伊勢の功績かもしれない。伊勢は労働組合で路線部会長、江藤は百貨店部会長を兼務していた。

相原の話を聞いた伊勢は「願ってもないことじゃないですか」と言って、相原を驚かせた。

「オイルショック以降、仕事がなくて地方勤務の連中がキャッチボールしたり、相撲を取ったりして、ひまを潰してたことを考えてください。それじゃいかんということで、会社は貨物量の多い東京と大阪に転勤を要求してきたわけでしょう」

昭和四十九（一九七四）年十月に、路線部門、海運部門の業績悪化を憂慮した倉田社長は、両部門を陸運本部に統括し、自ら本部長に就いて陣頭指揮に立った。

貨物量の少ない東北や九州の従業員を一時的に東京、大阪に転勤させる方針を打ち出したのも同時期で、いわば緊急避難的措置と言える。

会社の方針に組合は反対した。しかし、会社の窮状を考えれば反対しきれるものではない。条件付きながら会社の提案を呑まざるを得なかった。

当初、会社側は「単身赴任で転勤の期間は六ヵ月」と提案したが、組合側は「転勤ではなく応援にして欲しい。期間も三ヵ月に短縮してもらいたい」と主張して譲らず、会社が組合案で歩み寄った。

伊勢は、宇都宮支店へオルグに行ったとき若い組合員から「転勤を応援と言い換えるなんてまやかしだ。組合は断固反対すべきだった。東京へ単身赴任するなんてとんでもない。執行部がそんな弱腰でどうするんだ」と突き上げられたことが忘れられなかった。

「しかし、現実問題として、宇都宮支店にどれほどの仕事量があるかに思いを致してもらいたい。地方に仕事がなければ中央に出稼ぎに行かざるを得ないんじゃないのか。しかも、われわれは六ヵ月の会社提案を三ヵ月に短縮させた。絶対反対なんて言ってたら、飯が食えなくなるんだ。生活できなくなる。家族を路頭に迷わせていいのか。会社は賃金カットもしてないし、給料の遅配もしてない。社員の削減も見合わせている。歯を食いしばって経営危機に耐えてるんだ。組合もここは耐え難きを耐えて、協力すべきなんじゃなかろうか」

伊勢は懸命に組合員に訴えた。

高岡という年配の組合員が伊勢に助け舟を出してくれた。

「副委員長の意見はもっともだと思います。組合は会社に協力すべきですよ。反対反対言ってたら、会社は潰れてしまう。元も子もないでしょう」

「そういうことを言うんなら、高岡さん、あんた応援に行きなさいよ」

若い組合員に突っかかるように言われた高岡は、「わかりました。行きましょう」と答えて、伊勢を感激させた。

高岡のひとことが宇都宮支部の流れを変えたのである。ローテーションを組んで、三カ月の単身赴任が実施に移されたが、東京の生活は過酷だった。

大井競馬場に近い京浜ターミナルの一棟を会社が借り受けて、独身寮に当てられたが、個室ではなく、二人か三人で一室、クーラーもなければ暖房もなかった。わずか三カ月とはいえ、慣れない単身生活は、地方の人たちにとって骨身にこたえた。

フラストレーションが溜《た》まって、競馬場の馬を目がけて空気銃を発射する者、外灯にビール瓶を投げつける者など不届き者が後を絶たなかった。

京浜ターミナルには約四十社が加盟していたので、不届き者が大和運輸の社員とは限らないが、いちばん疑われたのは運転手のかれらだった。

伊勢が相原の眼をくい入るようにとらえた。

「〝小口便〟に乗り出すことは、単身赴任が解消されるチャンスなんじゃないですか。渡りに舟と考えるべきですよ」

「わたしも伊勢君の意見に賛成です。座して死を待つくらいなら〝小口便〟に打って出るべきです」

江藤も伊勢に加勢した。

相原も引っ張った声で言った。

「両副委員長が〝小口便〟に賛成なんて夢にも思わなかったなあ。社長に、個人的には理解できるなんて言ったものの、組合で合意を得られるかどうか、非常に不安でねえ。二人とも賛成してくれるんなら、前途に光明が見えてきたようなものだ」

伊勢がじれったそうに言った。

「委員長は心配性というか苦労性というか、ぜんぜんわかってませんよ。ちなみに、松山君の意見を聞いてみたらいいんです。かれが〝小口便〟に反対するはずはありません。思いたったが吉日です。いま松山君に電話をかけてみましょう」

気の早い伊勢は、もう電話機に向かっていた。

松山孝一は、中央執行委員で、大阪支部長だ。年齢は三十六歳で、伊勢より二つ若い。電話は通じたとみえ、伊勢の話が相原と江藤に聞こえた。

二人の電話のやりとりはこうだ。

「社長がしゃかりきになってる〝小口便〟について、きみどう思う」

「組合として、どう受け止めるかいうことですか」

「うん。いま委員長と江藤さんと話してるとこなんだけど、委員長が社長と鈴木常務から、口説かれて、われわれはどうしたものか相談を持ちかけてきたんだ」

「やらなしょうがないでしょうが。仕事がなくて、このままだとウチの会社は危ないのと違いますか」

「そうくると思った」

伊勢はにこっと笑って、相原と江藤のほうをふり返った。

三人は組合本部の会議室で話していた。

「伊勢さんはどうなんですか。もちろん賛成でしょう」

「うん。東京と大阪の二大拠点が賛成なら、反対論なんて簡単に封じ込めるよなあ」

「そう思います」

伊勢は、路線部会長の前は東京支部長だったので、東京の拠点はテリトリーでもある。

「ありがとう。近日中に東京へ出てきてもらうことになると思う。じゃあ」

電話を切ってテーブルに戻ってきた伊勢は、相原と江藤にこもごも眼を遣《や》った。

「お聞きのとおりです。松山君は、飛びつくように賛成と言いましたよ」

「しかし、ほかの執行委員がなんと言うかねえ。さしあたり山田書記長の意見も聞いてみないと」

「委員長、伊勢君と松山君とわたしが賛成してるんですよ。ここは強気で押す一手でしょう」

　江藤に背中を叩《たた》かれて、相原はバツが悪そうに顔をゆがめた。

　もっとも、執行委員会の中に、相原以上に慎重だった委員も相当数存在した。書記長の山田三郎もその一人だ。


　日を置かず相原は中央執行委員会を招集した。委員は二十五名。

「社長は五億個から七億個の潜在需要があると話してたが、〝小口便〟に懸ける姿勢は買えると思います」

「経営者が夢を語るのもけっこうだし、ロマンを持つのもいいですけど、夢やロマンではめしは食えません。〝小口便〟をやるとしたら、すべては現場の問題なんです。苦労するのはわれわれ現場なんですよ」

「社長の提案に迂闊《うかつ》に乗るべきではないと思います」

　委員の意見を集約するとこんなところだが、相原がワーキンググループの話を出したのを待ってたように、発言を控えていた伊勢が真っ先に賛成した。

「ワーキンググループに参加させてもらうのはよろしいんじゃないですか。建設的な提案だと思います」

「ワーキンググループは、初めに〝小口便〟ありきで、結論は社長のロマンを理論づけするために設けるようなものでしょう。お役所の審議会と一緒ですよ」

　若い執行委員で冷《さ》めた意見を吐く者もいたが、伊勢はひるまなかった。

「仮に動機はそのとおりだとしても、組合のチェック機能はゼロではないでしょう。オイルショック以降、会社の経営内容は相当に悪化してます。仕事量の激減ぶりは、皆さんよくわかってることじゃないですか。〝小口便〟の発想はそうした危機感から出てきたものだと思います」

「いずれにしてもワーキンググループに参加することの意味はあるんやないですか。僕は〝小口便〟の事業化の是非は措《お》くとしても、ワーキンググループには参加すべきや思います。それと、ワーキンググループに執行委員の誰かが加わるとすれば、隗《かい》より始めよやないですけど、伊勢さんが適任やないですか」

　大阪支部長の松山の発言に反対論は出なかった。松山は名古屋以西を守備する組合の責任者だ。仕事でも率先垂範で部下をぐいぐい引っ張っていくタイプだから、若い社員にファンが多かった。

「隗より始めよもあるが、伊勢君は路線部会長なんだから、かれ以上の適任者はいません。ワーキンググループに組合として参加する、そのさい伊勢君にお願いする、そういうことで異議がなければ、正式に会社側に回答します。よろしいですか」

　異議はなかった。松山の拍手に、伊勢は照れくさそうに首筋のあたりを撫《な》でながら、顔をしかめた。

相原は、時間をかけて〝小口便〟を許容する空気を醸成していくべきだとして、江藤と伊勢に対し、賛成で過激な発言を慎むようクギを差しておいたので、初会合はこんなことでまずまずと考えていた。

伊勢も松山もじりじりとする思いをもてあましていた。要は生きるために前進あるのみで、四の五の言ってる場合ではないのだ。

だが、相原には相原のやりかたがあるのだから仕方がない。また、それが方法論として錯誤があるとも言いきれないこともたしかであった。

6

六月に入って労使の団体交渉が何度も持たれた。

席上、倉田がうっかり「相ちゃん……」と呼びかけたとき、若い執行委員がすかさずクレームをつけた。

「社長、相原委員長にたいして、相ちゃんなどという呼びかたは不謹慎なんじゃないですか」

倉田は、この若造がと思わぬでもなかったが、ぐっとこらえ、笑顔をつくった。

「おっしゃるとおりです。わたしの失言です。相原委員長に訂正させてもらいます」

倉田は、表情をひきしめて、つづけた。

「中元繁忙期直後の八月と九月を〝小口貨物増強運動月間〟と致したいと考えてます。むろん準備期間で、本格的にスタートするということではありませんが、それまでに、基本的な考え方を組合に提示させていただきたいと思ってます」

本社の大会議室で、倉田の正面に座っている相原がまっすぐ倉田を見返した。

「組合はまだ〝小口便〟について承諾したとは言ってませんよ。ただし、〝小口貨物増強運動〟には協力するにやぶさかではありません。その結果と、社長の基本方針をお聞きしたうえで、最終的な態度を決めさせていただくつもりです。それと、承諾するとしても、すべての面で組合との事前協議と人減らしをしないことが最低限の条件とお考えいただきたい」

「承知しました。組合との事前協議を遵守《じゅんしゅ》することをお約束します。雇用調整もしません」

倉田は思わず隣席の鈴木と顔を見合わせていた。二人は眼と眼でうなずきあった。

一歩も二歩も前進したのである。相原は、OKを出してくれたも同然だった。

その日の団交のあとで、倉田は社長執務室に鈴木を呼んだ。

「すべてはきみが地ならしをしてくれたお陰だよ」

「とんでもない。社長の熱意と誠意の賜《たまもの》です。相ちゃんが言ってましたが、札幌まで追っかけてくるとは思わなかった。あれには参ったって」

「格別、演出したわけじゃないんだけど。初めから札幌で会おうと決めていたのがキャンセルになった。それがまた復活しただけのことなんだ」

倉田は気恥ずかしそうに、伏眼がちに言った。

倉田はシャイというか、無類の照れ屋である。倉田ほど理路整然と話す男を鈴木は知らないが、伏眼がちに、うつむき加減に話すことが多い。ところが〝小口便〟だけはそうではなかった。相手の眼をとらえて離さず、ほとばしるような熱情を込めて迫った。こんな倉田に接したことはついぞなかった。

「相原委員長は執行委員会を説得してるときに、いつから御用組合になったんですかとか、経営側の回し者などとずいぶん皮肉も言われたみたいですよ。両副委員長と大阪支部長がフォローしてくれなかったら、どうなってたかわからないとも話してました」

「よくわかるよ。ここまでくるのに相ちゃんなりに苦労したと思う」

ぽつっとした倉田の言いかたに実感が込もっていた。

「ここまでくれば組合は大丈夫ですし、役員会も旗を巻くでしょう。ところが、管理職の中に根強い反対論があるのは気になりますねぇ」

「うん。僕が懸命にシンフォニーのタクトを振っているのに、三味線を弾いたり、民謡を歌ってる莫迦《ばか》がいるのには、参るよねぇ」

倉田も一瞬表情を翳《かげ》らせたが、組合をわが陣営に引きつけてしまった以上、もはや反対論は雑音に過ぎない。倉田は体内に自信が漲《みなぎ》ってくる思いで、自然、頬がゆるんだ。

「ところで〝小口便〟の名称でいいと思うか」

倉田が話題を変えた。

鈴木は〝小口便〟に違和感がないでもなかったので、すぐに答えた。

「ひと工夫あってもいいんじゃないですか」

「ヤマト・パーセル・サービス、略して〝YPS〟なんていうのはどうかねぇ。ちょっと気取り過ぎかなあ」

「そんなことはないと思います」

「宅配、急便なんて言葉はすでにあるねぇ。足して二で割ったみたいで気が引けるが〝宅急便〟も一案かな」

鈴木は、センターテーブルに右手の人差し指で、ゆっくりと力を込めて宅・急・便と書いてみた。

「多少、どろくさい感じはありますが、よろしいんじゃないですか。〝宅急便〟でいきましょう」

ところが、社内で〝宅急便〟ネーミングの評判はさんざんであった。

「たっきゅうなんてピンポンみたいで、ださい」というのがその理由だが、耳に馴染《なじ》むにつれて、いつしか「これ以上のネーミングは考えられない」と誰しもが思うようになるから不思議である。

7

昭和五十（一九七五）年八月下旬に、倉田は〝宅急便〟の基本的な考え方と基本要綱をまとめた。これは役員会に諮って承認され、組合に提示された。以下はその内容である。

一、基本的な考え方　①需要者の立場に立ってものを考える。②永続的、発展的システムとして捉える。③他より優れ、かつ均一的なサービスを保つ。④不特定多数の荷主または貨物を対象とする。⑤徹底した合理化を図る。

二、基本要綱　①対象貨物＝小量物品（大きさと重さを制限）、一個口。②サービス区域＝市部を対象とするが、当面は首都圏に重点を置く。③サービスレベル＝ブロック内（首都圏内等）および東京—大阪・名古屋・仙台間は翌日配達、その他は翌々日配達。④集荷＝原則として持ち込み。集荷は前日申し込みを受ける。⑤運賃＝均一料金。⑥作業＝密度を設定する。適切なデポ（小型営業所）を設けて荷物をセンターに集約する。⑦事務＝できるだけ簡素化する。

組合は相原のリーダーシップで、正式に〝宅急便〟の事業化を承認した。

倉田は組合執行委員会に〝宅急便〟について次のように説明した。

「小量物品について特別サービスをしよう、というのが〝宅急便〟の考え方です。特別のサービスというのは、第一には、一般家庭から出る荷物を扱うことで、これはどこの会社もやってません。依頼があっても断ってます。一個の注文でも家庭まで集荷に行くのは、他社にないサービスです。〝宅急便〟はここに重点を置きたいと考えます。第二は首都圏内では翌日完全に配達すること。〝宅急便〟の最大の特色はスピード性です。第三は取り扱いを簡素化し、誰に対しても同一料金で、わかりやすいものにすることです。当社は首都圏で年間二千万個余のデパート配送を行なっており、これがよそにないノウハウなんです。消費者一般に良質のサービスをして喜んでもらえれば、〝宅急便〟は国民的な支持を得られると確信してます」

「料金はいくらに設定するんですか」という組合側の質問に対して、倉田は「いま試験的に一個あたり四百円でやってますから、とりあえず、それを踏襲したらどうでしょうか」と答えた。

「〝宅急便〟の本格営業はいつから始めるんですか」の質問には、倉田から眼で促されて、鈴木が答えた。

「年内は準備期間とします。五十一年早々から本格的に営業を開始する予定です。九月一日にワーキンググループを編成し、社長が示された基本要綱にもとづいて〝宅急便〟の実施案の検討が進められることになってます。なお、組合から伊勢副委員長に参加していただくことで合意が得られていることも申し添えます」

昭和五十一年の正月休み明けに、鈴木に倉田から呼び出しがかかった。

「二十日付で関東支社に、〝宅急便〟センターを設置したいと考えてるが、センター長はきみに兼任してもらいたいんだ」

「…………」

鈴木が即答できなかったのは、関東支社長職がむやみやたらと忙しくて兼任に自信が持てなかったからだ。

「きみが忙しいことは重々承知してる。しかし、スタート当初は、社内に〝宅急便〟に懸ける意気込みを周知徹底せしめるためにも、きみにやってもらいたいんだ」

「わかりました。お受けします」

「ありがとう。初代センター長をきみに頼むのは、景気づけみたいなものだ。それと緊張感を社員にもってもらいたいこともある。然《しか》るべき時期に、支社長代理に交代させるつもりだけど、とにかくよろしくお願いする」

倉田は申し訳なさそうに言って、頭を下げた。

「頑張ります」

鈴木は笑顔で返して、ソファから腰を浮かせると、「もうちょっと」と倉田が押しとどめた。

「〝YPS〟も捨て難いので、当分は〝宅急便〟との併用でいこうと思うんだが、どうかねぇ。たとえば〝YPSの宅急便〟というような……」

「よろしいんじゃないですか」

「じゃあ、そういうことでお願いする」

前後するが、鈴木のセンター長兼任は、一ヵ月足らずで解かれることになる。もともと関東支社長との兼任は無理なことはわかっていたし、景気づけの所期の目的を達したと倉田が判断したのだ。

二代目センター長は支社長代理の堀越元治になった。

第二章　大苦戦

1

一般家庭を含む不特定多数を対象荷主とする大和《やまと》運輸の〝YPSの宅急便〟が関東一円で本格的にスタートしたのは、昭和五十一（一九七一）年一月二十三日だ。

一口一個十キログラムまで、タテ・ヨコ・高さの合計一メートル以内で、荷姿は段ボールないししっかりした紙包みを対象貨物とし、運賃は一個当たり持ち込み四百円、集荷五百円と決められた。

運行ダイヤは、深川センターを基地として〝宅急便〟専用のダイヤが設定された。

仕分けなどの荷役作業は昭和四十六年に開発されたロールボックスパレット（車輪付箱型パレット）を用い、伝票は、荷札を兼ねた貼付《ちようふ》式の専用伝票を使用、また路線貨物との区分を明確にするため、伝票をピンク色にし、荷物には〝クロネコマーク〟のシールを貼付した。

営業開始に先がけて、大和運輸は〝YPSの宅急便〟のチラシをつくった。ガリ版刷りの地味なものだが、〝電話ひとつで、翌日、確実にお届けいたします〟のキャッチフレーズと「モシモシ、荷物をお願いしたいんですが」「ハイ、すぐお伺いいたします。一口一個一〇kgまで五〇〇円です」という主婦とクロネコのやりとりの漫画は清新で印象的であった。

チラシの文面にはこうある。

たった一個の荷物を、しかも急いで送りたい時、あなたはどうしていますか。近所の郵便局ですか。それとも自転車やタクシーで運送店に持ち込みですか。そういった一個の荷物のために、わずらわしい思いをなさったことがおありでしょう。そんな時、最寄りのYPS・宅急便センターへダイヤルを回して下さい。宅急便のスマートな車がすぐ伺います。

このチラシを個人タクシーの運転手から乗客に配ってもらおう、と提案した男がいる。組合委員長の相原進だ。

相原は、社長の倉田正雄に面会を求めた。

「実は組合委員長としてではなく、個人的にお話ししたいことがあって来ました」

「改まってどうしたの」

倉田は手でソファをすすめながら、怪訝《けげん》そうに訊《き》いた。

「大和運輸のOBで個人タクシーの運転手が東京だけで二十人ほどいます。かれらにチラシを配ってもらおうと考えたのですが、社長はどう思われますか」

「ほう。ウチのOBがそんなに……。しかしこんなめんどうなことを受けてくれるかなあ」

当時、個人タクシーの免許取得は現在ほど容易ではなかったが、大和運輸の元社員が東京を中心に三十数人存在した。

「皆んな旧《ふる》い仲間で、いまでもつきあってるのが十人ほどいますから、社長がOKならすぐ声をかけます。古巣に対する愛着は誰にだってありますよ。多分協力してくれるんじゃないでしょうか」

「協力してもらえるんならありがたいが、只《ただ》働きっていうのもなんだから、謝礼を払わなければいかんだろ」

「そんな水臭いことをする必要はありませんよ。箱根か熱海で一泊して、酒でも飲めばいいんじゃないですか。ただ、社長にはぜひ出席していただかないと。社長が顔を出してくれれば、皆んな感激して、二つ返事で受けてくれると思います」

「お安いご用だが、組合で機関決定しなくていいの」

「執行委員の中には、社長とわたしが癒着《ゆちゃく》してるのなんのと白い眼で見てる者もいますから、あくまで個人というか一社員としてやらせてください」

相原は組合専従とはいえ、社員であることには変わりはなかった。

相原はまず宮本に会った。宮本は相原より一歳年長で、路線トラックの運転手だった。二年ほど前に個人タクシーを開業したのである。

相原と宮本が連絡を取りあって、都内に居住している十人の個人タクシー運転手を一月中旬の某夜、箱根の旅館に集めた。

宴席で倉田が挨拶《あいさつ》した。

湯上がりのうえに室内は暖房が効いているので、くつろいだ浴衣姿がほとんどだったが、倉田と相原は羽織を着ていた。

「皆さんの中には、わたしが〝小口便〟重視を社内で声高に言いだしたことを承知しているかたもいらっしゃると思います。そのことに危機感をもって、会社を辞めた人もいるんじゃないですか……」

座がどっと沸いた。

倉田はにこやかに一同を見回して、つづけた。

「個人タクシーは国民の生活にとってなくてはならない貴重な存在です。そして、あなたがたは経営者でもあるのです。大和運輸を退職して、個人タクシーを開業している皆さんは賢明な選択をされたのかもしれません。しかし、誰でも個人タクシーを開業できるわけではないのです。資産とか駐車スペースとかいろいろな厳しい条件があるからです。大和運輸に生活の基盤を置かなければならない人たちがたくさんいます。わが社の社員にも幸せになってもらいたい、豊かな暮らしをしてもらいたい、とわたしはつねづね思ってます」

「社長、坐《すわ》ってください」

相原が近くから声をかけたが、倉田は「もうすぐ終わるから」と、手を振った。

「顧客に対する最高最善のサービスを第一義に考慮した〝宅急便〟は大和運輸が開発した画期的な新商品です。社運を賭《と》す、という言葉がありますが、そんなに悲壮な気持ちにならなくても、成功する自信はあります。しかし、そのためにはチャレンジ精神を忘れず、たゆまぬ企業努力が求められますし、皆さんにも協力していただかなければなりません。あなたが後輩の社員を助けてやろう、という気持ちになって、〝宅急便〟のPRに一役買ってくださると聞いて、わたしは胸が熱くなりました。どうかよろしくお願いします」

倉田は深々と頭を下げた。

拍手がやむまで、倉田は照れ臭そうに頰《ほお》をさすりながらうつむいていた。

宮本が皆んなに促されて、挨拶に立った。

「僕は〝宅急便〟にはいまだに懐疑的ですが、相ちゃんから〝宅急便〟が失敗したら会社が潰《つぶ》れてしまう、ぜひ協力してくれ、と言われました。ノーとは言えません。たいしたお役に立てるとは思えませんけど、きょう出席できなかった者にも呼びかけて、全面的に協力させていただきます。われわれが今日あるのは、大和運輸で鍛え、育ててもらったからこそなんです。その万分の一でもご恩返しをさせてもらいます」

拍手がやんで、次に相原が起立した。

「宮本さん、高橋さん、吉田さん……」

相原は十人の名前を一人一人呼んでから、

「きょうはお忙しい中をご足労願って、ほんとうにありがとうございました。チラシの件くれぐれもお願いします」と言って低頭した。

酒になってから、倉田は頃合《ころあい》を見て、献酬をして回った。

古巣の社長に頭を下げられれば、皆んな悪い気はしない。

2

初日の〝宅急便〟取扱い個数はわずか十一個。一月二十三日から二月二十五日までの月間合計でも八千五百九十一個に過ぎなかった。

堀越からこの数字を聞いたとき、鈴木は顔をしかめた。

「十一個ねぇ。ひと桁《けた》違うんじゃないのか」

「いいえ。残念ながら厳粛な事実です。しかも既存の路線貨物の中から小口急送品を〝宅急便〟に切り替えてもらった分も含まれてますから、実質的にはもっと少ないと思います」

「社長の顔を見るのがつらいなぁ。センター長のきみから社長に報告してもらおうか」

「支社長からお願いしますよ」

「参ったなぁ」

営業部隊の関東支社は、本社ビルの五階フロアを占めている。常務取締役関東支社長の鈴木のデスクは大部屋中央の窓側にあった。二人はしばらくの間デスクの前で、溜息《ためいき》ばかりついていた。

「黙ってるわけにもいかんな。ちょっと行ってくる」

鈴木は重い足取りで四階の社長執務室へ出向いた。

二月二十六日午前十時ごろのことだ。

深刻な面持ちで報告する鈴木は、倉田の顔を見ることができず、下ばかり見ていた。

「すべり出しとしてはまあまあってところかな」

思いがけず倉田の声は明るかった。

鈴木が顔を上げると、倉田は笑いかけてきた。

「なんせ個人相手の営業経験はゼロなんだからねぇ。善戦したほうなんだろう」

「われわれは意気消沈して、しょげかえってたんですけど」

「ガリ版刷りのチラシを配布した程度のＰＲで、多大な成果を望むほうがおかしいよ」

「堀越とも話したんですが、たしかに宣伝活動については一考を要すると思います。市場調査も重点的に行なう必要があるんじゃないでしょうか」

「そうねぇ。住宅密集地と商業地でマーケティングリサーチをやってみるのもいいだろう。〝宅急便〟の潜在的需要が膨大なものであることは疑う余地がない。悲観的になる必要はまったくないと思う」

倉田は強がりを言ってるわけではなかった。

鈴木が報告してきた数字には内心ショックを受けていたが、トップの自分が弱気になっては現場の士気にかかわる。潜在的な需要については信じて疑わなかったから、スタート当初の数字など驚くに当たらない、とわが胸に言いきかせながら、鈴木に対したのである。

二月下旬に住宅地の中野区と、商業地の横浜市を対象に市場調査を行なったところ、手ごたえは充分にあった。

三月は〝五万個運動月間〟とし、初めて組織的な営業キャンペーンが実施された。団地、商店などを重点ターゲットと定め、集中的にセールス活動を行ない、マスコミに対するパブリシティ活動、統一チラシの作成、テレビコマーシャルの試み、各営業店および地下鉄の広告を含めてポスターの作成と設置等のＰＲ活動にも傾注した。

東京新聞が三月九日付で〝郵便値上げの谷間埋める〟〝電話一本で小荷物を集配〟〝大手運

送会社〞の四段見出しで〝宅急便〞を採り上げてくれた。

電話一本で荷物を手軽に集めて配ります、というサービスを都内の大手運送会社がこのほど始めた。こん包、荷札がいらず、一個五百円。翌日配達。郵便値上げで小包郵便がかなり高くなったのに目をつけたアイデアという。郵便料金値上げで利用者の〝郵便局離れ〞をたくみについた商法に郵政省も「ウムーッ」

リード（前文）のあとに五十行ほどの本文が続く。さらに〝クロネコマーク〞の〝宅急便〞専用小型ライトバンの写真入りで、社名、住所、電話なども書いてくれた。記事の最後に〝同社広報課の話〞が載っている。

試験段階を終えて、近く一か月五万個を目標に本格的に始めたい。正直に言えば利益は薄いが、社のイメージアップや社名PRには役立つだろう。

この記事は少なからぬ反響を呼んだ。セールス・ドライバー（SD）の育成など社内体制の強化にも力を入れ、社内PRを狙《ねら》ったキャッチフレーズの募集も行なわれたが、見るべき応募作品がなかったため、最初のテレビコマーシャルで使った『電話一本で翌日配達』が採用されることになった。

鈴木や堀越は固唾《かたず》を呑む思いで、三月の数字を待った。

結果は、二万四千百十二個。目標の五万個には遠く及ばなかったが、二月のときのようなショックはなかった。

倉田の意見も「五万個は努力目標だろう。達成率が五割弱なら、よしとしなければ」と相変わらず楽観的だった。

事実〝宅急便〟の名はクチコミによって消費者に浸透しはじめた。

3

大阪府を中心に関西地区で〝YPSの宅急便〟が営業を開始したのは、昭和五十一（一九七六）年五月の連休明けである。

関西支社の所在地は、大阪市住之江《すみのえ》区で、塀一つへだてた隣接地に松上電器の本社があった。それだけ松上電器関係の仕事が多かったのだ。

関西支社は管理職も組合員もなく、全員で〝宅急便〟に取り組んだ。大阪支部長の松山孝一は、執行委員会で真っ先に〝宅急便〟やるべしと主張した手前、なんとしても成功させたいと思った。

初日前夜は、心配でなかなか寝つかれなかった。

松山たちは、前日集めた荷物の仕分け作業を行なうために、払暁《ふつぎょう》の四時に出社した。

関東支社から応援チームが来阪し、〝宅急便〟のノウハウを伝授してくれるが、一日や二日で咀嚼《そしゃく》できるほど甘い仕事ではない。

〝大口便〟に慣れきっている現場の態勢、体質を変えなければならないのだから、現場はパニック状態を呈し、殺気だって怒号が飛び交い、つかみ合いになりかねない。

「東京のやつらに頭下げて、教えてもらわなならんというのは、業腹や」

「あいつらにでかい顔で、こまいことまで指図されるのはかなわん」

若い社員たちに食ってかかられて、松山は閉口した。

「俺も、おまえらと同じ心境や。腹が立って仕方ないが、ここはこらえないかん。東京の連中も必死なんや。伸《の》るか反《そ》るか、〝宅急便〟には会社の将来が懸かってる。東京の連中と張り合えるようになるのは、まだ先のことや」

きかん気の強い松山もかりかりしていたが、懸命に気持ちを抑制して、宥《なだ》め役に回った。

主力事業の〝大口便〟に〝宅急便〟が加わったのだから、ドライバーの絶対数が不足することは初めからわかっていたが、ドライバーのやりくりがつかず、事務部門の社員が自家用車ごと〝宅急便〟に駆り出されたことも一再ならずあった。つまり、自家用車で集荷し、配達も行なっていたわけだ。

早番の一便勤務者が休みを取らず遅番の二便勤務に回されたこともある。労働基準法違反は珍しいことではなかった。法律を遵守していたら会社が潰れてしまう――。松山たちはそう割り切って、〝宅急便〟に命懸けで取り組んだ。

伝票に送り先のアパートが明記されていないために、アパート探しに手間取って、キャッチフレーズの〝翌日配達〟が実行されなかったケースもある。

ただ、〝宅急便〟を利用した顧客は一様に「こんなええサービスしてもろうたのは初めてや」と喜んでくれた。

顧客にゴマを擂《す》り、盆暮れには自腹を切ってタオルの一本も持って行っていたのが、これまでの〝大口便〟のドライバーだが、〝宅急便〟では集荷で送り主を尋ねると、ありがたがってチップを渡されたりする。中には「一杯どうか」と酒を出そうとする顧客まで現れ、セールス・ドライバー（ＳＤ）たちを感激させた。むろん飲酒はご法度だが、その気持ちがなんともうれしかった。

だが、関西支社が〝宅急便〟を本格的に手がけるようになって、ずいぶん苦労したわりに、予期した成果はあがらなかった。

昭和五十一年度（五十一年四月～五十二年三月）の〝宅急便〟取扱い個数は全社で百七十一万五千百九十五個にとどまったのである。

倉田が取次店の制度化を提唱したのは、五十一（一九七六）年中元繁忙期の直後である。このころ倉田は「取次店は、お客様が荷物を出したいと思ったとき、近くに受付窓口があると大変便利なのでつくる、という発想に立脚する。作業の集配や下請けに利用しようという考えは厳に戒めなければならない」と役員会や宅急便会議で繰り返し述べている。

顧客にとって利用しやすい取次店はどんな店が適当かを宅急便会議で検討した結果①運輸専門店以外の店②当該地域に古くから存在する信用のある店③一般家庭との結びつきが強い店④本業を兼ねて集荷などが期待できる車のある店などをピックアップし、米店、酒屋、燃料店、クリーニング店、牛乳店などを中心に、設置交渉が進められた。

昭和五十一年十月一日付で契約した都内の取次店は二十四店にとどまったが、十一月上旬には二百八十四店と一挙に十倍以上に増加した。

大和運輸の取次店設置契約の申し入れに対して、最初はしり込みする商店も少なくなかった。

だが、〝宅急便〟が浸透するにつれて、取次店になることによって本業にも好影響を与えることが理解されるようになった。逆に先方の商店から、〝宅急便〟の取次店になりたいという申し出も増え始めた。

五十一年度内に設置された取次店数は四百五十店に及んだ。

そして昭和五十二年十二月には〝宅急便〟の月間取扱い個数が百万個を突破した。五十一年度が年間で百七十一万五千百九十五個だったことに照らしてみると、急カーブの上昇ぶりがよくわかる。

「ひとつの節目を迎えたと言えるんじゃないかな」

「ささやかでもなにかお祝いをしましょうよ」

「社員にまんじゅうでも食べてもらおうかねぇ」

月間百万個突破の報告を聞いたとき、倉田社長と鈴木常務は、こんなやりとりをした。全社員にネコマーク入りの特製〝三笠山〟が配られ、月間百万個達成を祝った。

しかし、売上高に占める〝宅急便〟の割合は九パーセント（昭和五十二年度）で、収益に寄与するまでには至らず、業務の主力が〝大口路線貨物〟であることに変わりはなかった。

「業態が異なる大口貨物との混戦では、作業のシステム化を徹底することはできない。これでは本格的な〝宅急便〟の増量は期し難いと思う。市場の特化と、〝宅急便〟への専門化を可及的速やかに進めるべきだ」

倉田は、役員会や業務会議などでことあるごとにロット貨物からの撤退と小口化の促進を訴えてやまなかった。

しかし、〝宅急便〟転換のテンポは遅れがちで、倉田をいらだたせずにはおかなかった。各支社、各店にとって、収支面からも、顧客との長年の取引関係からも、急激な転換に踏み切れないのは当然でもあった。

倉田のいらだちが募る一方の昭和五十三年七月、〝宅急便〟業務に水を差される事態が生じた。

大和運輸は取次店について、一時的な預かり所であり、事業法に触れることはない、と解釈していたが、運輸省（自動車局業務部貨物課長名）が昭和五十三年七月四日付で〝一般路線貨物自動車運送事業者による貨物の取次所利用について〟と題する次のような通達を突きつけてきたのである。

一、取次所は、路線事業者の代理人である。従って、当該路線事業者の荷扱所と解するのが妥当であり、当該路線事業者において一括して事業計画の変更認可申請をさせること。この際、当該路線事業者と荷扱所との契約書（写）を添付させること。この場合これらの荷扱所は、当該路線事業者の路線上にあることを要する。

二、取次所が、自動車を利用して集荷または配達を行う場合は、一年毎に有償許可申請させ、運送回数が多く、運送事業としての業態をとっている者については、限定免許または軽車両運送事業の届出をさせること。
三、取次所には、約款を提示させること。

帰するところ運輸省は、取次所（店）は路線事業者の荷扱所にあたるので、事業法に基づく認可手続きを行うよう大和運輸に指示してきたことになる。

なんであれ、規制に対する手続きの煩雑さには手を焼かされるが、倉田は運輸省の指示に従う旨、全社に徹底せしめ、直ちに申請手続を開始するよう担当部門に命じた。

昭和五十三年七月三十一日付の第一回七百八十四店を皮切りに、同年末までに九百六十七店、翌五十四年には合計八回、一千六百四十二店の申請件数に達した。

5

昭和五十四年の正月休み明けに、倉田は大口貨物事業部門からの完全撤退を決断した。労働組合との事前協議もスムーズに進んだ。

現場は、大口貨物と小口の〝宅急便〟が両立しないことを切実に身を以て実感していたのだ。

ただ、担当役員や担当部課長の危機感は根強いものがあった。

特に、松上電器、ビクトリアなど大和運輸の路線部門を支えた大口荷主からの撤退交渉は、担当役員や担当部課長にとって、身を切られるほどつらい役目である。

松上電器の担当役員は「運賃の値上げを要求したいわけでんな」と、うがったことを言った。

「なんぼ上げたらええんですか」

「いいえ。そういうことではありません。〝小口便〟へ全面的に転換する方針に踏み切ったのです。大口貨物にしがみついている限り、現状維持がせいぜいで、拡大再生産は望めません。当社扱い分の他社への移行が完了するまでは、責任をもって荷物を運ばせていただきます。どうかご理解ください」

何度、頭を下げたかわからない。

運送会社はほかにいくらでもある。大和運輸が撤退したからといって、松上電器が被害や迷惑を被《こうむ》ることはなかったから、難交渉というには当たらないが、担当者にしてみれば後味の悪いことおびただしい。

「大口貨物から撤退するなど正気の沙汰《さた》とは思えない。大和運輸は遠からず、潰れるだろう」

同業他社は、大和運輸の〝宅急便〟転換方針を危ぶんだ。

大和運輸の社内にも〝倉田の暴走〟と受けとめる役員、社員は少なくなかった。

事実、五十四年度の〝宅急便〟を含む路線部門は、経常で四億七千五百万円もの大幅な赤字を計上せざるを得ないところまで追い込まれたのである。ちなみに、同年度の〝宅急便〟取扱い個数は二千二百二十六万五千個であった。

第三章　丸越事件

1

こうした厳しい状況の中で、世にいう〝丸越事件〟が出来《しゅつたい》した。

昭和五十四年（一九七九）二月に、大和運輸は、名門の老舗《しにせ》百貨店、丸越との取引停止を決定し、世間をアッと言わせたのである。

大和運輸が丸越との取引を開始したのは大正十二年である。最も旧《ふる》い得意先で、配送業務を中心に幅広い業務を請け負い、丸越との取引高は全社の五パーセントを占める最大の顧客であった。

大和運輸丸越出張所には二百十名の社員が常駐し、あたかも丸越の社員と同じ気持ちで業務を遂行し、歴代の社長はじめ丸越首脳からよきパートナー、優良取引先と高い評価を得ていた。

ところが、昭和四十七年四月に岡本茂男が丸越の社長に就任してから、両者の関係に変化が生じたのである。

岡本は、丸越銀座店長時代に、同店の売上げを大きく伸ばしたことによって、先代社長の松沢守に経営手腕を認められ、専務取締役本店長兼仕入本部長を経て社長になった。

昭和四十九年十月ごろ、鈴木常務が丸越の五十嵐物流部長に呼びつけられ、配送費の大幅な値下げを要求されたのがことの発端である。

五十嵐は高飛車に言い放った。

「一件百八十八円の配送費を四十円下げてもらいたいんです。オイルショックを契機に大合理化策を打ち出すことになったので、その一環と考えてください。ウチは赤字で大変なんですよ」

小物、家具などのプール配送費は一件当たり百八十八円だが、出し抜けに二割以上の値下げを要求されて、鈴木はショックのあまりしばらく口がきけなかった。

五十嵐はさらに畳み掛けるようにつづけた。

「小茂根センターの駐車料金や事務所の施設使用料として月額五百五十万円支払ってください」

「…………」

「これは社長命令なんです。なにがなんでも呑《の》んでもらいますよ」

「配送費を十年前の水準に戻せとおっしゃるんですか。当社の経営も楽ではありません。みすみす赤字になることがわかっていて、はいわかりましたとは言えません。しかも駐車料金などの施設使用料を支払えなんて、あこぎとは思いませんか」

「多少の赤字は、丸越の暖簾《のれん》代と思ってもらいたいですなぁ。超一流デパートの丸越と取引していることのメリットは小さくないのと違いますか」

「とにかく重大な問題ですので、倉田とよく相談してご返事させていただきます」

「岡本は不退転の決意で臨んでます。その旨、倉田社長によろしくお伝えください」

　鈴木から報告を受けた倉田が苦り切った顔で言った。

「それじゃあ要求じゃなくて、最後通告じゃないの」

「ざっと計算したところ、年間約一億五千万円の赤字が出ます。それでも受けなければいけないんでしょうか」

「二割配当を続け、金利負担の少ない丸越が赤字とは考えられない。利益が減ったというだけのことだと思うが」

「五十嵐さんは赤字と言ってました」

「だとしたら、永いつきあいだから、苦しいときはお互いさまということで、呑まざるを得ないだろう。ただし、丸越の業績が回復したら、元に戻してもらうことが条件だ」

「丸越の要求を丸呑みするんですか。駐車料金を支払えなんて、常軌を逸してますよ。そこまで受け容れるのは、あまりにも屈辱的です」

「岡本社長は、言い出したら後には引かんだろう。他の荷主の保管業務を受注するなど負担軽減の努力をするなりして、なんとかカバーすることを考えよう」

「わかりました。当社が辛抱するのは長くても一年間でしょう」

「そう願いたいね」

鈴木は、五十嵐の顔を見るのも厭《いや》だったが、丸越本店に出向いて要求に従う旨を伝えた。

丸越の業績は急速に回復し、昭和五十一年度の決算は経常利益約百七十八億円、利益約八十億円と、いずれも前年度比で二倍近い利益を計上した。

2

昭和五十二年一月上旬の某日、倉田と鈴木は丸越本店に、岡本社長を表敬訪問した。

二人は役員応接室で十分ほど待たされたが、岡本は「お待たせしました」のひとこともなく、どすんとソファに腰を落とした。

倉田と鈴木は、起立して丁寧に挨拶《あいさつ》した。

「大和運輸の倉田です。新年おめでとうございます」

「鈴木でございます。よろしくお願いします」

岡本は無言で顎《あご》をしゃくった。

鈴木は、岡本と初対面だったので、名刺を出したが、岡本は無造作に背広のポケットにねじ込んだだけで、名刺をくれなかった。

倉田は岡本と面識があったが、尊大な岡本に皮肉の意味も込めて「大和運輸の倉田です」とあえて名乗ったのだ。

岡本はソファをすすめなかったが、いつまでも立っているわけにもいかないので、「失礼します」と断って、二人はソファに坐《すわ》った。

「暮には大量の荷物を扱わせていただきまして、ありがとうございました」

「ふうーん。そう」

岡本はふんぞり返って、にこりともしなかった。

取りつく島もないとはこのことだ。

「岡本社長のリーダーシップで丸越さんの業績は回復してると聞き及んでおりますが」

鈴木は水を向けたが、岡本は返事をしなかった。

わずか三分で、二人は退散した。

「客商売のデパートの社長があんな横柄な態度でいいのかねぇ」

「エレベーターの前まで見送るぐらいのことはすると思ってましたが」

倉田と鈴木は帰りの車の中で話をつづけた。

「十把《じっぱ》ひとからげの出入り業者と同列に見てるんでしょうか」

「飛ぶ鳥を落とす勢いということなんだろう。驕《おご》る平家《へいけ》久しからずということもあるからねぇ」

「わたしは、社長が配送費のことを切り出すと思ってたんですが」

「きょうは表敬訪問で、初めからそんなつもりはなかったよ」

「しかし、そろそろ元へ戻してもらってもよろしいと思いますが」

「丸越は二月決算だったねぇ」

「ええ」

「四月の決算発表を待って、ごく事務的に申し入れたらどうかな」

鈴木が丸越本店に五十嵐を訪問したのは、四月下旬のことだ。

「約束どおり元の配送費に戻していただけませんか」

「そんな約束をしましたかねぇ」

五十嵐はそらとぼけた。誠意のひとかけらもない。

「あなたから、そんな返事をされるとは信じられません。当社は丸越さんとのお取引で一億五千万円の赤字が二年も続いてるんです。子供の使いではないんですから、ゼロ回答では帰れませんよ」

「岡本がＯＫを出してくれないことには、どうにもなりません」

「とりあえずベースアップに伴う人件費の増加分だけでも改善していただけませんか。当社は丸越さんとの取引で赤字なんですよ。その点を岡本社長にぜひお伝えください」

しかし、丸越は頑として配送費の改定に応じなかった。

それどころか、丸越は大和運輸が担当する都内十三区のうち文京区を地元の業者に常識では考えられない低料金で配送を請け負わせるなど、ゆさぶりをかけてきた。五十二年秋ごろのことだ。

当てつけというか、うるさいことを言うなら、大和運輸の仕事量を減らすだけだ、と恫喝《どうかつ》してきたも同然である。

ところがくだんの業者も丸越との取引は長続きしなかった。膨《ふく》らむ一方の赤字に悲鳴をあげて、丸越に配送業務を断ったのだ。

五十嵐が臆面《おくめん》もなく、鈴木に対して、文京区の配送業務を復活したいと伝えてきたのは昭和五十三年四月のことだ。

「配送費の原状回復が条件です」

「そんな足下を見るようなことを言いなさんな」

「約束の履行をお願いしてるに過ぎません」

「検討させてもらいます」

鈴木と五十嵐の間でそんなやりとりがあって、丸越は段階的に配送費の改定に応じ、昭和五十三年十月時点では一件当たり百八十円まで回復した。

しかし、大和運輸にとって赤字であることには変わらなかった。

その後も大和運輸は倉田正雄の社長名で、丸越の岡本茂男社長に宛てて文書による配送費改定の要求を再三、再四行なったが、岡本は無視し続けた。

3

丸越が問屋などの取引先に対して強制的に物を売ったり、取引先から協賛金を取りつけている行為が独占禁止法の第十九条に定める不公正取引に該当すると見做《みな》されて、公正取引委員会の立入り検査を受けたのは、昭和五十三年十一月のことだ。

丸越はその後、公正取引委員会から排除勧告を受けるが、応諾せず、審判手続きに入った。

公正取引委員会が審判開始決定書に記載した〝事実〟には次のように記されていた。

一、㈠被審人株式会社丸越は、大規模小売店舗において小売業を営む者で、いわゆる百貨店業者であり、昭和五十二年度（昭和五十三年二月までの期間をいう）における売上高によれば、同社は、我が国の百貨店業界においては、第一位、小売業界全体においては、第二位の地位を占めており、老舗《しにせ》として高い信用を得ているものである。

㈡小売業者にその販売する商品を納入する事業者（以下「納入業者」という）は、同社と納入取引を行うことを強く望んでいる状況にある。

二、㈠丸越は、かねてから、販売する商品又は役務のうち特定のものについて、販売目標額及びこれらを達成すべき期間を定め、同社の本社、本店又は支店の各組織の全部又は一部に属している従業員を多数動員して、主として売場外で各従業員の業務上の又は個人的な縁故関係を通じて積極的に販売すること（以下「店頭外販売」という）を強力に推進しているが、これにより納入業者に対しても納入取引関係を利用して当該商品又は役務の購入を要請し、その売込みを行っている。その事例は、次のとおりである。

(イ)丸越は、昭和五十年ごろから、原則として本店又は各支店ごとに、特定の商品又は役務を選定し、これについて販売目標額及びこれを達成すべき期間を定め、当該商品又は役務を、その売場以外の従業員も広範に動員して、主として店頭外販売により積極的に販売する「おすすめ販売」と称する販売方法を採用し、商品又は役務の販売を強力に推進しており、さらに、昭和五十二年十月からは、これに加えて、「R作戦」と称する販売方法を採り入れ、全従業員の中から特定のもの（発足当初は勤続年数の長いもののうちから約五千名、昭和五十三年六月以降は約一万名に増員）を選抜して「R部隊」と称する特別の組織を設け、この組織により「おすすめ販売」と同様の方法を用いて、特定の商品の販売を一層強力に推進している。これにより、納入業者に対しても当該商品又は役務の購入の要請が行われ、納入業者はこれを購入している。

同社が、昭和五十二年以降「おすすめ販売」「R作戦」により販売した商品は主として、丸越が開発し、又は直接に輸入した商品のうちから選定されたものであり、そのマージン率、特に「R作戦」により販売した商品のマージン率は、同社の販売する一般の商品のそれよりもかなり高いものである。

(ロ)丸越は、昭和五十三年八月ごろ、同社が映画製作会社と共同して製作した映画の前売入場券を強力に販売するために、社内にこれを推進する特別の組織を設け、同年十月一日から十一月三十日までの間に約六十万枚の前売入場券（一枚九百円）を全従業員を動員して積極的に販売することとした。納入業者に対しては、そのうち十六万五千枚を仕入本部から販売することとし、同本部において納入高に応じて販売目標を定めて、購入を要請し、ほぼ目標どおりの枚数の販売を達成した。

(ハ)丸越は、昭和四十六年以降毎年夏、長野県北佐久郡軽井沢町において花火大会等のショーを開催しているが、同社は、昭和五十三年においてはその企画実施に当たり社内に特別の組織を設け、後記三(三)(イ)のとおりその費用の一部を納入業者の負担によって賄《まかな》うこととするとともに、その入場券A席券（宿泊費、食事代及び交通費を含む）四万円、B席券（食事代を含む）二万円を強力に販売することとし、販売目標枚数及びこれを達成すべき期間を定め、これに基づき、同社の本社本店並びに銀座、新宿、池袋及び横浜の各支店の従業員を動員して、主として店頭外販売により強力に販売している。これにより相当数の納入業者が同入場券を購入している。

㈡丸越は、その販売に係る「海外旅行」のうち、昭和五十二年五月から六月にかけて実施した「パリ丸越開店七周年記念ツアー」等の特定のものについては、社内にこれを推進するための特別の組織を設け、同組織において参加者の募集目標及びこれを達成すべき期間を定め、これに基づき、当該売場以外の従業員も広範に動員して、主として店頭外販売により参加者を強力に募集している。これにより相当数の納入業者が当該海外旅行に参加している。

㈡丸越から前記㈠の方法により商品又は役務の購入の要請を受けた納入業者は、同社と商品の納入取引を継続して行う立場上、その購入を余儀なくされているものである。

三、㈠丸越は、自己の店舗における売場改装の一部について、その費用の全部又は一部を納入業者の負担によって賄うため、納入業者に対し、当該改装がその納入する商品に係ることを理由として、特段の基準を設けることなくその負担を要請しているが、要請を受けた納入業者は、当該売場若《も》しくは商品陳列用什器《じゅうき》の一定部分が、期間を定めてその納入業者の納入する商品の販売に専ら供されることが約されている等の合理的な理由がなく、また納入業者の負担する費用の算出根拠が明らかでないにもかかわらず、同社と商品の納入取引を継続して行う立場上、その負担を余儀なくされている。

㈡丸越は、大売り出し等特定の商品の販売のために各売場が行う催物の一部について、その費用の全部又は一部を納入業者の負担によって賄うため、納入業者に対し、当該催物がその納入する商品に係ることを理由として、特段の基準を設けることなくその負担を要請しているが、要請を受けた納入業者は、当該催物の広告にその納入業者の名称又は商標が掲載されている等の合理的な理由がなく、また納入業者の負担する費用の算出根拠が明らかでないにもかかわらず、同社と商品の納入取引を継続して行う立場上、その負担を余儀なくされている。

㈢丸越は、前記㈡の催物のほか、特定の商品の販売を直接の目的としない種々の催物の一部について、その費用の全部又は一部を納入業者の負担によって賄うため、納入業者に対し、その負担を要請しているが、要請を受けた納入業者は、その負担について合理的な理由が示されていないにもかかわらず、同社と商品の納入取引を継続して行う立場上、当該費用の負担を余儀なくされている。

(イ)丸越は、前記二㈠(ハ)の花火大会等のショーの費用の一部を納入業者の名入りちょうちん飾付け費用等の名目で納入業者の負担によって賄うこととし、その目標額を定め、納入業者に対し、これを要請して負担させている。
(ロ)丸越は、銀座通り連合会が毎年十月に開催する「大銀座祭」に参加し、花自動車、パレード等の費用を負担しているほか、同社銀座支店の壁面にちょうちんを飾り付けているが、これらの費用の一部を納入業者の負担によって賄うこととし、その目標額を定め、納入業者に対し、これを要請して負担させている。
(ハ)丸越は、大阪支店で、昭和五十三年四月、「さくらまつり」と称する催物を行い、同店内にちょうちんを飾り付けたが、同催物の費用を納入業者の負担によって賄うこととし、その目標額を定め、納入業者に対し、これを要請して負担させている。
第二　法令の適用
前記事実によれば、丸越は、自己の取引上の地位が納入業者に優越していることを利用して、正常な商慣習に照らして納入業者に不当に不利益な条件で納入業者と取引しているものであって、これは不公正な取引方法(昭和二十八年公正取引委員会告示第十一号)の十に該当し、独占禁止法第十九条の規定に違反するものである。

4

倉田が鈴木を社長室に呼んで、丸越との訣別《けつべつ》を切り出したのは、昭和五十三年十月下旬のことだ。

「ウチに限らず丸越の業者いじめは目に余るようだねぇ」

「配送費を一方的に下げさせたうえ、〝燃ゆる秋〟とかいう映画のチケットを千枚押し売りしてきたり、やれ絵を買えの、ヨーロッパ旅行につきあえのと要求ばかりしてきます」

「丸越との相互信頼関係は、岡本社長によって壊されてしまったと考えざるを得ないだろう」

「同感です」

「丸越との取引を打ち切ろうと思うが、きみの意見を聞かせてくれないか」

「社長の意見に賛成です。半世紀以上に及ぶ丸越との永いつきあいを考えると、断腸の思いですが、岡本社長には愛想が尽きました」

「来週の役員会に諮《はか》るが、それでいいね」

「けっこうです。必要最小限の根回しはしますが、組合はどうしましょう」

「きみにまかせるよ」

「承知しました」

役員会で、倉田はこう発言した。

「これまで丸越は、配送業者である当社を、販売行為の最終ランナーとして位置づけ、当社もその責任を自覚し、今日に至っています。しかしながら、丸越にはもはやそのような考えはないと断じざるを得ません。こうした当社に対する丸越の対応は、すべて岡本社長の経営方針に発していると思われます。相互信頼関係の回復は望むべくもなく、取引関係の改善の見通しもない以上、パートナーの関係を継続することはできません。永年の恩義に思いを致すと、まことに残念至極ですが、丸越に対して取引辞退を通告することに決めました。諸君の中に意見もあろうかと思いますが、どうかわたしの経営決断に従っていただきたい」

役員会議室は静まり返り、誰かが放った咳払《せきばら》いがやけに大きく聞こえた。鈴木が根回ししたこともあって、反対論はまったく出なかったし、誰一人として発言しなかったのである。

5

鈴木は直ちに相原委員長、江藤修、伊勢幸治両副委員長ら、組合幹部に、役員会の決定を伝えた。

「丸越出張所に貼《は》りついてる二百十人の社員はどうなるんですか」

「二百十人の嵌《は》め込み先を会社が保証してくれない限り、丸越との取引停止に組合は反対します」

「まさかその見通しもなしに、丸越に通告するようなことはしないでしょうね」

相原たちは血相を変えて、口々に言い立てた。

鈴木は自信たっぷりに言い返した。

「ご心配なく。〝宅急便〟業務と、新設して間もない東京引越センターで一人残らず吸収できます」

三人の表情にホッとした思いが出た。

「公正取引委員会の立入り検査を受けるほど丸越は堕落してしまったのでしょうか。あの丸越がねぇ。トップによって、会社はこうも変わってしまうんでしょうか」

伊勢が感慨深げに言うと、相原が相槌《あいづち》を打った。

「まったくねぇ。組合のチェック機能は働かなかったのかなあ」

相原が思い直したように、鈴木をまっすぐとらえた。

「お話はよくわかりました。社長の決断は正しいと思います。役員会の決定を執行委員会に報告し、組合としても全面的に協力するよう機関決定したいと考えます」

「ありがとう。人員整理の問題が伴うようだったら、社長は決断を躊躇《ちゅうちょ》したでしょう」

江藤が深刻な面持ちで言った。

「しかし、丸越の仕事に誇りをもって励んでいた社員は動揺するでしょうねぇ。そう簡単に割り切れるとは思えません。われわれは丸越の日本橋本店のほうへ足を向けて寝られないと言われ続けてきました。五十数年もパートナーとして、共に歩み、共に栄えてきたんです。

それがたった一人の男のために、ぶち壊されてしまうなんて、そんなことがゆるされていいんでしょうか」

「江藤君は、組合の百貨店部会長だから、この問題を重くとらえるのもわかるが、社長はもっと深刻に悩んだと思うんだ。社長の胸中を思うとつらい気持ちになるよ」

「しかし、委員長、丸越出張所の二百十人の気持ちを考えてください。わたしにはかれらを説得する自信がありません。それに、〝宅急便〟事業がまだ軌道に乗ってない段階で、丸越と絶縁することのリスクは計り知れないものがあるんじゃないですか。丸越から譲歩を引き出す方向で、もう少し企業努力をする必要があると思います」

なにか言おうとする相原を制するように鈴木が口を挟んだ。

「社長は一年以上もかけて辛抱強く、岡本社長に手紙で実情を訴え続けたが、ナシのつぶてだった。丸越と手を切るのは死ぬほどつらいけど、岡本氏が社長である限り、パートナーにとどまることはできない。わたしに言わせれば、社長はよくぞ決断したとはおもうけど、もっと早く丸越と訣別すべきだったんだ。丸越以外の百貨店からは適正な配送費をいただいてるのに、最大手の丸越については赤字なんてことが二年も三年もつづいたこと自体異常なんです。他の百貨店に対する背信行為をしてたわけだからねぇ」

江藤はむすっとした顔で口をつぐんだ。

6

鈴木は、十一月に入ってすぐ五十嵐に面会を求め、取引停止の意向を伝えた。

「鈴木さん、本気ですか」

「こんな重大事を冗談で言えるはずがないじゃないですか。近日中に、倉田から岡本社長に当社の真意を詳細にご説明申し上げます」

「岡本は公取委の問題でそれどころではありません。話すんなら津島常務にしてください」

いつもうすら笑いを浮かべている五十嵐も、さすがに表情がこわばっていた。


十一月七日の昼下がりに倉田が、常務で日本橋本店長を委嘱《いしょく》されている津島尚吾を丸越本店に訪ねた。

「五十嵐から話を聞いて驚いてます。なんとかご再考願えませんか。もちろん、配送費の改定について、前向きに検討させていただきます」

攻守所を変え、津島はほとんど哀願口調に近い。

「考えに考え抜いた熟慮のうえの結論です。パートナーは辞退させていただきますが、コモンキャリアとして今後も協力するにやぶさかではありません」

「差し当たり歳暮の配送業務に支障が生じますが、この時期に大和さんは積年の恨みを晴らすようなことをするんですか」

津島は気色ばんだ。

倉田が津島の視線を外して返した。

「ご冗談を。当社は五十有余年にわたって誠心誠意、丸越さんのパートナーとして、お取引をいただいてきました。年末繁忙期に支障が生じるようなことをするわけがありません。責任を以て業務を遂行します。あしたから取引を打ち切るなどと申し上げてるわけではないのです。新しい業者との引き継ぎが終わるまで、配送業務を続けますが、速やかに業者を決めてください」

津島の声がくぐもった。

「配送費の引き下げだけでなく、駐車料金のことといい、文京区の一件といい、当社の仕打ちに対して、倉田さんが立腹するのはよくわかります。当社がこれまでに取ってきた行為は、パートナーとして信頼をそこなうかもしれません。その点は反省もします。ですから、なんとか修復するようご再考いただけませんでしょうか」

「わたしは岡本社長に何通も文書で実情を訴え、パートナーであり続けるために配送費などの改定をお願いしてきました。そのことごとくが無視され、一度として返事をいただいたことはないのです。丸越さんとの取引を辞退するというよりも、岡本さんとおつきあいするつもりはありません。つまりそういうことなのです」

「再考の余地は残されてないんですかねぇ」

「そう思います」

倉田は丸越本店から帰社するなり鈴木を呼んだ。

「津島常務から再考してくれと言われたが、岡本氏とつきあうつもりはないと突っぱねたよ。しかし、立つ鳥跡を濁さず、というが、年末繁忙期の丸越の配送業務は万遺漏なきを期してもらいたい」

「そうですね。組合の江藤百貨店部会長に社長の意向は伝えます。しかし、岡本社長が頭を下げてきたらどうしますか」

倉田は意表を衝《つ》かれて、返事をするまで十秒ほど手間取った。

「そんなことはあり得ない。そんな良識を持ち合わせてる人じゃないよ」

「そうとも言えないんじゃないですか。津島常務が岡本社長を説得することは考えられると思います」

「仮定の話をしても始まらんよ」

倉田はまったく取り合わなかった。

しかし、岡本に「自分が悪かった」と頭を下げられたら、倉田の心象風景は変わっていたかもしれない。

津島が岡本にことの顚末《てんまつ》を報告したのは、二ヵ月以上も後のことだが、岡本は青筋を立てて猛《たけ》り立った。

「倉田の野郎、なに様のつもりだ。ふざけやがって、冗談じゃねぇ。天下の丸越が、たかが運送屋に舐《な》められてたまるか。運送会社なんて腐るほどあるじゃねぇか」

倉田の読み筋どおり、岡本に良識を求めるほうが間違っていたことになる。

もっとも、丸越側は岡本が癇癪《かんしゃく》を起こすまでに、搦手《からめて》から攻めてきた。

矢面に立ったのは組合である。

相原進に、江藤修に、伊勢幸治に、五十嵐物流部長や丸越の従業員組合の幹部が翻意するよう働きかけてきたのだ。

江藤と伊勢が五十嵐から日本橋にある丸越本店七階の特別食堂に呼び出されたのは、十一月下旬某日の昼食時だ。特製ランチをご馳走《ちそう》になり、スコッチウイスキーの土産までもらって、二人は五十嵐から口説かれた。

帰りのタクシーの中で、江藤が切なそうに言った。

「まさかストまで打つわけにはいかないけど、丸越と修復する方向で再考すべきなんじゃないかねぇ」

「昼めしとスコッチウイスキーぐらいで、なにを弱気なこと言ってるの。サイは投げられたんだ……」

伊勢は膝《ひざ》の上の紙袋をぶん投げるような仕草をして、つづけた。

「俺はこんなもの突き返してやろうと思ったんだけど、カドが立つからもらってやったんだ。いまさら、後には引けんでしょう」

「きみは気楽でいいけど、百貨店部会長の俺の身にもなってくれよ」

「〝宅急便〟にしゃかりきになるためにも、社長の経営決断を尊重すべきだと思うなぁ」

「もう一度委員長と相談してみるかねぇ」

江藤は弱気の虫にとりつかれていた。二人とも自宅に持ち帰るのは気が引けたので、二本のスコッチウイスキーは組合本部に寄付した。

「大和運輸さんで頼りになるのは組合だけです。丸越との取引き関係を解消するなんて、お宅の経営者はどうかしてますよ。組合はストに訴えてでも、丸越との取引き継続を主張すべきです。あなたがたは危機感をもっていないいんですか。こんな無謀なことをして、後で泣きを見るのはあなたがた組合員ですよ」

丸越の連中から連日連夜こんなふうに言われれば江藤ならずとも、浮き足立たないほうがおかしいが、倉田は「希望どおりの配転を認める」と言明し、組合の動揺を抑えた。

昭和五十四年二月二十八日午後六時半をもって、丸越出張所は閉鎖され、五十有余年続いた丸越との取引き関係に終止符が打たれた。

〝ネコがライオンに噛《か》みついた〟

マスコミは、〝丸越事件を書き立てた。

運送会社の側から百貨店に三行半《みくだりはん》を突きつけたのは前代未聞の椿事《ちんじ》である。

三月上旬の某夜、目黒の八芳園で丸越出張所の解散式が行なわれた。

マイクの前に立った倉田は、丸越と訣別した経緯をたんたんと話したあとで、こうしめくくった。

「マスコミは、〝ネコがライオンに嚙みついた〟などと書き立て、当社をもてはやしてますが、そんなことはありません。丸越出張所で働いていた皆さんのことを考えると、断腸の思いになりますが、丸越のパートナーを辞退したことは、これからの大和運輸のためになるとわたくしは確信してます。五年先、十年先に、いま、わたくしが話したことを皆さんに必ず思い出していただけるでしょう。新しい職場は皆さんを温かく迎えてくれるはずです。気持ちを新たにして頑張ってください」

第四章　創業者

1

丸越出張所の解散式を終え、目黒の八芳園から南青山の自宅マンションに帰る専用車の中で、倉田正雄は感慨に耽《ふけ》っていた。

つい先日、他界した実父、康三郎のことだ。

倉田康三郎は、大和《やまと》運輸の創業者で、昭和五十四（一九七九）年一月十五日午後五時五十分に入院先の新宿朝日生命成人病研究所付属病院で死去した。享年八十九歳。天寿を全うしたと言える。

康三郎が後事を息子に託し社長から相談役に退いたのは昭和四十六（一九七一）年三月で、八十二歳のときである。親父《おやじ》が生存し、創業者として睨《にら》みをきかせていたら、丸越との訣別《けつべつ》はあり得なかったろう。

最晩年の康三郎は脳軟化症が進み判断能力を失っていたので、経営に口出しすることはなかった。しかし、もっと早く経営を俺にまかせてくれていたら、大和運輸はいまよりはましな企業になっていたはずだ——。

康三郎は社長時代の昭和四十四（一九六九）年四月に米国のロータリークラブ大会に出席するために渡米、帰国直後に脳梗塞《のうこうそく》で倒れた。比較的軽症だったので、言語障害などはなかったものの、車椅子《くるまいす》に頼らざるを得なくなった。

十年前の昭和四十四年十一月二十九日、大和運輸は創業五十周年を迎え、十月十二日の日曜日に新宿厚生年金会館で記念式典が盛大に挙行された。

この日午前十時、国歌斉唱によって式典が始まり、物故社員に対する黙禱《もくとう》、社長挨拶《あいさつ》を当時専務の倉田正雄が約二千人の社員代表の前で代読した。

代読の形を採ったが、事実は倉田自身が康三郎の気持ちを汲《く》んでまとめ、康三郎がＯＫを出したのだ。

「わが大和運輸株式会社は、昭和四十四年十一月二十九日を以て創業五十周年を迎えることができました。きょうここに五十周年記念式典を行なうに当たり、ひとことご挨拶を申し述べさせていただきます。

大正八年、わが国ではまだ貨物自動車が珍しく、自動車による運送事業が成り立つかどうか危ぶまれた時代に呱々《ここ》の声を挙げた当社が、遥《はる》けくも遠き道を走り続けて五十年の里程標に達し得ましたことは、顧みまして、まことに感無量のものがございます。

しかも、わずか四両の車両をもちまして始めました事業が、二千両を超える車両を擁し、陸海空にわたる貨物を取り扱うまでに発展しましたことは、ひとえに関係行政当局のご指導、取引先の皆様のご庇護《ひご》、社員諸君の協力のたまものと、衷心《ちゅうしん》より御礼を申し上げる次第です。

今日まで歩んで参りました幾多の変遷と苦難の道を顧みますとき、多くのかたがたから与えていただきました数々のご厚情に対しまして、感謝の念を新たに致しますとともに、これからたどるべき新しい進路への自戒をも忘れてはならないと肝に銘じている次第でございます。

私事で恐縮でございますが、わたくしは三十歳の誕生日に大和運輸を興しました。そして、齢《よわい》八十の誕生日に現職の社長として五十周年の祝賀を催すことができたのでございます。わたくしほどの果報者はいないと思っております。

いま、五十年を回顧してみますと、当社の事業のありかたは時代によって、さまざまに変化致しましたが、ご顧客各位の一貫して変わらざるご愛顧によって支えられてまいりましたことは、まことにありがたい次第でございます。

僭越《せんえつ》ながら申し添えさせていただきますと、今日まで当社の社訓にうたいました奉仕の精神を常に変わらずもち続けるよう努めてまいったつもりであります。

いまや運送業界は大きな変革期を迎えまして、わたくしどもはこれからの年月のなかで従来と全く異なった新しい事業のありかたを探究し、実践していかなければならないと思います。つまり時代の変化、時代の要請にいかに対応していくか、という点に留意すべきではないかと考える次第でございますが、いつの時代にも奉仕の精神はいささかも変わることなく、よりよきサービスを目指して精進いたしたいと存じております。

日曜日にもかかわらず、ご出席をたまわりましたご来賓のかたがたに、そして社員の皆さんに一層のご指導ご鞭撻《べんたつ》をたまわりますようお願い申し上げまして、わたくしの挨拶にかえさせていただきます。

ありがとうございました」

大和運輸の社訓は「一、大和は我なり　一、運送行爲は委託者の意思の延長と知るべし　一、思想を堅實に禮節を重んずべし」である。

「いまや運送業界は大きな変革期……」の最後のくだりは、倉田は自身の思いを滲《にじ》ませたが、このときすでに〝宅急便〟志向がおぼろげながら頭の中に存在したとも受けとれよう。

二十年以上の永年勤続功労社員、代理店の表彰のあとの来賓祝辞では永田重雄・東京商工会議所会頭、塚田正義・日本トラック協会会長、黒田忠孝・運輸省自動車局長らと共に、松岡与三雄・丸越社長も名前を連ねていた。

松岡は、祝辞のなかで「大和運輸さんはわが丸越にとりまして最良のパートナーであり、両者の相互信頼関係は磐石《ばんじゃく》で今後とも揺らぐことはございません」と述べてくれた。

その丸越と袂《たもと》を分かつことになろうとは――。

同年十一月七日、ホテルオークラ平安の間で行なわれた創業五十周年祝賀パーティにも、松岡はもちろん駆けつけてくれた。岩崎好実・芙蓉《ふよう》銀行頭取、大山三郎・五井銀行社長、原田善衛・元警視総監、堀切武司・運輸省事務次官、安川謙・参議院議員、池野勲・京鉄百貨店社長ら各界の著名人約八百人が出席した。

パーティが盛り上がったところで、倉田康三郎が車椅子で登場し、盛大な拍手で迎えられた。会場内の人波を縫いながら、康三郎はそこここで出席者と握手を交わし、歓談した。

「おめでとうございます」

「ありがとうございます。脚が不自由で、失礼してますが、このとおり元気にしてます。まだまだ若い者にここは負けませんよ」

康三郎は、左手で頭をこつこつ叩いて、出席者を笑わせた。左手にくらべて右手のほうが不自由だったのだ。しかし、車椅子の社長はいかがなものかと痛々しさのような思いで、康三郎に同情を寄せた出席者も少なくなかったろう。

五十周年が親父の花道だと、パーティ会場で倉田はふと思ったものだ。

だが、康三郎は社長を辞めるとはなかなか言い出さなかった。

気力も衰え、ただの好々爺《こうこうや》になってしまった康三郎に、「辞めてください」と引導を渡したのは、息子の倉田のほうだった。

ある経済誌に〝儲《もう》かる会社と儲からない会社の違い〟をテーマにした特集記事が掲載され、運輸業界では、大日運送と大和運輸が採り上げられ、後者を儲からない会社と決めつけていた。事実なのだから仕方がない。

その記事を読んだとき倉田は側近に洩《も》らしたものだ。

「トップの年齢差が問題だと書いてあるが、たしかに大日運送の社長は親父より二十歳も若い。個人攻撃で不愉快だが、親父は明らかに判断力が鈍っている。脳梗塞で倒れ、八十歳になっても、創業者だからといって社長を辞めずに頑張ってるなんてみっともないよ。広島通運の渋沢社長は、毎晩東京支店長に電話をかけて業務報告をさせていると聞いた憶《おぼ》えがあるけど、僕はあの会社が伸びた要因はそのへんにあるような気がする。ウチの親父は月一度の役員会でも数字を見ようともしない。経営者の脱け殻みたいなものだ」

康三郎は、倉田の気魄《きはく》に押されて、昭和四十六年三月に社長を辞任した。倉田は世襲で二代目社長になったわけではない。実力で奪い取ったのだ。

康三郎も息子の資質を評価せざるを得なかったと思える。

歴史にイフは禁句だが、倉田康三郎の脳軟化が進んでいなかったら〝宅急便〟の誕生も〝丸越事件〟もなかっただろう。大口取引先を切り捨てるなんて、康三郎がゆるすはずがないからだ。創業者を神様に近い存在と崇《あが》める旧《ふる》い体質の役員たちが、〝宅急便〟に反対したのも、感情論として当然とも言える。

天下の丸越に絶縁状を突きつけるなど、かれらにとって驚天動地の大事件で、倉田の乱心と思った者もいるだろう。

それほど、丸越との結びつきは強固だった。康三郎が元気だったら、丸越の岡本社長にいくら無理難題を突きつけられ、横車を押されても、訣別だけは回避したに相違なかった。

2

大和運輸が丸越と提携した経緯は〝トラックに生きた八十年〟＝倉田康三郎自伝（大和運輸五十年史）によるとこうなる。

大正十（一九二一）年ごろ、倉田の家は代々木の初台にあった。

庭続きの隣家に住んでいたのが、丸越家具部主任の一木秀造だ。主任といってもいまなら部長クラスの幹部社員である。

倉田家と一木家は、家族ぐるみのつきあいをしていた。

その年の夏、康三郎は一木と河口湖畔の船津ホテルに一週間滞在し、清遊した。

二人は離れ座敷のいちばん上等の部屋におさまったが、ある朝、番頭が顔を出し、出し抜けに切り出した。

「申し訳ありませんが、きょうは知事さんがお出になるので、この部屋を明けて、別の部屋に替わってくださいませんでしょうか」

康三郎は、知事の宿泊が事前にわかっていたのなら初めから別の部屋を用意すべきだと思い、むかっ腹だったが、一木に浴衣の袖《そで》を引かれたので、やむなく番頭の頼みを聞き容れてやった。

しかし、康三郎は腹の虫がおさまらなかった。どこの知事だか知らないが、先約の客を追い出す法はない――。

銀座数寄屋橋際の紙問屋の三男坊で、家族と使用人のあまりの差別待遇に子供心にも反感をいだいていた康三郎は、権力を笠《かさ》に着る者をゆるせなかった。

食事どきに女性従業員が来ると、「知事さんのお食事は済んだのかい」と大声で訊《き》く。「お風呂をどうぞ」と言われれば、「知事さんはいいのかね」と絡む。

窓をあけ放って、某知事に聞こえよがしにこれをやられるのだから、たまったものではない。

知事の部屋は静まりかえっている。

「倉田さん、もういいじゃないですか」

一木はハラハラしどおしだった。

夕食後、二人が碁を打っているところへ番頭が恐る恐る顔を出した。

「どちらか知事さんの碁のお相手をしていただけませんでしょうか」

「知事さんのお言いつけか」

「できたらお願いしたいと……」

「ふざけんなよ。俺たちをたいこ持ちと間違えてんじゃないのか」

怒り心頭に発する康三郎を、一木は「まあまあ」と宥《なだ》めた。

「一局だけつきあってきます。すぐ戻ってきますから、このまま待っててください。ちょっと、わたくしのほうがいいですかねぇ」

一木は盤上をひと睨《にら》みして、局面を頭に刻み込んでから、部屋を出て行った。

おさまらないのは康三郎だ。人を呼びつける知事もゆるせないが、友達を放ったらかして、のこのこ出かけていく一木の気も知れない。

形勢われに不利なことでもあったから、康三郎は腹立ちまぎれに盤上の碁石を黒白関係なく、ぐしゃぐしゃにかきまわして、ふて寝をしていた。

一木はほどなく戻ってきた。

「いやあ強い強い。四目を置いてあっという間にやられました。とても歯が立ちません」

てくださいって言ってました。われわれに部屋を替えさせたことを気にしている様子でした」

「段が違います。しかも礼儀も正しい人でしたよ。倉田さんにくれぐれもよろしくお詫《わ》びし

「へえ、そんなに強いんですか」

一木が、康三郎の胸中を察して、脚色しているふしがないでもないが、康三郎の腹の虫がおさまったことは事実である。

康三郎は一木と同世代ということもあり、交友関係を深め、その後も二人だけで何度も小旅行を試みた。

大正十一年の夏には高尾山へ土曜と日曜日の一泊旅行で二度も出かけている。

高尾山は滝あり清流ありで行楽地として最適だったが、それ以上に飯縄《いいづな》権現の霊地だからお参りすれば、霊験あらたかだと伝えられていたことが二人の気持ちを高尾山へ向かわせたのかもしれない。

浅川駅まで汽車で行き、二時間半ほどで山頂に辿《たど》り着くが、二人は浅川べりの旅館に一泊したものだ。

高尾山から戻って、旅館の二階で一杯やっているとき、浅川には鮠《はや》が棲息《せいそく》しているという話になった。東京では鯎《うぐい》とも呼ばれる鯉《こい》科の小魚だが、焼いて食べると淡白で美味《おい》しい。

「よし、旅館で網を借りて、五、六匹つかまえてきましょう」

康三郎は褌《ふんどし》姿で浅川へ飛び込んだ。

清流だが水量は少ないので、水泳は無理だが、なるほど鮠が泳ぎ回っていた。

旅館の二階の窓から一木が身を乗り出すようにして、こっちを見下ろしている。いつの間にか見物人も集まってきた。

康三郎は懸命に網を振り回したが、鮠はすばしっこいので、とうとう一匹も網にかからなかった。

這々《ほうほう》の体《てい》で旅館に戻って、風呂から上がってきた康三郎に、一木がにやにやしながら割箸の紙をひろげて手渡した。

浅川のハヤは目もあり鰭《ひれ》もあり

「参りました」

「きっと鮠は網で掬《すく》う魚じゃなくて、釣る魚なんでしょう」

「一句ひねられて、一本取られましたねぇ」

二人はいつまでも笑いころげていた。

3

康三郎と一木の交友が深まった大正十一年初秋の某日、一木がぶらっと倉田家に康三郎を訪ねてきた。恐らく夕食後の遅い時間だろう。

大正時代は、丸越に限らず百貨店の配達はバネ付の箱馬車と人力車が利用されていた。丸越にとって横浜は東京の山の手と並ぶ顧客の密集地である。外商員は昼間のうちに横浜へ出張し、注文を取って、夕方、日本橋の本店に戻ってくる。

新橋―横浜の往復はむろん汽車だ。

そして、翌日の午後遅い時間に、注文品を積み込んだ荷馬車が、提灯《ちょうちん》の明りをたよりに横浜へ向かう。横浜着は朝だ。

居間で煎茶《せんちゃ》を飲みながら一木がさりげなく用件を切り出した。

「倉田さん、トラックで家具を運搬することはできませんかねぇ」

関内《かんない》にある川崎屋という人力車宿がいわば丸越の横浜配送所で、丸越お抱えの車夫がたむろしていた。汽車で横浜に到着した外商員が川崎屋から人力車で、注文品を配達する。家具などの大型商品は箱馬車を使った。

「倉田さんは先を見る眼をおもちだと思います。これからはトラックが荷馬車や箱馬車に替わる時代なんじゃないでしょうか。大和運輸さんにとっても、悪い話ではないと思います」

「ありがたいお話です。さっそく具体的に検討させていただきます」

「東京―横浜間のトラック運搬の見積書を出してください。契約などの事務一切を庶務係が所管してますので、徳山という男を紹介します」

この時代、大和運輸の車両はフォード製のT型トラックだったが、東京―横浜間の所要時間は往復約六時間で、運賃は十七円が相場だった。

数次にわたる交渉の結果、箱馬車、荷馬車と同等コストの十五円に落ち着いた。大正十一年晩秋のことだ。

当初は家具の運送だけだったが、丸越は全社的にトラック運送を本格的に採用すべきではないか、とする動きが出始め、大和運輸にも見積書の提出を求めてきた。

このころ、丸越に対して帝国商会、内外興産、梁川自動車商会の自動車販売業三社が、乗用車のシャーシーに箱をつけたデリバリーカーの売り込み競争でしのぎを削っていた。もちろん国産車などは皆無の時代である。三社とも輸入代理店だ。

丸越は、これらの三社に対して、ついでに運送費を見積るよう依頼した。自動車を売りにくるくらいだから、運送の見積り程度はできるだろう、と担当者が冗談半分に持ちかけたと思われる。

帝国商会などは一日当たり常傭《じょうやとい》で十一円～十二円の見積書を提出した。

大和運輸の見積りは十七円だから、話にならない。

康三郎は、丸越の庶務係の徳山洋一郎に懸命に訴えた。

「帝国商会などは自動車を売るのが商売で、運送業については全くの素人です。自動車を売り込みたいがために、なんら根拠のないいい加減な数字を出したに過ぎません。コストを無視したでたらめな見積りと比較されてはたまりません」

「しかし、それにしても格差があり過ぎませんか」

「十一円や十二円で、やっていけるはずがないことは、徳山さんならおわかりいただけると思いますが」

「十七円では上のほうが納得しないと思います」

「十一円とか十二円とか、赤字になることがわかっていて、呑めとおっしゃられても、呑めるわけがないじゃありませんか。会社が潰《つぶ》れてしまいますよ」

倉田は激昂《げっこう》して、席を蹴《け》立《た》てて帰ってきたこともあった。

一方、デリバリーカーの売り込み合戦は、帝国商会が凱歌《がいか》をあげた。柳井京三社長の辣腕《らつわん》ぶりに、梁川自動車商会と内外興産の二社が手を引いたからだ。

康三郎は、柳井に面会を求めた。柳井にしてみれば、康三郎は会いたくない相手だが、予想に反して柳井は快く会ってくれた。あとでわかったことだが、柳井に下心があったのである。

「倉田さんが怒るのはもっともです。僕のほうは販売政策だけで、運送費の見積りを出したに過ぎんのです」

「いずれ帝国商会さんから車を買いたいと思ってましたが、こんな安い運賃じゃ、車の代金も払えません。諦《あきら》めざるを得ませんよ」

「倉田さん、ここは我慢のしどころでしょう。丸越の話に乗ったらどうですかぁ。帝国商会は今後必ずあなたのお役に立てると思いますよう」

柳井は思い入れたっぷりに、引っ張った声で言って、腕を組んで眼を瞑《つぶ》った。

五秒経《た》ち、十秒経っても、柳井は思案顔で眼を閉じている。

康三郎も、柳井も鼻下に髭《ひげ》をたくわえていたが、康三郎が右手の人差し指で髭を撫《な》でながら、なにか言おうとしたとき、柳井がカッと眼を見開いて、膝《ひざ》を叩《たた》いた。

「ようし、こうなったら、帝国商会は降りましょう」

「降りるって、なにをどう降りるんですか」

「丸越にデリバリーカーを販売しないっていうことです。代わりにあんたを推薦しますよ」

康三郎は眉に唾《つば》を塗りたくなった。

にわかには信じ難い。しかし、仮にも不惑をとうに過ぎた年輩の実業家が食言するとも思えなかった。

それこそ清水《きよみず》の舞台から飛び下りるような気持ちで、柳井の言に従うことにし、丸越との契約を締結しようと肚《はら》をくくった。かくして、大和運輸は丸越の横浜送りの商品受注に続いて、同店の東京市内の配送業務を一手に扱うことになったのだ。この結果をふまえて大和運輸は帝国商会からデリバリーカー四両を購入させられた。

大正十二年三月から大和運輸は試験的に毎日二、三両のトラックを出車させていたが、他業者に比べ会社組織面で内容がしっかりしており、運転手を含めた従業員の勤務態度が良好なことを丸越側は評価してくれたことになる。

ただし運賃は十四円台に抑えられた。

同年五月、丸越は自家用車十両を突然廃車することに決め、その補充を大和運輸に要請してきた。それまで、丸越は東京市内の配送の大半を自家用車でまかない、不足分を個人企業のトラックに頼っていた。

このため大和運輸は一トン車五両を増車、トラック保有数を一挙に十二両に倍増した。

そして七月には営業組織を本社（京橋区豊玉河岸）部と丸越部に分離し、四谷塩町に出張所を設けた。

大正十三年に入ると一、二両の少数トラック所有の個人企業の誕生が相次いだが、いずれも経営能力が欠如していたため、大和運輸に対して専属の下請けを求めるところが多く、これを受け容れた同社は、さらに輸送力を拡充することができた。

丸越の配送業務を独占したことによって、大和運輸の企業基盤は確立されたと言える。

倉田正雄の出生は、大正十三年十二月十三日だ。丸越に対する温度差は、康三郎とは比ぶべくもない。

〝足を向けて寝られない〟と幼少時代に父から教えられ、長じて大和運輸に入社（昭和二十二年）してからも、丸越あっての大和運輸を実感してきたが、岡本茂男によって三年も赤字を強いられたのである。それでも訣別しないとすれば経営者失格で、株主に対して申し開きができない——。

4

倉田康三郎はわが国運輸業界で立志伝中の人として知られている。

わが国に初めてトラックが登場したのは、明治三十五（一九〇二）年と言われている。東京市京橋区竹早町（現在の銀座松坂屋筋向かい）の食料品鶴屋が米国製オールズモビル一両を購入したのを以て嚆矢《こうし》とする。もっとも、洋酒などの食料品の運搬に使用もしていたが、人を乗せて走らせることも多かったらしいから、実質的には乗用車とも言える。

翌明治三十六年に、丸越の前身、五井呉服店がフランスからクレメント号を購入した。単気筒八馬力、バッテリー点火、時速二九キロメートルというから、自動車並のスピードで走行していたことになる。同年四月から五井呉服店は商品配送車として市内でクレメント号を走らせた。事実上はクレメント号がトラック第一号と言えよう。

康三郎が大和運輸株式会社を設立した大正八（一九一九）年当時の貨物輸送は、荷車と牛馬車の全盛時代であった。内務省統計によると同年末の全国自動車総数は七千五十一両で、そのうちトラックはわずか二百四両（東京七十五両）に過ぎなかった。

康三郎が運送業を志向したのは、いまや道路運送の転換期に差しかかっており、近い将来、トラックが牛馬車にとって替わる時代が到来する、と確信していたからだ。

大和運輸を設立する前、康三郎は八百屋を生業《なりわい》としていた。

もとより八百屋で終わるつもりはなかった。

八百屋も世のため、人のためになる仕事だが、もっと大きな事業を興したい。それには資金《もとで》が要《い》る。十年間で資金を貯《たくわ》えようと志を立てた康三郎は、大正三年から雨の日も風の日も、日照りの夏も、厳しい冬も、毎日毎日手車を引いて野菜を売って歩いた。

二十四歳のとき、友人の世話で、群馬県館林在で代々農業を営んでいた平山徳太郎の長女、はま（十九歳）と結婚し、麻布の市兵衛町に八百屋と住居を構えた。はまは言うまでもなく倉田正雄の実母である。

倉田正雄の母方の祖父に当たる平山は、日露戦争に野島元帥の従卒として出征し、誠実な人柄が見込まれて後年野島家の家令にまでなった。

はまも心の優しい、気品のある女だった。

康三郎は「妻は私の心を心とし、真によくやってくれました。子女の養育に、家庭の切り回しに、また後には会社の従業員に対しても親身も及ばぬ世話をするなど、内助の功はとうてい筆舌に尽くせません」と、〝トラックに生きた八十年〟の中で書いている。

〝筆舌に尽くし難い〟と言えば、大和運輸創業初期の康三郎の苦労もその一語に尽きよう。

資本金十万円、払込資本金二万五千円で設立された大和運輸の創立総会は、大正八年十一月二十九日午後七時から、康三郎が満三十歳の誕生日に京橋区木挽《こびき》町の貸席〝朝日倶楽部《クラブ》〟で開催された。

創立総会の二ヵ月ほど前の九月十五日を期してわが国で初めて交通整理が実施され、牛馬車は銀座大通りから締め出されることになった。手車に親しんだ康三郎にとって衝撃的な出来事だったが、同時にスピードの時代が必ず到来する、と運送業の成功に確信に近い思いを抱いたことも事実である。

交通巡査の出現もこのときだ。白筋入りの緑色の腕章が眼に沁《し》みるように鮮やかに映った。

康三郎は交通機関新時代の夜明けを胸がわくわくする思いで実感していた。午前中に八百屋の仕事を終えると、午後から腹掛けの作業着を背広に着替えて外出したのもこのころである。

目的は自動車の勉強だ。自動車に心を奪われ、とりつかれたように、知識を吸収した。

東京市街自動車株式会社（青バスの前身）で遠縁に当たる人が重役をしていたので、かれをしばしば訪問し、そのころ輸入された〝レパブリック〟について性能などの話を聞いたものだ。また、東京瓦斯《ガス》電気工業株式会社（みすゞ自動車の前身）に勤務している友人を何度訪ねたかわからない。

友人は、厭《いや》な顔もせずに、修理分解の現場を見学させてくれた。康三郎は生涯の事業を運輸業と心に決めていたのである。

創立総会当日の夜は、肌寒かった。康三郎は英国紳士さながらのフロックコート姿で総会に臨んだ。康三郎以外の出席者十六人はいずれも和服姿だったので、出席者の眼にはさぞ颯《さっ》爽《そう》たる姿に映ったことだろう。

康三郎の所有株数は百五十株で、八百屋時代に貯《た》めた資金と店を居抜きで売却した資金のすべてをはたいた。払込み額は二万円ほどであった。

株主は親戚《しんせき》、知人など三十七名、株数は二千株。

社長は義兄の村谷端四郎を担ぎ、康三郎自身は専務で、常勤役員は康三郎ただ一人である。

「きみが社長になったらどうか」

村谷は固辞したが、三百株を保有し最大の出資者である村谷を康三郎は立てた。

「社長は、義兄《にい》さんにお願いします。わたしはまだ三十になったばかりで貫禄《かんろく》がありません。社長という役職は、なんだか登り詰めた感じがするんです。会社が大きくなったら、そのときは社長を名乗らせていただくかもしれませんが、いま名乗るのは気恥ずかしいですよ」

本社社屋は、京橋区東豊玉河岸第四十一号地所在の木造瓦葺《かわらぶき》二階建三十七坪の家屋を造作費一千六百円を支払って、上山茂一から借り受けた。

上山は、康三郎の姉の長男で薪炭《しんたん》問屋を経営していた。村谷同様大口株主で、常務に就いたが、もちろん非常勤である。

創立総会は一時間ほどで終了した。仕出し屋の〝弁松〟から料理を取り寄せ、祝杯をあげて、食事を摂《と》りながら、先輩の株主たちから、あれこれ激励やら希望を聞かされ、康三郎は身のひきしまる思いであった。

少数精鋭の従業員（十五人）の中で、わけても車両担当の伊東八郎兵衛が有能で、車両の購入、整備、運転手の教育訓練から株式募集の準備期間を含めて、獅子奮迅《ししふんじん》の活躍ぶりで、康三郎を支えてくれた。年齢は康三郎より五歳下の二十五歳。数寄屋橋のタクシー会社に運転手として勤めていたが、康三郎の人柄に惚《ほ》れ込んで大和運輸に転職してくれたのである。

同じ麻布市兵衛町に住んでいた縁で、康三郎と伊東は主従として結ばれたのだ。自動車に詳しく仕事熱心で面倒見もよく、部下を自宅に招いては酒を酌《く》みかわす人情に篤《あつ》い男だった。

創業初期の運転手は、伊東が卒業した芝浦にあった東京自動車学校の卒業生を対象に採用した。

この時代の運転手は、自動車が少なかったので若い人のあこがれの的で、いまならさしずめジャンボ旅客機のパイロットに比肩《ひけん》されるか、それ以上のレベルであろう。

若い男にとって花形職業で、富豪か高級官僚の乗る自家用車の運転手ともなると、自分も高い身分になったつもりになるのか、けっこう幅を利かせていた。

運転手と助手では月給が各々四十円、二十五円で運転手にはほかに相当な歩合がついたので、実質二倍の差があった。

助手は、運転手の草履取りまがいのことまでやらされるが、運転手は助手の面倒をみていたので、いわば親分、子分の関係に近い。助手で一定の修業を積んで、初めて運転手になれるが、自動車の整備技術を身につけなければ一人前の運転手として扱われなかった。

大和運輸では、康三郎の方針で、警視庁の試験合格者でも、免許証は会社の大金庫に保管し、最低数ヵ月は助手として荷扱いを習得させた。

使用車両は丸の内セルフルーザー商会からデンビー二トン車一両、フォード一トン車三両の四両を一万六千二百八十円で購入し、大正八年十二月下旬から営業を開始した。

大和運輸は、戦後景気に沸き立つ好況期に好運なスタートを切ることができた。

ちなみにサラエボ事件（一九一四年＝大正三年＝六月、サラエボを訪問中のオーストリア皇太子、フェルジナンド大公夫妻がオーストリア併合に反対するセルビアの一青年に暗殺された）が引き金となって同年七月二十八日に勃発《ぼっぱつ》した第一次世界大戦は、四年後の一九一八年（大正七年）十一月十一日に、ドイツ、オーストリア・ハンガリーの同盟国側が、勝者の連合国側が突き付けた休戦条約を呑んで終戦となった。

創業四ヵ月ほど経ち、従業員も仕事に慣れ、受注量も増えて収支も黒字の見通しが出てきた大正九年三月十五日、突如、わが国産業界は戦後景気の反動に見舞われ、株式、期米、綿糸、生糸《きいと》などの各市場は未曾有《みぞう》の大暴落をきたし、十六、七の両日は東西の株式取引所立会停止を余儀なくされた。

四月に入っても株の暴落に歯止めはかからず、全国で銀行の取り付けが頻発した。

四月十六日、政府は財界救済を声明し、同月二十三日には日銀が一億二千万円の救済融資を決めた。また株式市場救済を目的にシンジケート銀行団が結成されたが、同月中に休業七行、年末までの破綻《はたん》銀行は二十一行、取り付けを受けた銀行は六十一行に及ぶ大惨状を呈した。

こうした中で大和運輸は、四月三十日の第一期決算でわずかとはいえ黒字を出し健闘した。そして、第二期決算では一割配当を実行している。ただ、同期の営業報告書で「殷賑《いんしん》ノ極ニ達シタル我ガ財界モ三月以来株式大暴落ヲ発端トシテ大瓦解《がかい》。大恐慌ノ声、引続クコト寧日《ねいじつ》ノ暇《いとま》ナク金融逼迫《ひっぱく》ノ暗雲一円ニ漲《みなぎ》リ我々運輸業界ニ多大ノ影響ヲ波及シテ実ニ累卵《るいらん》ノ危キニ至レリ……」との当時の緊迫した情勢を伝えている。

第三期には赤字決算となり、わずかながら前期繰越金を差し引いて百二円の損金を計上した。

大正九年通期の売上高は三万二千八百十七円、経営利益は二千九百五十六円であった。

5

翌大正十年は連日苦闘が続いた。

払込資本金の二万五千円はほとんど設備や車両購入費に充てられたため、運転資金は乏しく、従業員の給料支払いに難儀することさえあった。

この年の二月に、康三郎は思い余って、伊東に相談した。

「このままでは月末の給料支払いができなくなる。志水新作商店の買掛金をなんとか据え置いてもらおうと思うんだが……」

本来なら車両担当の伊東に相談すべき事柄とは思えないが、康三郎はなにかにつけて伊東を頼りにしていた。

「買掛金はどのくらいあるんですか？」

「三千円ほどあると思う。社員の給料遅配だけはなんとしても避けたいからねぇ」

志水商店は、大和運輸最大の仕入れ先で、油脂類や自動車部品などを調達していた。

「われわれは一ヵ月や二ヵ月なら、辛抱できますよ。志水商店が据え置いてくれるとも思えません」

「給料遅配は社員が動揺する。当たるだけでも当たってみよう」

「専務が頭を下げれば、多少のことは聞き入れてもらえるかもしれませんが、どうか無理をしないでください」

康三郎は芝区桜田伏見町の志水新作商店を訪問し、志水に申し出た。

「虫のいいことは百も承知ですが、三千円の買掛金を向こう十ヵ月無利子で据え置いていただけませんでしょうか。その代わりといってはなんですが、今後毎月の仕入れ代金は必ず月々お支払いさせていただきます」

「借金してるほうから条件を突きつけられるとは夢にも思わなかった。呆《あき》れてものも言えませんよ」

言葉はきついが、眼は笑っていた。

「借金で逃げ回るより、このほうが利口な手かもしれませんねぇ」

「社員の給料だけは払ってやりたいと思いまして。考えに考え抜いたすえの、あつかましいお願いなんです」

「あなたを信用しましょう。倉田さんの社員を思う気持ちは痛いほどよくわかります。ウチも決して楽ではないが、これからも永いおつきあいをお願いするんですから、そのくらいはなんとかしなければ……」

志水店主のひとことに、倉田は眼がしらが熱くなった。

十二月までになんとか業績を挽回《ばんかい》して、旧債を返済したい、と康三郎は思ったが、月々の勘定払いが精いっぱいだった。

約束の期日は余すところふた月しかない十月の初めに、康三郎は窮余の決断をした。浅川駅と高尾山麓《さんろく》間のバスを営業権ごと売却しようと考えたのだ。

バスといっても、乗用車で遊覧客を運ぶ仕事だが、大和運輸はフォード二両を充て、一人三十銭の運賃で営業していた。これが五千三百円で売却できたのだ。

これによって約束よりもひと月ほど前、三千円に謝礼物をそえて志水新作商店に返済することができ、志水は、以前にも増して大和運輸を信用してくれた。

康三郎が志水新作商店を訪ねたとき、志水は硬い顔で迎えた。手土産のほうが眼に入って、康三郎が日延べを申し入れにきたと取ったのだ。

「お陰さまで、約束を守ることができました」

「なんですって⁉ まだ、十二月になってませんが」

「一日も早くお返ししたい、とずっとそればかり考えてました」

「この厳しいご時世に、よく頑張りましたねぇ」

「社員がほんとうによく働いてくれました。給料の遅配をしないわたしに、感激して、身を粉にして働いてくれたんです」

康三郎は社員を立て〝高尾山バス〟のことは話さなかった。それをうちあけたのは、志水との交友関係が深まった後年のことだ。

6

しかし、不景気のドン底とあって、荷動きの鈍化は致し方なかった。

社をあげて、渉外に当たったが、比較的運賃の高いトラックを利用してくれるところが、おいそれと現れるはずもなかった。そして困った挙げ句の果てに糞尿《ふんにょう》運搬に乗り出すことになった。

上野桜木町で集めた肥桶《こえおけ》を埼玉県越ヶ谷の肥料溜《だめ》へ運ぶ仕事である。

五月末から六月末にかけて請負ったが、蒸し暑さの中で腐敗したガスが充満するし、悪路の揺れで糞尿が流れ出して運転手も助手も一度で懲りてしまう。しかし、請負った以上はやり抜かなければならない。

伊東が運転手を買って出てくれた。助手席には、康三郎が助手服をまとって乗り込み、二人のコンビで桜木町と越ヶ谷間を何度も往復した。鼻をつまみたくなる悪臭に耐えながら二人は頑張り抜いた。

「こんな仕事を取ってきたわたしが悪いんです」

「いや、そんなことはないよ。これも立派な仕事のうちだよ」

「それにしても、これっきりにしましょう」

「うん。来年もう一度頼まれても、ちょっとねぇ」

二人は同じ会話を何度したかわからない。

鮮魚配送に初めてトラックを利用したのも大正十年六月ころのことだ。そのころ東京では小売商が日本橋河岸の魚市場から市内に点在する店舗へ魚を運搬していた。特殊なバネのついた小型荷車を利用していたが、荷車の前後を三人の若者が威勢のいいかけ声を放ちながら走る姿は、江戸の名残をとどめた情緒が感じられたものだ。

康三郎はこれをトラックに替えることを思いついたのだ。

康三郎は魚市場へ足繁く通《かよ》って、小売商たちを説得したが「トラックなんて贅沢《ぜいたく》なものを使うなどとんでもない」と誰もとりあってくれない。

そんな中で、一人だけ条件付きで話に乗ってくれた小売商がいた。

「倉田さんの話のとおり、ことがうまく運ばなかったら、大和運輸は責任を取ってくれるんですか」

「もちろんです。万一失敗したら、魚は全部ウチで引き取ります。当然、運賃もいただきません」

テストの結果、日本橋―大森間は四十分、日本橋―青山間は三十分というスピードで運べることがわかった。これまでの最低三時間に比べ、わずか六分の一の所要時間である。冷凍用の氷も融けないから、魚の鮮度も保てる。

小売商たちは競って大和運輸に発注するようになった。

「これでわが大和運輸は安泰だ。大きな収入源となる画期的な輸送方式を開発したわけだから」

康三郎は得意満面で社員たちに話したものだが、束の間の春に終わってしまった。

市内の魚屋が共同でトラックを購入し、自分たちで輸送するようになったからだ。

7

この年、康三郎にとって最も大きな痛手となったのは、伊東八郎兵衛が辞職したことだ。

伊東が思い詰めた顔で、康三郎に面会を求めてきたのは、十月ころのことだ。

「会社を辞めさせてください」

「きみ、なにを言い出すんだ。わたしが右腕とも左腕とも恃《たの》む伊東君にいま辞められたらどんなに困るか、きみがいちばんよく知ってるはずじゃないの。まず理由《わけ》を聞かせてよ」

「わたしは社員で最も高い給料をいただいていますが、そんな資格はありません」

「どうしてそんなことを言うの。いちばん働いているきみに相応《ふさわ》しい給料と思うけどねぇ。むしろ、もっとあげなければいけないかもしれない。きみはわが社の功労者だ。誰もとやかく言えないよ」

「業績不振の責任を取らせてください」

「経営責任をうんぬんするなら挙げてこのわたしにある。大和運輸の経営者は、わたし一人だよ」

「糞尿運搬の責任は、わたしにあります」

「それは違う。百歩譲って、きみの言いぶんを認めたとしても、辞めるほどの責任では断じてないよ。とにかく、もうひと晩考えてくれないか」

伊東は黙って低頭して、康三郎の前を去った。

だが、次の日も伊東は翻意しなかった。

「きみは、わたしを見限り、大和運輸を見捨てるっていうことなのか」

康三郎は声を荒らげてから、ぐっと声量を落としてつづけた。

「たしかに、いまは苦しい。大和運輸の前途は険しいかもしれない。しかし、必ずわたしは運送業界を成功させてみせる。もういちど考え直してもらえないだろうか」

「ひと晩寝ずに考えましたが、もうわたしの役割は終わったと思います。わたしは、会社のためにも専務のためにも精いっぱいやってきたつもりですが、裏目に出たことも多いし、カラ回りしてる面もありました。永い間お世話になりました。ご恩は忘れません」

伊東はここで翻意したら男がすたると思い、ついに辞表を撤回することはなかった。明治の気骨をもった男だったのである。

康三郎の落胆は大きかったが、ここは創業者の意地を見せなければならない。いつまでも、伊東ごときにかまけていては社員の士気にかかわるとわが胸に言い聞かせて、辞表を受理した。

そうは言っても、伊東に去られて、康三郎は胸にぽっかり穴をあけられたような寂寥《せきりょう》感に襲われ、ついつい深酒しがちであった。

こんなときは仕事をするに限る。

康三郎は諦めかけていた糞尿運搬費を取り立てることを思い立った。

暮れの某日、康三郎は若い運転手二人とトラックで上野桜木町に住む差配人の家へ出向いた。

食料のあんぱんと、暖を取るための毛布と木炭をトラックに積んで差配の家に乗りつけたのである。

「あんな辛《つら》い仕事をやらせておいて、運賃を踏み倒すとは不届き千万じゃないですか」

康三郎は半ば喧嘩腰《けんかごし》だった。

「無い袖《そで》は振れないよ。だいたい、おたくがどうしてもやらせてくれというから、仕方なくやってもらったんだ」

「七百円の運賃を払ってくれるまで帰りません。食料も何日分も用意してきてるし、毛布、炭もあります。なんなら巡査を呼んだらどうですか」

「勝手にしろ」

眼に険のある多少ヤクザがかった差配人は初めのうち、雨戸を閉めて、逃げの一手だったが、康三郎は「支払ってもらうまではテコでも動かんぞ。おまえたちも覚悟はいいな」と大声で部下に言って、玄関前にござをひろげた。

「十日か二十日、いや、こうなったら正月もくそもありませんよ」

運転手の鳴海も、大声で言い返した。

座り込み戦術に、さすがの悪徳差配人も音《ね》をあげた。

五日目に、全額取り立てることができた。

差配人は康三郎の気魄《きはく》に負けたのだ。

8

伊東の退職もつらかったが、もうひとつ、やりきれない事件が康三郎の気持ちを暗くした。

前後するが、大正九年四月二十八日のことだ。

河村四郎という大和運輸の運転手が芝高輪南町を運行中、前方から長い材木を積んでいる荷車とすれ違った瞬間、角材の端がトラックに触れた。

事故の原因は、荷車がすれ違った直後、急に方向を変えたため、角材がトラックにぶつかったと考えられた。

荷車を引いていた男は今田佐吉という三十九歳の男だった。転倒した今田は骨折し重傷を負った。

河村は近くの病院に今田を運んだが、数時間後、今田は死去した。「残念、残念」とうわごとのように言い残したという。

後に〝残念事件〟と称された所以《ゆえん》である。

今田は独身で、実兄の柳太郎が群馬県下仁田に住んでいたが、損害賠償や慰藉料《いしゃりょう》請求のできる被扶養家族がいなかった。

したがって、柳太郎が相続人になると判断した康三郎は、柳太郎と見舞金の相談を進めたが、柳太郎は突如、社会主義弁護士として聞こえていた布施田辰男を代理人に立て、河村の使用者である大和運輸を相手どって、九千円の慰藉料請求の訴訟を起こした。

請求理由は、原告は被扶養者ではないが、被害者本人が負傷で受けた苦痛に対する慰藉料請求権を相続によって継承したためだという。

常識的にも無理な理屈と思える。大和運輸側は直ちに応訴し、法廷で争うことになった。

この時代は道幅も狭く、凹凸の激しい悪路だったせいで、トラックやバスが通ると振動で屋根瓦が落ちるとか、柱時計が止まったなどと苦情が持ち込まれた。

歩行者や牛馬車側に規則違反や過失があっても、すべて自動車が加害者扱いにされてしまう。

自動車運送業者は絶えず弁償その他の多大な経済的脅威にさらされていたことになる。事故賠償のために廃業に追い込まれた業者もあった。

東京地裁の判決は、大和運輸の主張が認められ、勝訴した。

苦痛に対する慰藉料請求権の如《ごと》きものは本人の一身に専属すべきものであるから、本人が請求の意思表示をしないで死亡した場合、その相続人が勝手に請求権を行使することはできない——これが判決理由だ。

しかし、原告は直ちに控訴院に控訴し、延々九年間にわたって、法廷で争われた。大和運輸の二度目の上告にもかかわらず、大審院の最終判決は、原告の勝訴で、大和運輸は二千円の支払いを命じられることになる。

「残念残念ナル言語ニ依《よ》リ加害者ニ対シ某被害者ニ対スル財産上ノ慰藉料ヲ請求スル意思ヲ表シタルモノト解スルニ相当トスベク……」控訴審の判断を大審院は支持したのである。

昭和四（一九二九）年五月のことだ。

つまり、死の直前に「残念、残念」と叫んだことが判決の決め手になったわけだ。

その後、この判決について法曹界で議論が尽くされた。「残念のひとことも言い得ずに即死した場合はどうするのか。こじつけである」と非難した人が存在する一方で「誰でも常識のある人間であれば、当然慰藉料を請求できるのだから、意思表示の有無にかかわらずその権利は相続できる」と論じた学者もいた。

康三郎は二千円という高額な慰藉料には納得できなかった。社業に邁進《まいしん》しなければならない創業期に裁判にエネルギーを取られたことを含めて、文字どおり残念至極な痛恨事であった。

9

大和運輸の創業期、揺籃《ようらん》期における倉田康三郎の忘れ難い思い出の中で〝関東大震災〟

は、その最たるものである。

大正十二（一九二三）年九月一日正午近く、康三郎は牛込市ケ谷の病院に妻はまを見舞った。

はまは体調を崩して入院中だった。

突然、遠雷とも地鳴りともつかぬ轟音《ごうおん》が聞こえたかと思うと、病室の床がどーんと浮き上がるような大震動に襲われ、小舟に乗って波にゆらゆら揺られているような状態がしばらく続いた。

「これは凄いぞ。大地震だ！」

「あなた！」

康三郎は悲鳴をあげるはまの両手を握り締めた。

幸い病院が倒壊するようなことはなかった。牛込地区一帯の被害は軽微だったのである。

「ここは大丈夫だ。心配しなくていい。母が心配だから初台を見てくる」

地震の大きな揺れが収まるのを待って、康三郎は自宅へ車を飛ばした。

自宅も無事で、気丈な老母も怪我一つしていないことを確かめるや、康三郎は豊玉河岸の本社へ向かった。

市中は土塀や土蔵、煉瓦《れんが》造りの建物が崩れ落ち、煙突が倒れ、市電の線路には切れた電線が垂れ下がり、随所に火災が発生する惨状を呈していた。

避難する人々が道路からあふれ、車の通行に難渋したが、なんとか辿《たど》り着いた本社社屋も無事であることが確認できた。

しかし、余震は絶え間なしに続いている。

午後二時ごろ、丸越担当の松木一郎が戻ってきた。

「車はどうした?」

「八両全部丸越本店の中庭に収容してきました。丸越なら安全だと思います」

当時、大和運輸は丸越専用に箱型の新車を八両充てていた。

康三郎は胸騒ぎがしてならなかった。虫が知らせたというべきかもしれない。

「松木君、丸越にある車はひとまず全部ここへ移そう。あっちこっちで火の手もあがってることだし、ちょっと心配だ」

康三郎は借金して購入した車は命の次に大切、という思いが強かった。

運転手を総動員して、丸越別館から、豊玉河岸の本社の近くへ八両の車を移動させたのは午後四時ごろのことだ。

ところが風向きが変わって火勢が銀座方面へ迫っていることがわかった。

康三郎は避難場所について、とつおいつ考えたが、決断した。

「よし、車両を明治神宮裏の代々木の原へ、移そう。会社の重要書類や什器《じゅうき》類も、トラックに積み込むんだ」

松木が報告にきた。

「近所の人たちが荷物を運んでもらえないかと言ってきてます」

「できるだけ聞き届けてあげなさい」

熟練運転手の渡辺丑松が康三郎に指示を求めてきた。

「大崎の修理工場で修理中のデンビー車を取りに行ってきたいと思いますが」

「うん。頼む」

大崎も至るところで火災が発生していた。修理工場は半倒壊していたが、米国デンビー社製の大型二トン・トラックは無事だった。

渡辺は故障箇所の応急処置をして、低速でなんとか銀座尾張町まで辿り着いた。しかし、デンビー車のエンジンが止まってしまい、立ち往生してしまった。渡辺は、必死に故障箇所を点検したが、火勢が目前に迫っている。

「運転手さん、危険だから逃げてください！」

警察官が大声で怒鳴っている。

あっという間に、デンビー車は炎に包まれ渡辺は降車せざるを得なかった。午後五時半ごろだ。渡辺は息を吞んで、デンビー車が焼失するのを見届け、しばらく立ち尽くしていたが、われに返って会社へ走って戻った。

火の手は近くまで迫っていたが、本社社屋はまだ元の姿をとどめていた。だが焼失は時間の問題である。

渡辺は土足で二階に駆け昇り、自分や同僚の衣類などが入っている柳行李《やなぎごうり》に石のおもしをつけて、裏の三十間堀に投げ込んだ。五缶あったガソリン二缶も同様に三十間堀に沈めて、七時ごろ徒歩で代々木の原へ向かった。

康三郎が近所の人々や、かれらの荷物などを満載したトラックや箱型新車十両を率いて、豊玉河岸を出発したのも五時半ごろである。

一団は、新橋から宇田川町を右折して、芝山内に入り、飯倉へ出て、狸穴《まみあな》を通り、六本木から青山一丁目を経て、代々木に達する道順を取った。芝山内のあたりで聞いた蟬《せみ》しぐれが妙に康三郎の耳に残った。

本社が全焼したのは二日の午前一時ごろだったことがあとでわかった。

大和運輸の保有車両は十二両だが、トラック一両が行方不明のままだった。

康三郎は気がかりで、一睡もせずにトラックの帰りを待ったが、夜が明けても消息不明のままだった。

10

翌二日の早朝、康三郎はトラックで渡辺と豊玉河岸に向かった。

本社社屋は全焼し、まだ燃えくすぶっていた。

辺り一帯灰燼《かいじん》に帰し、豊玉橋も紀ノ国橋も焼け落ち、あちこちに焼けただれた死体が散乱していた。見るも無残な光景に、二人は嘔吐《おうと》感を覚えたほどだ。

「焼失したデンビー車を見たい」

康三郎がぼそっと言った。

渡辺はうなだれた。

「申し訳ありません。要らぬことをしました」

「きみの責任じゃないよ。大崎の修理工場に置いておいたとしても、焼失してしまったろう。だましだまし、よく尾張町まで運んできたよ」

二人は尾張町へ向かい、トラックから降りてデンビー車の残骸《ざんがい》をいつまでも見入っていた。

口をひき結んだ康三郎の横顔に、無念やるかたない思いが出ている。

しかもデンビー車は会社を設立した大正八年に初めて購入したトラック二両のうちの一両だけに、康三郎にとって、身を切られるようにつらいことだった。

渡辺は、責められているような気がして、康三郎から二歩、三歩後退した。

「牛込へ参りましょうか」

「うむ」

康三郎は、はまのことをすっかり忘れていた。

病院も、はまも無事だった。正午前の地震発生から夜半までに二百二十一回の余震が間断なく続いたと記録にあるが、はまが病室のベッドでどれほど心細い思いで眠れぬ一夜を過ごしたか、康三郎はトラックに心を奪われてそこまで気が回らなかった。

「会社は無事ですか」

はまが心配そうに訊いた。

「全焼で、あとかたもない。しかし、トラックは二両残して、あとは無事だ。代々木の原に避難したお陰だよ。一両は、焼失、一両は行方不明だ」

「社員のかたは……」

「みんな無事だ。もっとも行方不明の社員が二人いる」

「わたしはこのとおり大丈夫ですから、帰ってください。やることがたくさんあるんでしょう」

「うん」

「あなたが元気なので安心しました」

「おまえも元気でよかったよ。じゃあ、また来るからな」

康三郎は病院に十分とはいなかった。

康三郎と渡辺は代々木の原へ戻った。

明治通りの裏門に近いところにテントが張られ、机を三つ並べて、大和運輸の仮本社が開設された。

神宮から炊き出しの握り飯が運ばれており、康三郎と渡辺は朝昼兼用の握り飯をむさぼるように頰張った。

二日の夕刻、行方不明の二人が代々木の原にトラックに乗って現れ、康三郎をどれほど安《あん》堵《ど》させたかわからない。

若い運転手は疲れ切った顔で、康三郎に報告した。

「神田の古本屋の依頼で、荷台いっぱいの古書を積んで配達に出かけたところで地震に遭遇しました。配達先を必死に探し回ったのですが火事でわからなくなったので、いったん神田に戻ったのですが、荷主の古本屋も全焼して行先不明です。仕方なく夜、豊玉河岸の本社に行ったのですが、もぬけの殻でした。あっちこっち探し回って、やっと代々木の原に辿り着いた次第です」

「無事でなによりだった。眠れないほど心配してたんだ」

康三郎は運転手と助手をねぎらいながら、荷台を覗《のぞ》くと、本は積まれたままだ。

「この本どうしたらよろしいでしょうか」

「しばらくここに保管するしかないだろう」

テントの隅に本が堆《うずたか》く積まれた。

本の積み出し作業が終わったあとで、康三郎がくだんの運転手に訊いた。

「ところで、丸越のほうへ行ってみなかったか」

「もちろん行きました」

「本店の中庭はどうなってた」

「火の海でした」

「そうか。あのとき妙に胸騒ぎがして、車を移動させることを思いついたが、危ないところだった。八両の車両を失ってたら、大和運輸は致命的な打撃を受けていたろう」

康三郎は〝虫の知らせ〟を神に祈りたくなった。

何日か経って、康三郎は本の山が低くなっているのに気づいた。

従業員のほとんどは焼け出されずに済んだため、誰とはなしに一冊、二冊と家へ持ち帰って読んでいるらしい。

康三郎の癇癪玉《かんしゃくだま》が破裂した。

「おまえたち、なにを考えてるんだ。ここにある本は荷主から預かった大切な運送品じゃないか。運送屋の使命を忘れるとはなにごとか。しかも本を家へ持ち帰るとはなんたることだ。借りるだけの気持ちと軽く考えてのことだとしても、その行為は泥棒と変わるところがない。恥を知れ。すぐ元どおりに戻すんだ」

本を家に持ち帰った者の中には幹部社員も含まれていたから、康三郎の怒りは尋常ではなかった。

たった一日で、本の山は元に戻った。

担当の運転手と助手がひまを見つけて荷主を探し歩いた結果、約二ヵ月後にその所在が判明した。

「全部焼けてしまったと諦めていたのに……」

荷主の喜びも大きかったが、荷主を見つけ出した従業員の責任感と使命感の深さに、康三郎の喜びはひとしおのものがあった。

11

九月四日から車の徴用が始まり、大和運輸は一時的に東京市庁と内務省に車を供出した。運賃は前払い燃料付きで一日五十円。しかも食事付きという破格の好遇である。当時の相場が一日十五〜十六円だったことに照らしてみると、ずいぶんと思い切った緊急措置だ。後藤新平《ごとうしんぺい》内相の即断施策であった。

大正十二年九月一日午前十一時五十八分四十四秒に発生した大地震(関東大震災)はマグニチュード七・九〜八・二と推定され、被害は、東京、神奈川、千葉、埼玉、静岡、山梨、茨城の一府六県の広範囲に及び、罹災《りさい》者は三百四十万人を超えた。

わけても東京市と横浜市は火災によって未曾有の死者を出し、東京市は五万八千百四人、横浜市は二万一千三百八十四人と両市で八七パーセントを占めるに至った。

鉄道の被害も甚大で、駅舎焼失は新橋、有楽町など十八駅、大破三十二駅、罹災車両は焼失一千四百七十五両、破損四百二十三両を数えた。

自動車の被害は、一千両以上の焼失と推定されている。

康三郎の機転でわずか一両を失うにとどまった大和運輸はまことに幸運であった。経営者にとって、ツキも実力のうちとはよく言われるが、このツキは康三郎が自ら呼び込んだものだ。ツキというには当たらないとも言える。

代々木の原の仮本社は九月十日で店仕舞いし、十一日から焼け残った四谷出張所に本社を移し、四谷見附の濠端《ほりばた》を駐車場にした。

震災時の従業員の不眠不休の活動ぶりは、眼を見張らせるものがあった。康三郎の陣頭指揮ぶりも水際立っていた。

ひところ、四室しかない狭い初台の家に、罹災者の従業員が二十人以上も同居したため一日に六回も七回も飯を炊かなければならなかった。

体調が回復し、退院して間もないはまの気苦労はいかばかりであったろうか。

震災後の復興輸送に繁忙をきわめた大和運輸がわずか二ヵ月後には借金を返済したうえ、

払込資本金に近い二万円以上の現金を手許《てもと》に残すことができたのも、焼失車両が一両に過ぎなかったからにほかならない。

震災後、自動車部品やタイヤ、ガソリンなどが値上がりし、現金取引でなければ売らないようになった。しかし、康三郎は従来から定めていた購買品の月例支払い日の七日を、九月も一日延ばしただけだったので、震災前の旧勘定で全部支払うことができた。

この時点で政府はモラトリアム（非常時の支払い猶予）を公布していたから、大和運輸の支払いは仕入れ先にとって予想外のことであった。

この結果、大和運輸はその後の仕入れも掛買いで仕込み、しかも旧価に準じて仕入れることができたため、法外な高値で部品などを買わずに済んだ。

この年の十二月、康三郎は京橋区木挽町一丁目七番地（現在の銀座一丁目）に二十五坪の土地を借入れ、二階建の事務所と車庫を新築した。大和運輸が所有した初めての建物で、昭和四年まで本社社屋として使用されることになる。

緊急を要する救護輸送が一段落してからも復興資材の輸送業務が殺到したため、大和運輸が二割配当を続けられたのも、このころである。大正十二年は、大和運輸は経営基盤を確立、エポックを画する年になった。

関東大震災の被害は史上空前のものだったが、その反面、災害を契機として自動車、特にトラックの効用に対する世間一般の認識を高め、自動車の普及発展を加速させた。トラックの大正十二年末の全国保有数（小型を除く）は二千九十九両だったが、十三年末には八千二百六十三両と約四倍に増え、自動車総数に占める占有率も一六パーセントから二七パーセントに上昇した。

とかくぜいたくな運送手段と見られがちだったトラックが、焼けあとのかたづけ運搬、救援物資の滞貨一掃、横浜―芝浦間の船舶輸送（鉄道代行）の緊急手配などに高能率の機動性を発揮し、トラック運送業に対する価値が見直されるようになったのである。

12

倉田康三郎が、進取の精神にあふれた先見性のある、卓越した経営者であったことを示す事例を具体的に引こう。

大正十二年から新聞募集によって大学卒業生を採用したことだ。

会社発展の成否がマネージメントの強弱によるとの信念にもとづいて、管理部門に一般教養を修めた人材を登用し、将来経営陣の中枢に育てたい、と考えた結果である。

大正十二年に松本松夫、松田豊の二人、同十三年に薬師丸洋介、大倉正夫、同十四年に中野光男、吉川清二、同十五年に久山啓二などが入社した。慶大出身者がほとんどだった。

大正十四年春時点で保有車十九両に過ぎない大和運輸が大学卒業生を採用したのだから、

運送業界で話題にならぬはずはない。

専用電話線の架設も、大和運輸が業界ではトップを切った。

業務量と行動区域が拡大するにつれて、営業所も増えたため、本社を中心に主要営業所との間に電話線を架設し、機動性を増強したいと考えたのだ。

大正十五年十月、大和運輸は東京逓信局《ていしんきょく》に専用電話の架設を申請した。この実現は昭和二（一九二七）年十月二十日で、本社に交換台が設置され、本社—浜松町車庫間、同四谷営業所間、同木挽町車庫間の三回線が架設された。

昭和三年五月には、日本橋配達営業所の開設と同時に、専用電話線が増設されることになる。

この時代、経営のすべては康三郎がひとりで取り仕切っていた。いまでいうトップダウン方式だが、康三郎は社内のコミュニケーションと全社員の経営参加意欲を高めるためには、月例の業務会議による運営制が必要だと考えた。いわばボトムアップ方式で、下からの意見も汲み上げたいと思ったのだろう。

第一回営業部会は大正十四年六月某日開催されたが、出席者は社員および準社員合わせて七人に過ぎなかった。

会議なんて初めてのことだから、皆んな勝手が違い、椅子が尻《しり》になじまない。うつむいて、もじもじしている者ばかりだ。

「誰か意見はないか」「××君、きみの意見を言いたまえ」

康三郎はいらいらしながら、発言を促したが、意見を述べる者は一人もいなかった。

上意下達が躰《からだ》に沁み込んでいるのだからそれも当然だ。康三郎一人が訓示を垂れておしまいだった。

しかし、会議の名称を業務会議に改めて、毎月欠かさず続け、経営の民主化、情報交換、マネージメントの訓練などの面で着実に会議の効果はあがるようになっていく。

大正十四年十月の第五回業務会議では商標登録について意見を開陳する者が続出した。

〝さくらにY〟の商標は大正十一年秋ころから使用されていた。

「商標登録すべきです」

「同業他社が道義的にもウチの真似《まね》をするはずがないでしょう」

「ほかの業種の会社が使用したらどうするんですか」

「とにかく商標登録しておくべきです」

「手続きが煩雑なんじゃないですか」

康三郎はにやにやしながら、社員たちのやりとりを聞いていた。

この業務会議の論議が商標登録の動機づけになったことはたしかだが、登録が完了したのは昭和三年三月のことだ。

タイミング的にも業務会議に諮《はか》られた事実はないが、引越・婚礼荷業務部門の開拓のアイデアも、康三郎が発案者である。

震災が過ぎて半年ほど経つと、割増料金による緊急輸送の需要も一段落した。トラック運送業界は荷動きの鈍化によって不況色を深めていく。

運賃のダンピング競争は、大和運輸の経営を圧迫し始めた。

「会社組織で多数の従業員を擁している当社がダンピング競争に巻き込まれたら、個人経営の業者に勝てるはずがない。新しい需要を掘り起こさなければならん」

康三郎は、ことあるごとに社内で危機感を訴えた。

「同じ土俵で同業者と争っても得はない。大和運輸の高い技術や設備を必要とする運送、つまり支払い能力の高いものを選ぶべきで、要は創意と工夫だ」

康三郎は大正十四年の正月休みの某夜、赤児の夜泣きで眼を覚ました。

長男の正雄が出生したのは大正十三年十二月十三日である。

そのとき、ふと頭の中にひらめくものがあった。

「引越と婚礼だ。ウチの運転手はすでに制服・制帽を採用してるから、身なりはりゅうとしてる。あとは車両をきれいに仕立てることだ」

康三郎ははまに語りかけるともなく、つぶやいてから、

「おまえどう思う」

と訊いた。

「よろしいんじゃないですか。宮様や上流家庭のご婚礼は、大変大がかりなものなんでしょう」

「おれたちは鼠《ねずみ》の嫁入りと言われたほど、平凡というかあっさりしてたが、そうじゃない豪勢なのもいっぱいある」

「鼠の嫁入りも悪くありませんよ」

「そんなことはどうでもいい。いい考えが浮かんできた」

真夜中だというのに康三郎は興奮して大きな声を出した。

「あなた、正雄がまた泣きますよ」

おむつを替え、乳を呑ませてやっと寝つかせた正雄を気遣って、はまは声をひそめた。

康三郎のアイデアは当たりに当たった。

引越荷は、家具類などを傷めないための工夫を凝《こ》らした。

やわらと称する綿を入れた長い蒲団《ふとん》様のクッションをつくって要部に当てるのだ。

婚礼荷のほうは、鶴亀《つるかめ》の金蒔絵《きんまきえ》を施した特製のボデー枠をつくり、唐草のゆたん（油単）を用いた。ゆたんとは箪笥《たんす》や長持などのおおいにしたり、敷物にする油びきの紙や布のことだ。

〝御婚禮と御引越の御荷物は、日本一のトラック　大和運輸へ〟の宣伝ちらしもつくった。

康三郎は運転手や助手に噛んで含めるように言ったものだ。

「おめでたい日の禁句、たとえば〝戻る〟〝別れる〟〝切れる〟などは一切口にしてはならない。風呂敷包みの結びかたは結び放しにするように。行って帰らないという縁起によると考えられる」

宮内省御用達運送も拝命し、一時期宮家や上流家庭の婚礼荷は大和運輸が独占するようなこともあった。

婚礼荷には必ず祝儀が伴うので、運転手の副収入もけっこうな額になる。

当時は熟練の運転手で固定給四十円、手当、歩合を加えると月収七十円ぐらいの時代だったが、祝儀の月収だけで百円を超すことがしばしば生じる。

翌日の配車計画表に〝ヤ〟〝ヤユ〟とあれば、その担当を競うようになるのも仕方がない。

〝ヤ〟はやわらの略で、引越荷の符号である。〝ヤユ〟はや、わ、らとゆ、た、んを略して婚礼荷を意味する。

婚礼荷ともなれば、一回で一円ないし二円が祝儀相場だったので、縁組の両家からもらえば、二円か四円になる。

康三郎は公平を期してローテーションを組むように心がけたが、入社早々の若い運転手がローテーションから外されるのは仕方がなかった。

もらった祝儀については会社に報告するよう厳命したのも、しつけを重んじる康三郎ならではのことと思える。

渡辺丑松が扱った婚礼荷だけでも東伏見宮家、木戸侯爵家、清浦子爵家、亀井子爵家など多数あった。

東伏見宮家の婚礼車両は延べ二十五両に及んだ。

渡辺が最も印象深く憶えている婚礼荷は木戸侯爵家令嬢のそれだ。婚礼荷は東京から宝塚までの長距離輸送だったので、輸送中にどんな不測の事態が起きぬとも限らない。渡辺は出発に先立ち宮内省から、〝此の荷物は木戸侯爵家令嬢御婚礼の調度品につき、沿道各県の警察は然るべく善処されたい〟といった内容の証明書を出してもらった。

渡辺は、荒井、篠島両運転手らを引率してトラック三両を連ねて東海道を西へ向かった。四日市へ入ったとき、スピードが出過ぎたせいで、パトロール中の警官に停止を命じられた。

「おい、こら、降りるんだ」

警官の剣幕に、ベテラン運転手の渡辺も膝がしらがふるえた。しかし、こっちには〝葵《あおい》の紋所〟が制服の内ポケットに忍ばせてある。そう思うと途端に気が大きくなった。

「免許証を出せ」

「その前に、あなたの名前を聞かせてください」

「本官の名前を聞いてどうするんだ」

「内大臣木戸侯爵にご報告しなければならないからです」

渡辺がやおら内ポケットから書状を出すと、警官の顔色が変わった。

「まあいい、まあいい、早く行ってください」

言葉遣いまで変わっている。

大阪で一泊した夜は婚礼荷を積んだトラックを警官たちがひと晩中、見張ってくれるおまけまでついた。

13

康三郎の起業家スピリットが引越荷や婚礼荷で満足できるはずはなかった。

それは、貸切運送に対する疑問から始まった。

貸切運送は、俗に地場運送とも言われるように、地元に密着して生きているため、企業規模におのずから限度があった。しかもその運送は宿命的に片荷をまぬがれず、事業に主体性がないので、近代事業、近代経営の資格を欠く憾《うら》みがぬぐえない。

単に車と労力を顧客に提供するだけでいいのだろうか。もっと広い地域に輸送組織を設けて、直接大衆の運送需要と結びつける方途はないのか——。後の定期便輸送に対する思想が康三郎の頭の中に芽生えていたのである。

康三郎は欧米先進国のトラック業界の事情をこの眼でたしかめたいという欲求を抑えかねた。

恰《あたか》も昭和二年の秋、ロンドンで開催される万国自動車運輸会議に、東京自動車組合から代表者を派遣することになり、トラック業界とタクシー業界から一名ずつ選出する運びとなった。

チャンス到来である。

トラック業界は康三郎を代表に推《お》した。タクシー業界では後年弁護士になる大滝辰雄が選ばれた。

費用と日数の点で代表のなり手がなかったとも言える。

組合から贈られた経費は二千円。康三郎は米国旅行も企図していたので、会社と貯えの中から八千円用立て、都合一万円の旅費を工面した。家屋が千円で建てられた時代である。海外旅行がいかにもの入りで、大がかりなものだったか察せられる。

倉田康三郎と大滝辰雄は昭和二年十月二十日の夜、大勢の業界関係者の見送りを受けて東京駅を発《た》った。

康三郎たちを見送る人々がいかに多かったかを示す記録が残されている。

時事新報に掲載された〝外遊見送り御禮廣告〟だ。

今般弊社専務取締役倉田康三郎儀倫敦《ロンドン》に於て開催の萬國自動車運輸會議に出席の爲昨夜出發の際は遠路態々御見送被下御芳情奉鳴謝候混雑に際し尊名伺ひ洩れも可有之に付乍略儀以紙上御禮申述候敬具

大和運輸株式會社

朝鮮—満州—シベリア経由で陸路ヨーロッパ入りした康三郎と大滝がドイツ—フランスを経てロンドンに着いたのは十一月七日である。

万国自動車運輸会議は、テームズ河畔のサボイ・ホテルで五十ヵ国二百人余が出席して、十一月二十日から三日間にわたって各委員会ごとに協議が続けられ、最終日の総会で〝各国の自動車協会は協力して、それぞれの政府を督励し、自動車の普及を図るべし〟などいくつかの決議文が採択された。

会議終了後、康三郎たちはロンドン郊外で開催中の自動車ショーや地下鉄を見学したが、康三郎をして遠くロンドンまで来た甲斐《かい》があったと思わせたのは、カーターパターソン会社を視察したときである。

同社は、ロンドンに本社を置き、バーミンガム、グラスゴーなどへ定期便を出し、その直営範囲は東西百五十マイル（二百四十キロメートル）、南北百二十マイル（百九十二キロメートル）に及ぶ本格的な運送会社であった。同社は一貫した集荷輸送配達システムが確立されていた。たとえばロンドン市内の集荷には定時の幌馬車《ほろばしゃ》を巡回させ、荷物のある家にはCP（カーターパターソンの略号）の掛札が出ており、運賃計算もその場で済ませる。つまりドア・ツウ・ドア（戸口から戸口へ）の仕組みが整備されていたのである。

『これだ。この仕組みが知りたかったのだ』

康三郎は胸の中で快哉《かいさい》を叫んだ。

ロンドン大学に留学して経済学を学んでいた吉野国雄なる青年との出会いも、訪英の収穫のひとつであった。

康三郎と吉野との出会いは偶然としか言いようがない。

留学を終え、帰国することになった吉野が汽船のチケットを買うためにトーマス・クック旅行会社に行ったとき、その場に居合わせた康三郎から声をかけられたのだ。

康三郎は単身、米国へ渡航するために、チケットを買うつもりだった。

「失礼ですが、日本へお帰りですか」

ソフト帽を脱いで声をかけたのは康三郎のほうだ。異国で同胞に会えば声をかけたくなるのは自然だが、青年に好感を覚えたのだ。

「はい」

「わたしは倉田康三郎という者です。自動車運輸に関する国際会議に出席するためにロンドンに来ました」

「吉野国雄と申します。ロンドン大学に留学してました」

「立ち話もなんですから、お茶でも飲みませんか。お急ぎですか」

「いいえ」

「この近くに喫茶店は？」

「すぐそこにあります」

吉野が指差したほうに眼を遣《や》ると、康三郎の視界に喫茶店が入った。

この時代、英国ではホテルや喫茶店でネクタイ着用を義務づけられていたが、二人ともネクタイを着けていた。康三郎のほうは鼻下に立派な髭をたくわえている。

「わたしは東京でトラック運送会社を経営しておるんです」

ミルクティーをオーダーしたあとで、康三郎は名刺を手渡した。

「ちょうだいします。申し訳ありませんが、わたしは名刺を持ち合わせておりません。ロンドン大学の学生証ならありますが……」

吉野が内ポケットに手を遣ったので、康三郎は手で制した。

「どうですか。ふといま思いついたのですが、日本に帰る時期をふた月ほど延ばすことは可能ですか」

「どういうことでしょう」

「わたしはアメリカへ渡る計画です。きみは英会話ができるんでしょう。通訳をお願いできないかと思いまして。ロンドンでは駐英日本大使館の人が世話してくれたのですが、アメリカでは通訳を雇うつもりでした。しかしきみに出会ったのもなにかの縁です。帰国の旅費や在米中の経費はわたしが負担するという条件でいかがでしょう」

「願ってもないことです。アメリカを旅行できるなんて夢にも思ってませんでした」

「それでは、きょうからきみはわたしの秘書になってもらいます」

「ありがとうございます」

吉野は、康三郎が差し出した手を強く握り返した。

14

康三郎はアメリカでフォード社の工場を見学したいとかねがね思っていた。大和運輸で使用している車はほとんどフォード社製である。

デトロイトのハイランドにあるフォード本社を訪問したとき、康三郎は用意してきた紹介状を受付へ提示した。それは〝ヘンリー・フォード伝〟の翻訳者でもある丸越の加東秘書課長に頼んで書いてもらったものだ。

「吉野君、ヘンリー・フォード社長とディスカッションしたいと言ってくれたまえ」

「承知しました」

吉野がその旨を伝えると、受付嬢はすぐにディヤボーンの本部に電話をかけてくれた。

秘書のシーボルトが二人を出迎えに駆けつけてきた。

フォード車で本部に赴き、豪華な社長執務室で、康三郎はヘンリー・フォードと感激の対面をすることができた。

「ハウ・ドゥ・ユー・ドゥ」

康三郎はヘンリー・フォードと固い握手を交わした。

コーヒーをご馳走になって、郊外にあるゴルフ場のコテージへ招かれた康三郎と吉野は、午餐《ごさん》の招待を受け、ヘンリー・フォードと二時間近く懇談した。

「わが大和運輸が使用している車両の大半はフォード社製です。現在のところ保有車両は二十両ほどですが、業務の拡充に伴って、さらに増車すべく検討しております」

「ありがとう。フォードはT型からA型にモデルチェンジしました。ぜひA型車を使ってみてください」

「モデルチェンジの理由をお訊きしたいと思ってました。実はロンドンの自動車ショーで新型車を拝見して、その点をお訊きしたいと思ったのです」

「あす、工場をご覧いただけますか」

「はい。よろこんで」

「そのときに東洋担当の副社長から詳しく説明させましょう。工場を見学されながら説明を聞いていただいたほうが、理解しやすいと思います」

「よくわかりました」

「日本は他国に比べて自動車の普及が遅れているように思いますが」

「おっしゃるとおりです。しかし、自動車が輸送手段としていかに優れているかという認識が高まっております。お国のように普及するのはまだまだ遠い将来のことですが、わが日本国は東洋では、最も自動車が普及していると思います。先ごろロンドンで開催された万国自動車運輸会議に、わたしは日本のトラック業界を代表して出席しました。大変有意義な国際会議で、啓発されるところが多々ありました」

　ヘンリー・フォードは笑顔を絶やさず、手厚く康三郎をもてなしてくれた。

　康三郎と吉野はデトロイト市内のホテルに六日間宿泊したが、工場見学で驚かされたのは、猛烈なスピードで組み立てられていく大量生産方式だ。

　モデルチェンジは、燃料の経済性や出力の向上に主眼を置いて実行されたという。東洋担当副社長の説明は微に入り細を穿《うが》って専門的だったが、こと自動車に関する康三郎の知識は生半可ではなかったから、呑み込みは早かった。

　康三郎はフォードの本社工場を見学したあとで、思いがけず新聞記者にインタビューを求められた。

康三郎は、吉野の通訳でインタビューに応じた。

——工場見学後の感想を聞かせてください。

「素晴らしい工場の一語に尽きます」

——ヘンリー・フォードと会見したそうですが。

「スケールの大きい経営者だと思いました。それでいて行き届いた人です。さすが世界の自動車王と言われるだけのことはあると思います」

——A型車へのモデルチェンジについてはどう思いますか。

「東洋担当副社長の説明をお聞きして納得しました。さっそく一両購入するつもりです」

その日のデトロイト・タイムズの夕刊に〝ジャップ　プリーズド　フォード（日本人、フォードに満足す）〟の見出しで、康三郎のフォード工場見学の記事が掲載された。シーボルト秘書が手を回して、記者が駆けつけてきたと思えるが、もちろん康三郎は悪い気はしなかった。いや、大いに満足し、感激したというべきかもしれない。

デトロイトの自動車学校では若い日本人の研修生に出くわした。

「ちょっと手を見せてよ」

康三郎の手をしげしげと眺めていた研修生は肩をすくめた。

「素人のあんたたちが見にきたって、意味はないんじゃないの」

「先日、ヘンリー・フォードと握手したが、格別そう太くもなかったよ。わたしは東京でトラック運送会社を経営している者だが……」

康三郎が言い返すと、とたんに青年は態度を改め、素直に質問に答えるようになった。

「きみは二世ですか」

「ええ。組立て工になって、デトロイトで働くつもりです」

「日本人は優秀でしょう」

「自分で言うのもなんですが、そう信じてます」

「きみ以外にも、ここで勉強している日系人はいるんですか」

「はい。そう多くはありませんけど」

「頑張ってください」

「ありがとうございます」


ニューヨークやワシントンでもAAA（アメリカ自動車協会）の世話になったが、ロサンゼルス、サンフランシスコの西海岸でもAAAの担当者がなにかと面倒をみてくれた。

「アメリカっていう国は豊かで途方もなく大きいねぇ。想像してたより、ずっと凄い国だ。物量の国とも言える」

サンフランシスコで乗船した春洋丸で帰国の途中、康三郎は何度大国アメリカ合衆国に圧倒された思いを吉野に述懐したかわからない。康三郎の欧米旅行は四ヵ月に及び、昭和三年二月上旬の某日、春洋丸は無事横浜港に着いた。

15

昭和四年六月、わが国で初めて大和運輸はトラックによる定期運輸〝大和便〟を開始した。京橋区木挽町二丁目一番地に木造三階建の本社社屋を新築、移転したのも同年十月のことだ。

京浜間と東京―小田原間からスタートし、七年間で関東一円をネットワークとする定期便網を整備、昭和十一年における路線の延長距離は六百七十六マイル（一千八十一・六キロメートル）、運転系統は十四を数え、従業員数は五百名を超え、車両数も百五十一両を保有するまでに至った。

昭和十二年の売上高は九十三万三千九百四十一円、経常利益は四万一千七百六十九円。

そして太平洋戦争（第二次世界大戦）が勃発した昭和十六年（十二月一日の御前会議で開戦を決定、八日、米英両国に宣戦布告）の売上高は二百四万四千四百九円、経常利益八万一千百六十二円であった。

あの偉大な国、アメリカと戦争することになろうとは……。康三郎は開戦を伝えるラジオの臨時ニュースを聞きながら、何度溜息をついたかわからない。

戦争が始まる前年の昭和十五年九月、鉄道省は小企業、零細業者が乱立するトラック運送業界の経営体質の強化を図る目的で〝貨物自動車運送事業合同要綱〟を通達した。これは、トラック事業の合同、集約を目指すものだが、これに先立ち、まず東京地区で大和運輸を中核とする総合会社の設立構想が浮上した。

当時、康三郎は鉄道省監督局の嘱託を委嘱されていたので、陸運の在り方について行政当局と話し合う機会が多かった。

こうした中で、康三郎は次第に燃料の有効利用や輸送の合理化、増強を図るためには、政府投資による強力な統合体の構築が不可欠とする考え方に傾いていく。

鉄道省も康三郎の構想に共鳴するが、計画を具体化させる段階で、政府出資という点がネックになることがわかった。

つまりトラック運送事業に国家資金を直接投入することには無理があると鉄道省は判断したわけだ。そこで着目されたのが半官半民の国策会社、丸通運送である。鉄道省、丸通、大和運輸の三者からなる「大和運輸拡大計画評議会」が設置され、協議が続けられた結果、昭和十五年四月三十日付で大和—丸通間の覚書が締結された。この結果、大和運輸は丸通資本を全面的に導入することになり、昭和十五年五月二十九日に株式の引き渡しが完了した。譲渡価格は一株当たり百二円五十銭（額面五十円）である。

この時点で大和運輸の資本金は七十五万円、従業員九百三十五名、車両二百一両であった。

大和運輸は、予算、決算、財産の取得、処分など重要案件は丸通の承認を得ることが覚書に盛り込まれた。丸通から非常勤取締役、監査役が各一名派遣されたが、大和運輸の経営主体は従来と変わらず、康三郎が経営の全権を掌握していた。

大和運輸は統合主体として、小企業、零細企業の買収を進めるが、戦争直前の昭和十六年八月、陸運統制が発動され、営業の主力となっていた〝大和便〟輸送体系の大幅縮小を余儀なくされる。

同統制令にもとづく五十キロを超える輸送の禁止によって、〝大和便〟は宇都宮、水戸、高崎、熊谷など遠隔地の営業所の閉鎖に追い込まれたのである。

それだけではない。デパート商品の配送まで禁じられた。

〝大和便〟の主力を軍需品と大口物資を主体とする輸送へ転換させざるを得なくなった。戦時下における統制経済の強化は、大和運輸の経営の在り方を大きく変えたことになる。

戦局は悪化の一途を辿り、文科系学生の徴兵猶予が停止されたのは昭和十八年十二月だ。いわゆる学徒出陣で、在籍のまま陸海軍に入隊し、戦争に参加させられたのだ。東大生の倉田正雄が特別甲種幹部候補生として久留米陸軍第一予備士官学校に入校したのは、昭和十九年十月六日である。

少年時代の倉田は、本の虫で内向的だったが、七年制の旧制東京高等学校（中学は尋常科と称した）に入学してから、庭球部に入り、キャプテンをやらされるまでになったというから、文武両道に秀で、ガリ勉ではなかったことになる。

東京高校から数多《あまた》の英才が輩出しているが旧制高校にありがちな、弊衣破帽《へいいはぼう》のバンカラな校風ではなかった。在校中「紳士たれ」と言われ、スマートで明るい校風は、倉田の精神形成に影響を及ぼしたと思える。

倉田の軍隊経験はわずか十ヵ月に過ぎないが、新部隊に編入され蒲郡《がまごおり》に駐屯したとき、日本の敗戦を予感せずにはいられなかった。銃剣もなければ軍靴も底をついている。兵隊が藁《わら》でわらじをつくったり、焼夷弾《しょういだん》の残骸を集めて村の鍛冶屋《かじや》に剣をつくらせている軍隊が前線で通用するはずがない——。

一方、康三郎は、開戦当初から、敗戦を予感していたが、昭和二十年八月七日の午後、浅川、初沢の高乗寺（曹洞宗）に陸軍の将官連に呼び出されたとき、その思いを強くした。

高乗寺は、中島飛行機の監督将校たちのたまり場になっていた。

猿田中将、加茂田中将らの将官連から、驚天動地の申し入れを受けたのだ。

「大和運輸を第一航空廠《しょう》の輸送部としたい。ついては、あんたを部長として将官待遇とする」

否も応もない。申し入れなどではなく命令である。

中島飛行機も第一航空廠の機構に組み込まれていたが、大和運輸は中島飛行機工場の疎開輸送に一役も二役も買ったとはいえ、トラック運送会社の大和運輸まで軍の機構に組み込まれるとは世も末である。

一年ほど前の昭和十九年七月の某日、康三郎は虎ノ門にあった軍需省航空兵器総局に出頭を命じられ、同総局輸送部長兼同省関東軍需管理部輸送部長の古川金次郎陸軍大佐から、相談を持ちかけられた。

「倉田さんにお願いしたいことがあるんです」

「どういうことでしょう」

「航空機の増産が戦局の至上命令にあることはおわかりでしょう」

「はい。よく存じております。進藤航空機総局長が、〝道楽息子の最後のお願いだ。聞いてくれ〟と運輸通信省の大野自動車局長に頭を下げたという話を聞き及んでおります」

「それなら話が早い。お願いできますか」

「なんとかやってみます」

中島飛行機の工場は三鷹にあった。それを浅川の山奥に疎開させるという重大任務である。

大和運輸は全社総力をあげて〝光輸送隊〟と称する特殊運送部隊の編制に取り組んだ。

昭和二十年二月六日午前十時に〝光輸送隊〟の結団式が工場正門前で行なわれた。動員された大和運輸の社員は三百四十名、車両は二百両。

五〜六トンもある旋盤をはじめ機械類四千基余を浅川の新工場に運ぶまでに要した日数は三ヵ月に及んだ。輸送中、艦載機による機銃掃射を浴びるきわどい場面もあったが、奇蹟《きせき》的に隊員に犠牲者は出なかった。

中島飛行機は〝零戦〟などわが国航空機エンジンの八〇パーセントを製作したが、工場建設の際、米国人技師の技術指導を受けたため、米国側に工場の実体が知悉《ちしつ》されていた。敵機の空襲が絶えなかったので、工場疎開は焦眉《しょうび》の急だったのである。

中央線浅川駅から約一キロメートルの高乗寺山の山腹に国鉄工作班が約五千人の労働者を動員して、幅二メートル五十センチ、高さ四メートル五十センチ、長さ三百メートルの大トンネル十本を碁盤目に掘る大工事に着手したのは、昭和十九年九月である。大本営は本土決戦に備えて通路面積だけで五千平方メートルもある大地下壕《ごう》に本部を移す計画だったが、湧《ゆう》水《すい》が多いことがわかり、これを断念し、中島飛行機の地下工場に変更されたのだ。

昭和二十年五月六日、大和運輸の〝光輸送隊〟は、自動車局長表彰を受けたが、そのわずか三ヵ月後に、康三郎が大和運輸も命脈尽きたかという暗澹《あんたん》たる思いにさせられるとは想像だにできなかった。

八月七日の夜、康三郎は猿田中将らに酒肴《しゅこう》のもてなしを受けたが、その豪華さに驚くやら、あきれるやら、悔しいやら、名状し難い複雑な思いが交錯し、箸《はし》を取る気持ちになれなかった。国民には耐乏生活を強い、食うや食わずの時代に、将官たちは贅沢三昧《ざんまい》の暮らしをしていたのだ。

一週間後の八月十四日、ラジオは〝明日正午重大発表がありますから、国民一人残らず聞き洩らさないようにしてください〟と繰り返して予告していた。そして八月十五日を迎えた。

康三郎は、正午に役員や社員と本社裏の酒屋に駆けつけた。

会社のラジオが調子が悪くて聞こえるのは雑音ばかりだったからである。

玉音放送は涙なくして聞けなかった。康三郎も肩をふるわせて、むせび泣いた。

虚脱状態で社に戻ると、机上にナイフを突き立てて、なにやらわめいている社員の姿が眼に入った。勝利を信じ、身を挺《てい》して〝光輪送隊〟の一員に参加した者として、どうにもやり場のない気持ちは痛いほどよくわかる。

しかし、康三郎は長い間軍と接触してきて、敗戦を予感していたので、さほどのショックはなかった。

身命を賭《と》して、四半世紀にわたって大和運輸を守り抜いてきた康三郎にとって、会社ごと軍に接収されてしまうという一週間前の話のほうが、よっぽどショックだった。

終戦によって、あの話もご破算だ——。そう思うと、体内に力が漲《みなぎ》ってくるから不思議だった。

幸い二百両の車両は、井の頭公園に温存されている。考えてみると、これも〝光輪送隊〟のお陰である。

井の頭公園長の許可が得られ、工場疎開中公園内を車庫、修理工場として使用したことが思わぬ僥倖《ぎようこう》をもたらしたのだ。

木挽町の本社社屋が五月二十三日の空襲で焼失しなかったのは、燃料切れで路上で立ち往生していた消防自動車に手持ちのガソリンを提供したため、消防署員が「大和を守れ」と必死に防火作業をしてくれたからこそだ。

康三郎は、机上にナイフを突き立てた若い社員の肩を叩きながら、一階の営業場で、大きな声を出した。

「みんなちょっと集まってくれ！」

緊張した顔、泣きはらした顔、唇を嚙みしめている顔。康三郎は一人一人をやさしい眼で見返した。

「戦争に負けたことは、死ぬほど悔しい。天皇陛下の終戦の詔勅《しようちよく》ほどつらい思いをした経験はありません。わたしもそれは諸君と同じです。しかし、わが大和運輸が生き残ったことはまぎれもない事実であります。あしたからの敗戦日本のすがたがどうなるかわからないが、わが大和運輸は必ずや再生日本のお役に立てると、わたしは信じてます。陛下のお言葉にもあったように、耐え難きを耐え、忍び難きを忍んで、国体を護持していくために、わたしは微力を尽くしたいと思うのです。諸君もわたしを信じて、従《つ》いてきていただきたい」

酒屋の店先で二列に並んでラジオを聞いてから一時間も経っていなかったが、ふたたびそこここで嗚咽《おえつ》の声が聞こえ始めた。

16

終戦後、大和運輸の業務再開のスピードぶりは同業他社を圧していた。

敗戦二日後の八月十七日の午後、倉田康三郎は、井の頭公園を基地とする〝光輸送隊〟の大和運輸側の責任者である松本松夫取締役を呼んで、現場の状況について報告を求めた。

松本は、大正十二年に採用した大学卒業生の一期生である。大正十四年に採用した三期生の中野光男取締役同様、康三郎の目矩《めがね》にかない、トップを補佐するまでに頭角を現していた。

「井の頭はどんな状況なの。トラックは無事なんだろうな。大和の社員は元気にしてるか。軍人たちはどんな様子だ」

康三郎からたたみかけられて、松本はどこから報告していいかとまどった。ひとことやふたことでは到底話し切れない。喉《のど》が渇いて仕方がなかった。

「二百両の車両はどうなっている？」

康三郎の声がいらだった。

「はい。ほとんど無事です」

「ほとんど？　修理中の車両は？」

「修理中の車両は七十両ほどです。約百三十両のうち、十両ほどは軍人たちが物資を大量に積んで、逃亡してしまいました。われわれはなんとか制止しようとしたんですが、かれらは徒党を組んでますから、素手では立ち向かえません」

「帝国軍人ともあろう者が、どさくさにまぎれてそんな浅ましいことを……」

「食料用に飼っていた豚や鶏も持ち去りました。現場は相当混乱してます。公文書の焼却は上のほうからの命令ですからやむを得ないと思いますが、凄《すさ》まじい状況です」

「大和の社員にそんな浅ましい真似をしている者は、おらんだろうな」

「もちろんです。車両を守るために、命懸けで頑張ってます」

「車両をすぐ引き取るわけにはいかんだろうか」

「命令系統がどうなっているのかはっきりしませんので、直ちにというわけにはいかないと思います」

「わかった。きみは、井の頭に戻ってくれ。わたしは役所を回って、なんとか許可を取りつけるつもりだ」

康三郎が東奔西走したお陰で、一週間後には車両引き取りを開始できたが、井の頭公園からの撤退が完了するまでに約三ヵ月を要した。

九月に入って間もなく、戦災を免れた芝浦、高浜町、築地などの営業所で貸切り営業を再開した。ガソリンが欠乏していたため、荷主がガソリンを持ち込んでくるものに限定したが、それでも少なからず受注量があり、その大半は鮮魚、果実、野菜などの食料品の輸送であった。

康三郎は多忙をきわめ、敗戦の無力感、脱力感に浸っている間はなかった。

当時の風潮である組合結成の動きにも、康三郎は理解を示した。むしろ、組合を早くつくれと、社員をけしかけた、と言ったほうが当たっている。

昭和二十年十月中旬の某日、康三郎は勤労課長の白井平七を呼んで、知恵をつけた。

「労働組合の結成はGHQが奨励していることでもあるし、わが大和運輸も自主的に組合をつくったほうがいいと思うんだが」

資本家でもあり、経営トップでもある康三郎から、出し抜けに持ちかけられて、白井はわが耳を疑った。

「組合をつくれとおっしゃるんですか」

「外部勢力に変な仕掛けかたをされるよりも、大和運輸独自の組合ができたほうが会社のためにもいいと思うんだ。ウチの会社には、長い間培ってきた伝統、社風がある。ハネッ返り分子に乗じられるような従業員ではないと、わたしは確信してるよ」

「しかし、従業員の中に組合をつくろうという動きはありませんが」

白井は懐疑的だった。

「必ず外部から働きかけがあるぞ。外部からの労働攻勢に侵蝕《しんしょく》されて、会社を危うくするような労働争議に巻き込まれたら輸送産業は復興できずに、立ち直れない恐れもある。ここはわたしの判断にまかせてくれないか」

「ほかの管理職とも相談してみます」

「いや、愚図愚図しててはいかん。わたしは青年時代の経験を通じて働くことの尊さについては充分に心得ているつもりだ。肉体労働者は、青・壮年期を過ぎれば衰えていく。だからこそ歩合を多くするなどして事務員よりも収入が多くなるような制度を講じてきたんだ。少年配達員、運転助手、運転手、事務員というコースがわが大和運輸労務者の基準的な昇進コースだが、わが社は子飼いの従業員が多く、日本一のトラック会社の誇りも持っている。地に足の着いた組合運動なり民主化運動をしてくれるとわたしは信じて疑わない。然るべく手を打って、組合の結成を急いでもらいたいんだ。管理職が組合に参加しても、いっこうに構わない」

康三郎からここまで言われたら、従うほかはない。

白井は、奥山勤労係長らと相談して、組合結成でリーダーシップを発揮した。

年が明けた昭和二十一年一月二日の書き初めで、康三郎は「時にまけるな」と書いた。この言葉を新しい年のモットーに掲げる旨を全社員に表明したのは、組合結成を念頭に置いた結果と思える。

労働攻勢は時の勢いだが、経営者として逃げずに受け容れ、それに立ち向かう気魄《きはく》をにじませ、「時にまけるな」の標語にまとめたのだ。

一月十五日午前十時から開催された〝大和運輸従業員組合〟結成大会は、課長以下全従業員が参加、奥山組合長を選出、副組合長二名、実行委員十三名、委員十三名の役員でスタートした。実行委員の中に白井勤労課長を入れて二名（いずれも会計担当）の幹部社員が含まれている点に、〝与えられた組織〟〝お仕着せ組合〟の批判も内部でささやかれたが、それにしては一月十八日に会社側に提出された八項目の要求事項は、以下のとおり、相当過激な内容であった。

一、組合及び団体交渉権の承認
二、組合の経営参加
三、賃金の値上
四、有給週休制の実施
五、労働時間八時間制の実施

六、退職手当制度の確立
七、天下り人事絶対反対
八、越冬資金の即時支給

この時点で応召社員の復員がつづいたため、大和運輸の社員は敗戦直後の三百八十名から約五百名にふくらんでいた。

この組合要求に対して、康三郎は一、二、五、六、八は承認した。四、七は「組合の意向を尊重する」としながらも、留保した。

特に七の天下り人事絶対反対は、運輸省ＯＢの山村龍蔵の入社に対して社員にアレルギーのあることを端的に示していたが、経営陣を強化するためにも、移入人事は譲れない、と康三郎は考え、これを強行した。

三の賃上げ要求は、会社案と懸隔があり過ぎるため、数次の団体交渉が行なわれた。康三郎は二十四日に最終的な会社回答を組合側に提示した。

先の会社案において既に予算上危険を包含し、再考の余地なきところ、特に要望を容れ、
二、三両月を試験的実施として①事務部給は現行基準給中百五十円までは五倍、右以上は四倍②運転手給及び荷扱手給は現行基準の五倍とし、歩合は現行どおり支給する。但し実

施の結果、増収の実績上がらざるため支給困難なること明らかとなりたる場合は、異議なく第一次回答案に引戻すことを誓約すべきものとする。

組合が会社回答を呑んだことは言うまでもない。

それどころか、凄まじいばかりのインフレーションの世とはいえ、現行基準の四倍〜五倍の賃上げは、大盤振る舞いが過ぎるとも取れる。

社員たちは「ハタヨの夕とは凄い。会社もえらい気張ったなぁ」と喜んだ。

大和運輸では創業時代から運賃を決めるのに符牒《ふちよう》が用いられた。〝ハヤクアタマヲツカヘ〟で最後のへをヨに変えて、一、二、三、四、五、六、七、八、九、〇を意味する。したがって、「ハ、タ、ヨ、の夕」は「百五十円の五倍」という意味である。

この符牒の考案者は康三郎だ。往時のトラック事業は、営業所に台秤《だいばかり》を備えていなかったので、荷主から受託するとき、荷物の大きさや手に持った感触で運賃が決められていた。この査定方法で荷主から苦情が寄せられたことは皆無だったところをみると〝プロの勘〟の信頼度は高かったと思える。

17

昭和二十一年夏ごろになると荷主の隠匿ガソリンも底をつき、ガソリン車による一般民需の仕事量が激減したため、康三郎は進駐軍関係の燃料つき輸送に力を入れるべきだと考えた。

折しも、土建会社の羽座間組から耳よりな話が大和運輸にもたらされた。

羽座間組は進駐軍の命令で横浜市杉田から金沢八景まで六キロに及ぶ道路舗装工事に従事していたが、輸送協力を大和運輸に依頼してきたのである。

羽座間組との交渉で窓口になった営業担当課長の話はこうだ。

「出張者全員に三食提供するという凄い話が羽座間組から来ました」

食料不足が深刻化している時代だけに、山本という担当課長は眼の色を変えて、三食提供から話を始めた。

康三郎はぴんときた。

「進駐軍関係だな」

「おっしゃるとおりです」

「だとするとガソリン支給も条件に入ってるわけだね」

「はい。横浜—金沢八景間の道路舗装工事の輸送を請負ってくれということですが、約五十人を動員することになると思います。提供車両は最大四十両ほどになると考えられます」

「期間は？」

「半年以上になると言ってました」

「願ってもない話じゃないか。高浜町、向島、築地の三営業所から、選《え》りすぐりの優秀な運転手と助手を出すようにしたまえ」

康三郎は二つ返事でＯＫを出した。

仕事の内容は最寄りの駅から砂利、砂を工事現場へ運ぶほか、トラックのボデーの床上にナベトロと称する容器を二個取り付けて生コンクリートまで運搬した。日夜を分かたず進められた工事は八ヵ月を要し、仕事を終えて大和運輸チームが東京に引き揚げてきたのは昭和二十二年春であった。

この年、康三郎が掲げたモットーは〝人の和〟である。本社機構の改革に踏み切ったのも昭和二十二年の正月休み明けだ。

従来支配人席にあった勤労課を総務部に統合、部長心得に白井平七を起用し、経理部長に笹本正久、営業部長に山村龍蔵を配した。

三月には、昭和七年に村谷端四郎が退任して以来、空席の社長に倉田康三郎自身が就任、専務制から社長制に移行、常務取締役に中野光男と瀬川直治を登用した。

丸通所有株の買い戻し交渉がまとまったのも昭和二十二年九月のことだ。

康三郎が、この難交渉を中野に命じたのは前年の十一月である。

「戦時体制下で当社の資本を丸通が肩替わりしたことは、それなりに意味があったがもはやその必然性はなくなった。株式の買い戻しの交渉をきみにまかせる」

「承知しました。さっそく丸通の副田理事と接触します」

中野は緊張し切った面持ちで答えたが、大和運輸の増資問題も絡んでくるだけに、折衝は長期にわたり、昭和二十二年九月になって新株公開を前提に、丸通所有株の買い戻しについてようやく双方は了解点に到達した。

大和運輸は十月十日の臨時株主総会で、従来の資本金百八十四万五千円を五百万円に増資することを決定したが、これに先立ち、新株引受権はすべて丸通から旧株主が譲り受けて、公開株とすることになった。

昭和二十三年二月五日の交渉で、丸通所有の旧株を一株七十円で買い戻すことで合意が得られ、八年ぶりに大和運輸は名実共に丸通傘下から離脱したのである。

同年十一月十八日、大和運輸は臨時株主総会を開催し、資本金を一千万円に倍額増資することを決め、昭和二十四年三月十二日、東京証券取引所に二十万株（一千万円）の上場登録申請書を提出、同年五月十一日付で許可を受け、同月十六日に上場された。

第五章　試練のとき

1

昭和二十三（一九四八）年九月、東京大学経済学部を繰り上げ卒業した倉田正雄はためらわずに大和《やまと》運輸に入社した。〝大学は出たけれど〟と言われた就職難の時代とはいえ、東大出なら大企業に就職できるチャンスがなかったとは思えない。

「大和運輸はいい会社だよ。運送事業は伸びる産業だ。当社は昭和二十年九月のあの混乱期に大学卒業生を新聞募集したほど、いつの時代でも人材確保に心を砕いてきたが、おまえにも大和運輸の幹部候補生として将来を担ってもらいたい」

「僕もそのつもりです」

父と子のやりとりは至極あっさりしたものだった。

この時代のたたきあげ創業者にとって、とかく大学卒業生は蒼白《あおじろ》きインテリのひよっ子としか見えないものだが、康三郎はそうではなかった。

しかも、康三郎は学生時代の倉田を〝けっこうやるな〟と見ていたふしもある。

というのは、倉田が戦後大学に復学したとき、仲間とサッカリンの密造で大儲《おおもう》けしたことをうすうす察知していたからだ。サッカリン密造の動機づけは、東京高校庭球部の再建が目的で、不純なものではなかった。

倉田は荒廃したキャンパスに厭気《いやけ》が差して、東大へ通学するよりも東京高校へ通うほうが多かった。

テニスを通じてスマートな東京高校の伝統を後輩たちに伝授したかったし、テニスに興じているときの爽快《そうかい》感は厭なことを忘れさせてくれる。

テニスコートは畑に変わっていたので、コートづくりから始めなければならなかった。食料不足でテニスどころではないと及び腰の後輩を庭球部に集めるためには、食料の調達も欠かせなかった。

倉田たちは資金を捻出《ねんしゅつ》するために、サッカリンの密造を思いたった。

先輩の家の物置からスタートしたが、わずか一年で杉並に三十坪の用地を確保し、会社組織で本格的にサッカリンを製造するまでになった。サッカリンは砂糖の代替品として、つくるそばから売れた。

大学卒業と同時に倉田はサッカリン会社を退社したが、用地取得等で不動産売買にもたずさわったし、会社のつくりかたから人の使いかたまで、このとき学んだ生きた経済、実体経済はその後大いに役立った。

倉田が康三郎の眼に、蒼白きインテリと映らなかったのは、親のひいき目ではなかったのである。

九月一日付で倉田は越前堀作業所に事務員として配属された。

康三郎の側近は、本社勤務を主張したが、「現場で苦労するに限る」の社長のひとことで、当時、現場でいちばん忙しかった越前堀作業所に放り込まれた。

大和運輸が住之江倉庫の一角を借りて越前堀作業所を設け、米国人軍属の家財の梱包《こんぽう》輸送を開始したのは一年前のことだ。

任務を終えた進駐軍の関係者が代々木練兵場跡のワシントンハイツや、成増の士官学校跡のグランドハイツの宿舎を引き払うときに、大和運輸が一役買っていたことになる。

大和運輸が進駐軍関係の仕事に従事できたきっかけは、昭和二十一年春、連合軍総司令部（GHQ）所属のヒーティング・セクションにトラックを提供したことにある。

進駐軍関係の家族を収容するため、ワシントンハイツとグランドハイツに集団住宅が建設されたが、集団住宅の暖房に温水方式が採用されることになった。暖房を設置、管理したのがヒーティング・セクションだ。

この作業を請負った日本側業者は関東配電、東都ガス、関東配管工事共同組合、それに輸送部門を担当したトウキョウ・トラック・カンパニーである。

トウキョウ・トラック・カンパニーは進駐軍向けのペーパーカンパニーに過ぎない。実体は大和運輸と山七運輸の両社だった。

進駐軍関係の物資の調達や仕事の発注は、当初GHQから、田村町の日産館内にあった外務省のCLO（中央終戦連絡事務局）にオーダーする経路がとられていた。CLOの選択によって施工業者が決められていたのである。

このことは戦後の混乱期で、競争入札が行なわれる余裕がなかったことに起因する。

CLO設営部担当官の高畑外務事務官がヒーティング・セクションにおける大和運輸の作業実績を高く評価してくれたことが、越前堀作業所の開設へ発展した。

大和運輸は高畑から、進駐軍軍属の家財道具の梱包輸送作業について受注する方向で検討してはどうか、と教示されたのだ。

このころ、大和運輸はまだ梱包保管業務の経験がなかったので、神田和泉町に大和梱包なる会社が存在していることをつきとめ、「社名が似ているから当たってみよう」ということになった。

康三郎が大和梱包の石川友蔵社長に直接会った。

「CLOをご存じですか」

「もちろん存じてます。わたしどもは住之江倉庫さんと共同で清和梱包という会社をつくって進駐軍の資材関係の仕事をやらせてもらってます」

「実はCLOから、ワシントンハイツやグランドハイツの進駐軍軍属の家財道具の梱包輸送作業をやってみる気はないかと打診を受けておるんです」

「ぜひお受けになったらどうですか。よろこんで協力させていただきますよ。念のため、住之江倉庫にもわたしから話しておきましょう」

住之江倉庫の幹部も、「大和運輸ならよく知っている。信頼できる会社だ」と快諾してくれた。

かくして梱包は清和梱包が担当し、住之江倉庫の東京支店が保管倉庫を提供することで業務提携がまとまった。

二十二年九月の越前堀作業所の開設当初は越前堀出張所と呼んでいた。大和運輸から持ち込まれたものは、古机と椅子《いす》一脚、それに首がガクガクする使い捨て寸前の扇風機ひとつだけで、フォークリフトからタイプライター、用紙に至るまで、進駐軍に貸してもらった。タイプライターの用紙さえも日本で調達できない、物のない時代だった。出張所と呼ぶには恥ずかしかったくらいだ。

越前堀出張所の陣容は蒲田（所長）、吉岡（業務担当）、岡島（渉外担当）の三名。開設当初の業務は一日一件がせいぜいで、労務員も三人で足りたが、作業量は日増しに増加し、倉庫も拡張され、一日に百石（二十八立方メートル）もの木材を消費するまでになり、年間収入が一千七百万円に膨張したこともある。

運賃は、作業員何人、トラック使用量・使用時間、使用資材何々と、積算方式によって計算され、すべて現金取引きであった。ガソリンもたっぷり支給されるといういいことずくめだったから、これほど有利な仕事も少ない。

圧巻は車両十八台で三日間を要したマッカーサー元帥の引き揚げ作業である。日本の官民からの献納物だけでも、一両や二両ではなかったと思われる。

マッカーサーがトルーマン大統領に国連軍最高司令官を解任されたのは昭和二十六年四月十一日だ。

マッカーサーは日本国民にとって絶対的支配者として君臨し、日本国民からマッカーサーほど畏怖《いふ》の念をいだかれた外国人は二人といない。

康三郎はマッカーサーの引き揚げ時に越前堀作業所で作業に立ち会った。大和運輸が進駐軍関係の仕事に従事させてもらっていたことで、この雲上人に親近感をいだいていたのだろう。

日本が敗戦の焦土から再生できたのも、マッカーサーのお陰という思いもあったかもしれない。

2

一方、倉田正雄のほうは、越前堀作業所で勤務した期間はわずか七ヵ月に過ぎなかったので、マッカーサーの引き揚げ作業に関与できなかった。

肺結核に倒れ、昭和二十四年四月から闘病生活に入っていたからだ。

躰《からだ》がだるい、カラ咳《せき》が出る、食欲がない——など肺結核特有の症状が現れたのは二月ごろからで、駿河台《するがだい》にあった結核専門病院の医師の診断は、重度の肺結核で、絶対安静を命じられた。

「寝返りを打ってもいけない」と医者から言われたとき、倉田は生きる望みを失った。このまま死んでしまうのだろうか——。

肺結核は難病中の難病で、死亡率も高かった時代だから、倉田が死の予感におののくのも当然である。

「軍隊でも鍛え、庭球でも鍛えているはずなのに胸をやられるとは……」

康三郎の嘆きはひととおりのものではなかった。

東京高校庭球部の先輩で、東大病院の勤務医が見舞いに来てくれたのは、発病後半年ほど経《た》ってからだ。

「手術することも考えたらどうかねぇ。東大病院に転院したらいいよ」

先輩の忠告に従って、倉田は東大病院へ転院し、気胸療法に加えて、手術を受けた。

手術は成功し、快方に向かったが、なかなか退院の許可が出なかった。

マッカーサーの離日は、入院生活丸二年目の四月十六日早朝のことだ。

この日午前七時二十三分、マッカーサー、ジーン夫人、息子アーサーの一家とホイットニー少将ら側近も含めた一行八名が搭乗したバターン号は、後任のリッジウェイ最高司令官、吉田首相ら閣僚の見送りを受けて、羽田空港を離陸した。

NHKラジオの中継放送を倉田は病室で聞いた。

倉田の肺結核が治癒したのは、ストレプトマイシンのお陰である。当時、日本では高価で入手困難だったが、康三郎が進駐軍に手を回して、手に入れたのだ。

ストマイは結核の特効薬で、この開発によって、結核の死亡率は激減した。

「ストマイがなかったら、確実に死んでいたろう」

後年、倉田はよく述懐したものだ。

また、こうも言っている。

「挫折《ざせつ》ということを知らなかった。向かうところ可ならざるはなし、といい気になっていた。四年の闘病生活は、人生観を変えた。友人にすすめられて読んだ聖書も、心の支えになった。運命は神から与えられたもので、それにさからうことはできない。人間一人の存在などいかに無力なものかと思ったこともある」

康三郎は、退院した倉田に言ったものだ。

「一度死んだと思えば、こんな気が楽なことはなかろう。元気になったら人の何倍も働いてもらうぞ。しかし、焦る必要はない。体力が回復し、自信がもてるようになるまで、家でゆっくり休んでろ」

「ひと月もあれば社会復帰できますよ」

「さあどうかな。死線をさまよったうえに四年も入院してたんだ。だいいち脚がいうことをきかんだろう」

康三郎の言うとおりで、倉田は体力も気力も衰えていたから、一日十メートル歩くのがやっとという日々が続いた。

倉田が本復し、大和運輸に復職したのは、昭和二十八年十一月で、実に四年七ヵ月ぶりのことだ。これほどの長期間、病床にあれば、世をはかなんで自殺したくもなるだろうが、倉田は強靭《きょうじん》な精神力で克服し、大病を人生の糧《かて》にした。

十一月一日付で総務部労務課に配属され、労務管理の仕事を担当させられた。

3

昭和二十九年六月中旬の某日、倉田は総務部長の海野から手招きされた。

「社長からなにか聞いてますか」

「いいえ」

「七月一日付で駿河運輸に出向してもらいます。総務部長で管理部門全体を見てもらいたいということです。つまり、事実上経営者の立場で、成瀬専務を補佐してもらいたいというのが社長の意向です」

倉田は眉をひそめた。復職して一年にもならないのに静岡に飛ばされるのはひどい、と思った。康三郎にしてみれば息子に甘くないところを見せたかったのだろうが、病み上がりなのだからもう少し優しくしてもらってもいいのではないか——。

だが断れるはずがない。

「わかりました」

倉田は、むすっとした顔で答えた。

駿河運輸は、昭和二十六年二月に大和運輸が全額出資（資本金五百万円）で設立した子会社である。

昭和二十五年十二月下旬の某日、康三郎は芙蓉《ふよう》銀行銀座支店長保田正義の訪問を受けた。

「駿河貨物自動車の再建に力を貸していただけないでしょうか」

芙蓉銀行銀座支店は大和運輸と取引関係にある。芙蓉銀行は、駿河貨物自動車のメインバンクだった。

戦時中、静岡県下の輸送業者が統合して発足した同社は、当時百数十両のトラックを保有していた。戦後の立ち直りも早く、東京―名古屋間トラック便の草分け的存在であった。しかし、昭和二十四年ごろから同業間の過当競争が激化したため、二十五年後半から経営難に直面していた。

「駿河貨物は組合に問題があるんじゃないでしょうか。階級闘争にあけくれてるような組合ですからねぇ」

「大和運輸さんに経営をお願いすれば、再建は可能と思います」

「ことがらの性質上、わたし一人の判断では決めかねます。一週間ほど時間をください」

「よろしくお願いします」

保田に深々と頭を下げられ、断るつもりだった康三郎の気持ちに変化が生じた。

康三郎は中野、瀬川両常務を社長室に呼んだ。

中野は総務、経理などの管理部門、瀬川は業務、運輸などの営業部門を担当していた。

案の定というべきか二人とも、駿河貨物の再建は大和運輸の手に負えない、と主張した。

「組合の問題はわたしも荷が重いと思うが、将来、大和運輸が名古屋以西の長距離路線を敷くときには役に立つんじゃないのか。別会社方式で、再建に乗り出す手もあると思う」

康三郎はふと古川金次郎の威厳に満ちた顔が眼に浮かんだ。

古川は旧陸軍大佐で、軍需省航空兵器総局運送部長兼同省関東軍需管理部輸送部長だった昭和十九年七月に〝光輸送隊〟の結成を康三郎に要請してきた。大和運輸は〝光輸送隊〟にかかわったからこそ、戦後二百両の車両を井の頭公園内に温存できたのだ。

古川は康三郎にとって恩人の一人だ。私心のない古川なら信頼できる。古川に駿河貨物の再建を託してみよう、と瞬時のうちに康三郎は結論を下した。

康三郎は駿河貨物自動車のトラック事業を大和運輸で継承する方針を決め、駿河運輸を一月二十三日付で設立した。古川は初代社長に就任することを承諾してくれた。

駿河貨物自動車の営業資産を譲り受け、旧債権者、旧株主との折衝を経て、六月には一般路線貨物自動車運送事業等全事業の譲渡契約が締結された。

監督官庁から認可が得られたのは昭和二十六年十一月なので、手続きに五ヵ月も要したことになる。

倉田が静岡市内の駿河運輸本社に赴任した昭和二十九年十一月上旬の時点で、同社の社長は古川が退任（昭和二十八年十一月）したため康三郎が兼務していた。古川は労働組合に手を焼いて、投げ出したとも考えられる。このため大和運輸で部長クラスの成瀬敏男が社長代行の専務で派遣されていた。

三十歳になったばかりの倉田が管理部門を取り仕切らなければならない。

赴任してびっくりしたのは、社員のモラールの低下ぶりと、モラルの欠如である。会社の体《てい》を成していない、といったほうが当たっていた。

一週間ほどじっくり観察して、労働の質の悪さをいやというほど痛感した。

運賃をごまかす運転手、階級闘争にうつつを抜かしている者、些細《ささい》なことでつかみあいの喧嘩《けんか》をする者。仕事そっちのけで朝から酒ばかりくらっているのんだくれ。そんな連中がごろごろしている。潰《つぶ》れないほうがおかしい、と倉田は思ったものだ。

運賃をごまかした運転手に、その場で証拠を突きつけると、「間違っとったのう」とそらとぼける。中には、刃物をちらつかせて凄《すご》む者までいる始末だ。

「ここは切った張ったの現場ですなあ。東大出のインテリがくるところと違うがな。あんた東京へ帰ったほうがええわ」

運転手や助手たちの倉田に対する反感は尋常ではなかった。会社が乗っ取られた、という被害者意識も強い。事実はまったく逆で、大和運輸の救済による会社再建に必死に取り組んでいるのだ。

倉田は長身瘦軀《そうく》で少し猫背だった。肺結核の手術のせいだが、こんな病み上がりに舐《な》められてたまるか、とかれらは敵意を剝《む》き出しにして、挑発してくる。

倉田は管理部門をまかされたが、部下は定年間近のロートルと若い女子従業員が一人いるだけで、戦力としていかにも心もとなかった。

倉田は一人敵陣に乗り込んできたような錯覚にとらわれた。いや、錯覚などではない。実感である。

倉田は康三郎を恨みたくなった。獅子《しし》の親が子を谷底に突き落とす――康三郎の存念はそんなところかもしれないが、それにしてもやり過ぎというものだ。

しかし、倉田の負けん気は父親譲りだ。この程度で音《ね》をあげたら、男がすたる、とわが胸に言いきかせた。

まず従業員服務規定（就業規則）の整備から始めた。

例えば①虚偽の申告その他不正なる行為によって賃金、諸手当その他金銭若《も》しくは物品を受けた場合②他の従業員に対し、不法に退職を強要したり、若しくは暴行、脅迫を加える等他の従業員の業務を妨げた場合③故意に作業能率を低下させ、若しくはこれを阻害した場合④正当な理由なくして無届欠勤連続五日以上若しくは年間を通じ十日以上に及んだ場合⑤刑罰に触れる行為を為《な》した場合――は降職または懲戒解雇に処するなどを服務規定に盛り込んだ。

予想どおり、組合は反発したが、いずれもごく常識的なことがらなので、ストを打って反対するだけの根拠は薄弱だ。

倉田は組合の幹部とも膝《ひざ》を交じえて話し合った。

「駿河運輸を生かすも殺すも皆さん次第です。駿河貨物自動車から受け継いだ負債は、芙蓉銀行など取引金融機関の支援で長期融資の措置がとられたとはいえ、会社に重くのしかかっています。いま、ストを打ったり、サボタージュしている場合ではないことは、皆さんが身に染みてわかっているはずでしょう。運送業、トラック会社は泥臭くて、地味な存在ですが、経済活動、産業活動を行なっていくうえで、なくてはならない存在です。その一翼をわれわれ駿河運輸も担っているんです。だからこそ、銀行も会社を潰さずに大和運輸の救済による再建の途《みち》を選択したのではないでしょうか。そのほうが駿河貨物自動車、すなわち駿河運輸の再建が早期に達成できると判断したからです。大和運輸は、駿河運輸と一体と考えています。ですから給与体系を見直し、大和運輸の水準に可及的速やかに近づけるべく、わたしは努力を惜しまないつもりです。そのためには運行管理も厳格にしなければならないし、運賃をごまかすとか使い込む者などは論外で、排除されなければなりません。そうした不心得者は罰せられて当然で、服務規定に抵触した者には断固たる態度で会社は臨みます。従業員の上に立つ組合幹部の方々にそうした不心得者が出るはずはないと信じてますが、駿河運輸はあなたがたの手で再建し、親会社の大和運輸を見返してやろうじゃないですか。わたしは、この会社が少しでも近代経営に脱皮できるよう微力を尽くします。皆さんもどうかわたしに力を貸してください」

「部長さんよう、小むずかしい理屈をこねられても、俺たち能なしにはわからんがな。一つだけわかったことは、給与水準を大和運輸並みにしてくれるいうことだけやがな。いつ実行してくれるんかのう」

若い組合幹部が、小莫迦《こばか》にしたようなものいいで、倉田に質問した。

「結果を出さないことには、社長のOKは取れないと思います。結果を出すとは業績を上げる以外に考えられません。皆さんが働く意欲を持ち、顧客に対してサービスに徹する気持ちを持つことによって、それは可能になるはずです」

「仕事もようせんと要求ばかりしてはいかんということよ」

別の組合幹部が倉田を支持してくれた。

組合幹部たちは、倉田が二、三ヵ月もすれば尻《し》っぽを巻いて逃げ出すとタカをくっていたが、そんな様子はみられない。半年経ち、一年経つうちに、倉田がただのエリートではないことがわかってきた。多少理屈っぽいところはあるが、二代目のぼんぼんにしては、肚《はら》がすわっている。

運賃をごまかしたり使い込む常習犯の若い運転手を会議室に呼びつけて、叱《しか》りつけたことも運転手仲間に伝わり、波及効果をもたらした。

倉田はこんなふうに切り出した。

「きみのやっていることを黙って見のがすわけにいかない。不正行為には断固たる処置を講じる旨を組合にも通告し、組合も了承していることは知ってるね」

「…………」

「懲戒解雇は当然と思うが、意見があれば聞こう」

「クビにしたらええがな」

ふてくされた運転手の態度に、倉田はカッと頭に血がのぼった。気持ちを鎮めるまでに十数秒要した。

「懲戒解雇は当然だが、会社はきみを警察に突き出すことも考えている。刑事罰を受けても仕方がないだろう」

運転手はさすがに顔色を変えて、口ごもった。

「か、会社は、な、縄付き出してええ思っとるのかな」

「一罰百戒の意味を込めて、わたしは断固そうしたいと思っている。組合に泣きついても、ダメですよ。きみの不正行為は目に余ると組合もみている」

男はすがるような眼で、倉田を見上げた。

「弁償すれば勘弁してもらえますか」

倉田は眼を瞑《つむ》って天井を仰いだ。

「警察に突き出す」は言葉の弾みだが、気持ちのうえでは引っ込みがつかなくなっていた。

だが、ここは思案のしどころである。

この運転手よりたちの悪いのはまだ何人もいる。見せしめ的に刑事告訴する手もあるが、運転手仲間の恨みを買うだろうし、この男の将来に傷がつく。生活権を奪うことにもなりかねない。警察沙汰《ざた》は得策ではない、と倉田は思った。

駿河運輸をクビになっても、トラックのライセンスを持っているのだから働く場所はいくらでもあるだろう。

懲戒解雇にするかどうかは、倉田の胸三寸だが、それは後味の悪いことおびただしい。

〝警察〟を持ち出しただけで、ふるえあがっている男は小心で、さほどの悪党とも思えなかった。倉田は急に男がいじましくなってきた。

男が二十六歳で、妻帯者であることも、幼児が一人いることもわかっている。

「駿河運輸で働く気はあるのかな」

意外な質問に、男は怪訝《けげん》そうに、倉田を盗み見た。

「さっき弁償すると言ったが、その当てはあるのかね。きみの三ヵ月分ほどの給料に見合う金額になってると思うが」

「あります」

「無理をして、変なことになっても困る。給料から差し引くようにしたらいいが、月給の三分の一はきついかな。それだと一年以内に弁済できるが」

「申し訳ありません。助かります」

「始末書を書いてもらう。わたしの処置が甘すぎることは重々承知しているが、情状酌量は今回限りだからね。二度とこういうことがあったら、ゆるさんよ。奥さんを大事にしなさい。それから、これを機会にバクチはやめたらいいと思う」

「やめます」

男は、ぼろっと涙をこぼした。

「きみが立ち直ってくれることを祈ってるよ」

倉田は照れくさくてやりきれなかったが、この件は組合委員長に報告しておこうと思った。

4

駿河運輸に赴任して一年ほど経ったころ、倉田に縁談が持ち込まれた。

成瀬から知人の娘と見合いしてみないか、とすすめられたのだ。

「蒲原《かんばら》町から静岡市内にお茶やお花の稽古事《けいこごと》でかよってきてるお嬢さんがいるんだが、会ってみる気はありませんか。年齢はきみより十ばかり若いが、きれいだし、心の優しいいいお嬢さんですよ」

「見合いですか。そう言えば親父《おやじ》も東京で見合いをしろと言ってました」

倉田は気のない返事をした。

「社長もきみのことを心配してるんですねぇ。具体的に当てはあるんでしょうか」

「さあ。まだ花嫁候補を探してる段階でしょう。はっきりした当てがあるんなら、親父のことだから、すぐに言ってきますよ。僕も三十ですから、いつまでも独りでいるわけにはいきませんが、自分のことは自分で決めます」

「好きな人でもいるの」

「いいえ」

「それなら会うだけでも会ってみたらどう。名前は青木黎子《れいこ》さんって言うんだが、クリスチャンでねぇ」

クリスチャンと聞いて、倉田の気持ちが動いた。

入院中に聖書を読んで勇気づけられたことを思い出したのだ。

「見合いなんて大袈裟《おおげさ》なことじゃなく、簡単にお茶でも飲むくらいなら、いいですよ」

日ならずして、成瀬は倉田と黎子を市内のホテルで引き合わせた。

「僕は失礼させてもらいます。ちょっと野暮用があるんですよ」

成瀬は気を利かせて二人を紹介だけすると、引き取った。

半袖《はんそで》の白いブラウスと黒っぽいスカート姿で、着飾っていないところが倉田はまず気に入った。倉田は麻のスーツを着ていた。

小柄で清楚《せいそ》である。気高いほどの気品を漂わせていた。

「クリスチャンと聞きましたが、プロテスタントですか」

「いいえ、カソリックです」

「そう。僕は数年前肺結核で四年も入院してたんです。ストレプトマイシンのお陰で完治しましたが、生きているのがいやになって自殺することも考えました。友人にすすめられて聖書を読んだお陰で死を恐れなくなったような気がします」

倉田は伏眼がちに話す。黎子のほうはきらきらした眼をまっすぐぶつけてきた。

「受洗するおつもりはないのですか」

「そこまでは考えてません。ご両親もクリスチャンですか」

「はい。ですから、生まれて間もなく洗礼を受けたと聞きました」

「父は、例年高尾山に初詣《はつもうで》するような人ですから、クリスチャンは苦手かもしれませんよ」

黎子は、かすかに眉をひそめたが、すぐに微笑を取り戻した。

「倉田さんがクリスチャンのわたくしとおつきあいをするわけにはいきませんわね」

「そんなことはないですよ。父は父、僕は僕です。信教の自由は憲法で保障されてるんですから、仮に僕がクリスチャンになっても、父にとやかく言われるいわれはないと思います」

うつむき加減に話していた倉田は、面《おもて》をあげて、強い口調で言い返した。

倉田は初対面で黎子に好意を持った。

何度か逢《あ》い、文通もしているうちに生涯の伴侶《はんりょ》とするひとは黎子を措《お》いてほかにいないと心に決めた。黎子の両親に会って、人柄のよさにいっそうその思いを強めた。

残る問題は康三郎の賛成を取りつけることである。

倉田は、東京に出張した折りに、康三郎に決意のほどを打ち明けた。

「結婚したい女性が静岡にいます。青木黎子という名前ですが、一度会ってください」

「おまえ、忙しいのによく恋愛してるひまがあったなあ」

「見合いですよ」

「誰にすすめられたんだ」

「成瀬さんです」

康三郎は厭な顔をした。

「あいつ余計なことをして。わたしにも考えがあったんだ。二、三候補もある。おまえは江戸っ子なんだから、東京の女性のほうがいいと思うがねぇ」

「もう決めました。正式にプロポーズもしてます。いまさら、ほかの女性と見合いするわけにはいきませんよ」

「父親をないがしろにしていいと思ってるのか」

「先に相談しなかったことは謝ります。しかし、こればかりは、いくらなんでも絶対に親父の言いなりになりませんよ。自分の幸せは自分で見つけたい、そうずっと思ってました」

「利いたふうなことを言うな！」

康三郎は激した。

倉田はひるまなかった。

「仕事のこと、会社のことでは社長である親父の命令に従います。しかし、嫁ぐらいは自分に決めさせてください」

「わたしがあくまで反対だと言ったらどうするんだ」

「お父さんがそんなわからず屋だとは思ってませんよ。とにかく一度、黎子と黎子の両親に会ってください」

倉田は康三郎の剣幕に気圧《けお》されて、黎子がクリスチャンだとは言いそびれた。

ほどなく康三郎は静岡にやってきた。

黎子をひと眼見たとき、康三郎は仕方がないな、と諦《あきら》めた。息子に裏切られたという思いはぬぐえないが、倉田の気持ちを尊重せざるを得ない——。

康三郎は帰京間際に成瀬を会議室に呼びつけた。

「おまえ、余計なことをしてくれたな」

「申し訳ありません」

成瀬はふるえあがった。康三郎の逆鱗《げきりん》に触れて、クビが飛ぶかもしれない、と本気で思った。

「成瀬に厭みのひとことも言わなければ、わたしの気持ちが収まらんよ」

康三郎はにやっと相好《そうごう》を崩して、つづけた。

「なかなかよさそうな娘じゃないか。ほんとうはきみに感謝しなければいけないのかもしれないな。いまのひとことは忘れてくれていい」

成瀬がどれほどホッとしたか察して余りある。

「どうせ結婚するんなら早いほうがいいな。式は東京であげたほうがいいだろう。きみは事実上の仲人でもあるんだから、正雄の相談に乗って最後まで面倒をみてやってくれ」

「恐れ入ります。一所懸命やらせていただきます」

倉田は昭和三十年の秋に黎子と結婚した。


倉田の駿河運輸時代で思い出に残ることに〝社内報〟がある。赴任して間もなく、社内報を発行することを思いたったのだ。

タイプ印刷の粗末なものだが、初めは原稿書きも編集も一人でやった。

二号、三号と続けているうちに、士気の高揚、社員教育の啓蒙《けいもう》に多少なりとも寄与していることが実感できるようになった。

社内報は、社員に対する倉田のメッセージでもあったから、原稿を書いていて愉《たの》しくもある。組合と向かい合って、怒りを込めて原稿を書いたことも一度や二度ではない。

早朝出勤、残業はいつもながらで、日曜出勤もいとわなかった。駿河運輸時代の倉田は生涯の中でも最も働いたのではなかったろうか。

四年七ヵ月の休職期間を取り返したような思いになっても仕方がない。

5

二年三ヵ月で駿河運輸の出向を解かれた倉田は、昭和三十一（一九五六）年九月二十日付で大和運輸本社経理部付の辞令をもらった。課長待遇である。

経理部は、経理課、庶務課、営繕課の三課で構成されていたが、倉田はラインの課長ではなかったので経理部全般を見ることができた。どの企業でも経理部は、カネの流れを把握している関係で、会社のおかれている状況、実情が最も見える部署である。

当時の大和運輸は資本金八千万円、年間売上高約十四億円、経常利益約五千万円、従業員約千五百人、保有車両約二百五十両の規模に伸長していた。

経理部付課長の期間はわずか三ヵ月と短かったが学んだことは少なくなかった。財務体質の強からぬことを痛いほど思い知らされた。

倉田は昭和三十一年の暮れも押し詰まった某日、康三郎に面会を求めた。

「経理部で充分勉強させてもらいました。財務体質を強化することが、当社の課題だと思います。そのためには営業部門が強くなければならないと思うんです」

「そんなことはおまえに言われなくてもわかってるよ」

康三郎は憮然《ぶぜん》とした顔で返した。

駿河運輸への出向が解かれて帰京したときも、「ご苦労さま」のひとこともなかった。康三郎に格別褒《ほ》められたいとも思わないが、われながらよくやったという自負はあったから、倉田は内心おもしろくなかった。

「おまえは駿河運輸では及第点をやれるが、経理部ではまだやることがたくさんあるだろう。とくに資金調達面でもっと勉強してもらいたいな」

「営業をやらせてもらいたいと思ってるんですけど」

「営業……」

「はい。営業ならどこでもけっこうです」

「ふうーん」

康三郎は考える顔で腕を組んだ。

「そんなに営業が心配なら、百貨店をやってみるか。暮れの繁忙期は終わったが正月から挨《あい》拶《さつ》回りをしたらいいな」

昭和三十一年十二月三十一日付で、倉田は百貨店部の次長職を命じられた。

丸越との取引は、昭和十六年八月の陸運統制令によって停止されていたが、昭和二十四年十二月に八年ぶりに再開された。丸越別館の一部を借りて、丸越出張所を開設し、事務員一名、配達員十名の陣容で再スタートしたが、百貨店配送業務は順調に伸び、昭和二十九年十月に丸大百貨店、三十一年五月に急阪百貨店が東京に進出した。そうごう百貨店が東京進出を果たすのは昭和三十二年五月だ。

新宿、池袋などに私鉄系のターミナルデパートの開設計画も進められ、各百貨店は設備の近代化や無料配達区域の拡張などに傾注していた。

こうした情勢を背景に、大和運輸の百貨店配送業務は膨張を続け、昭和二十八年七月に業務部組織を改正して、従来の百貨店係を百貨店課に昇格、業務第二部長が〝大和便〟と統轄するようになった。

しかし、百貨店配送業務量の増大は、一つの課で処理するには無理になり、昭和二十九年九月の組織改正で第二業務部から独立して、百貨店部を設け、同部は丸越課と百貨店課の二課制とし、業務第一部（貸切関係）と業務第二部（大和便関係）を合併して、営業部に改めた。

さらに、昭和三十一年十月には配送管理業務を見直し、本社機構の丸越課と百貨店課を廃止、百貨店部は庶務課と業務課の両課になった。

百貨店部が独立した昭和二十九年九月末時点における配属従業員は百五十二名である。

康三郎が倉田を百貨店部次長に就かせたのは、主力の丸越だけでなく、丸大や伊勢新など他の百貨店も担当させたいと考えたからだ。

したがって昭和三十二年の年初の挨拶回りで倉田は、社長、担当役員らについて歩いた。康三郎は、百貨店側の担当役員、部長、課長らに、「次長の倉田正雄です。まだ駆け出しですが、よろしくお引き回しください」と判で押したように同じせりふで倉田を紹介した。

「ご子息ですね」

大抵の者は、面立ちと名前で察しがつくから、そう訊《き》く。

「ええ、まあ」

康三郎は照れ笑いを浮かべる。

「倉田さんは、いい二代目に恵まれて果報者ですねぇ」

愛想を言う者も少なくない。康三郎もまんざらではなかったが、「わたしからみたら、まだまだ苦労が足りません。海の物とも山の物ともわかりませんよ」と謙遜《けんそん》した。

倉田は、昭和三十二年十月に部長心得に昇進し、三十四年九月まで百貨店部に在籍した。

この間、百貨店部門の配属従業員は約七百七十人に増え、五年間で五倍を超えたことになる。

使用車両も昭和二十九年末時点では小型車十一両に過ぎなかったが、三十四年末には普通車両十五両、小型車六十九両、合計八十四両に激増した。

昭和三十二年十月丸越池袋店の開設に伴って、丸越別館に丸越本部を設置したのは、丸越関係だけで三出張所、十配送所に配送拠点が膨張したことによる。

第六章　〝クロネコ〟の挿話

1

昭和三十一（一九五六）年八月一日付で風変わりな中年男が大和《やまと》運輸に入社した。大正二（一九一三）年四月十三日生まれのこの男の名前は斎藤武志。

福島県相馬郡出身の斎藤は地元の旧制中学を出て、仙台で図案を学び、昭和十年四月に上京し、神田の書店で編集関係の仕事をしながら、専門学校で図案の研鑽《けんさん》を積んだ。昭和十三年五月に大和運輸に入社、社内報の編集を担当、五年間勤務したのち、昭和十八年五月に〝赤紙〟（召集令状）が舞い込み離職した。

ところが丙《へい》種合格とはいえ、兵役に耐える体力ではないと認定され、即日帰郷を命じられ、飛行場建設の勤労奉仕など銃後の守りに回される屈辱をたっぷり味わわされている。

戦後、大和運輸に復職せず、芝浦の中央水産会社に勤務し、労働組合の機関紙づくりをしているうちに左翼運動にのめり込んでいく。大和運輸の俳句仲間が、「日本共産党の機関紙〝赤旗〟の編集者になることが夢だったと語っていたこともある」と証言しているところをみると、一時期共産党員だった可能性も否定できない。

昭和二十五年九月に肺結核を罹病《りびょう》、数年に及ぶ闘病生活を余儀なくされたが、奇蹟《きせき》的に全快した。

つまり、十四年ぶりに大和運輸に復職したことになる。

斎藤は昭和十二年ごろから斎藤砂上の俳号で句作を始め、大和運輸に入社した十三年には俳誌〝鶴〟の同人となりしばしば作品を発表、〝鶴〟を主宰していた石田波郷が〝鶴〟誌上で次のように砂上を評したほどだから、並みのレベルではなかったと思える。

斎藤砂上氏は痩軀《そうく》の見るからに鋭い人であるから俳句も元来細い繊鋭な句を造りさうな人に思へるのであるが、

冬海の上ゆくときも鴉《からす》かな
ペリカンの脚もて立つや春日没る

冬海の上を鴉が飛んだり、ペリカンが春の落日に立ってゐるといふこと、つまり平常を異常と感じさせる表現力であるところの面白さがある。砂上の或種の感覚技巧の句には非常に繊細な神経をつかったものが見られるのである。神経が細いばかりではなくて俳句性の太い筋が通ってゐる。

斎藤が大和運輸に再入社した経緯は、こうだ。

昭和三十一年七月上旬の梅雨明けの某日、向島営業所長の蒲生光秀を尋ねてきた男がいた。それが斎藤武志だった。

ノーネクタイのワイシャツ姿で、よれよれのズボン。立っているのがやっとというほど精気がなく、昼日中に幽霊がさまよい出てきたような感じであった。

眼鏡の奥で落ち窪《くぼ》んだ眼だけが、人なつっこさを湛《たた》えて笑っている。

「こんにちは。しばらくです」

「斎藤君じゃないの」

蒲生は、斎藤に椅子《いす》をすすめ、女子社員に茶を淹《い》れるように指示したが、昼食時間になったので、弁当を社員に配給し、近所の蕎麦《そば》屋に斎藤を誘った。

てんぷら蕎麦を食べながら問わず語りに、斎藤は、大和運輸に再就職することが可能かどうかをかつての先輩社員に質《ただ》した。

「女房の内職で糊口《ここう》をしのいでますが、健康も回復したので、自分も働きたいと思ってます」

「中野専務に話してみよう。きみは会社をクビになったわけではない。復員した元社員は一人残らず復職しているのに、きみがなぜ戻ってこなかったのか不思議に思ってたんだ」

「港湾労働者の組合で熱病に憑《つ》かれたみたいに左翼運動をやってました。いまにして思うと、若気の至りだと思います」

「そのことは伏せておこう。たとえばの話、社内報の仕事をまかせられたら、受けるかね」

「もちろんです。その点は自信があります」

「俳句は続けてるの」

「ええ、まあ……」

「きみは石田波郷先生、石塚友二先生の自慢の門下生だからねぇ。きみが復職すればウチの俳句部のリーダーになってもらえるから、僕もうれしいが……」

　蒲生は思案顔で蕎麦をすすりあげた。

「倉田社長も俳句が好きだから、案外OKを出してくれるかもしれない。わたしがきみの保証人になる。とにかく当たってみるよ」

「よろしくお願いします」

　斎藤は箸《はし》を置いて、ちんまりとそろえた膝《ひざ》に手を突いた。

　蒲生の話を聞き終え、しばらく天井を見上げていた中野が意を決したように蒲生を見据えた。

「社長に話してみよう。しかし、斎藤君は酒が入ると人が変わったみたいになるからねぇ。保証人になるってことは、相当な覚悟がいるぞ」

「覚悟してます。俳句の才能もさることながら、図案のセンスは抜群ですし、広報誌の編集には欠かせない人材ですから、会社にとってマイナスよりプラスのほうが圧倒的に多いと思うんです」

「わたしもそう思う。社長にノーと言われたらそれまでだが」

「正社員で再入社が困難でしたら、嘱託でしばらく様子を見るという手もあると思いますけど」

「うん。考えることは同じだな。同感だ。しかし、嘱託と社員じゃ給料も違うからねぇ。なんとか社員にしてあげたいねぇ。生活のほうは楽じゃないっていうんだろう」

「ええ。お子さんが二人いるそうです。上が男の子で小二、下が五歳で女の子と聞いてます」

「組合を焚《た》きつけるようなことはないだろうねぇ」

「大丈夫です。本人も若気の至りだと言ってました」

斎藤が国立清瀬病院に入院中の昭和二十七年に次のような句をつくっている。

メーデーへ看護婦五人目で送る

新入患者梅雨の労働服を脱ぐ

焦げて立つ向日葵《ひまわり》米機ふえるばかり

入院中の句に左翼的な思想の作品が多いのも、故なしとしない。

康三郎はそんなことは知らないから、斎藤の再入社について、あっさり承認した。

「あの男ならよく覚えてるよ。いい俳句をつくってたねぇ。蒲生に初めての子供が生まれた日に〝菊日和すなはち父となりにけり〟なんて句をつくったことがあったねぇ」

「よく憶《おぼ》えていらっしゃいますねぇ。社長も俳句がお好きですから」

「わたしのはヘタの横好きで、ひとさまに見せられるしろものじゃないよ」

「とんでもない」

中野は、康三郎の句をなんとか思い出そうと頭をめぐらせたが、出てこなかった。

「昭和十八年の暮れだったか、石田波郷が応召したときの句作も憶えているぞ。〝遠近の鵙《もず》や師や征でたちにけり〟だったかな。〝鶴〟を読んだんだ」
「恐れ入ります」
「社内報の編集をやらせたらいい。斎藤に編集と図案を担当させたら、もっとよくなるだろう」
「ありがとうございます。さっそく蒲生から本人に伝えさせます。どんなによろこぶことか」

2

斎藤が再入社した翌年の三月、米国最大のトラック会社、アライド・ヴァン・ライズ社のジェームス・カミンズ副社長が来日した。康三郎はカミンズ夫妻を羽田空港に出迎えた。このとき、カメラを首にぶらさげて、取材に駆けつけたのが、斎藤であった。

カミンズ副社長来日の目的は、大和運輸と業務提携契約に調印するためだ。すなわち大和運輸は駐留軍人、軍属の輸送家財の梱包《こんぽう》、船積みに関する事業についてアライド・ヴァン・ライズ社と業務提携することになったのである。

この業務提携が機縁となって、思わぬ副産物を大和運輸にもたらした。

アライド・ヴァン・ライズ社のキャッチフレーズは〝ケアフル・ハンドリング〟で、母猫が子猫をくわえて運ぶ図案をマスコット・マークにしていた。

親猫が子猫をくわえて運ぶように注意深くあるいは慎重に運送する、ていねいな荷扱いという意味合いだが、康三郎はこのキャッチフレーズとマスコット・マークがいたく気に入った。

「運輸業者の心がまえをこれほど見事に、かつ適切に表現したものはありません。わたしは大きな感動を覚えました。このマークを採用させていただけませんか」

「けっこうです。どうぞお使いください。当社のマークとまったく同一のものを使用するお考えですか」

「いいえ。参考にさせていただき、意匠を替えるよう工夫したいと思います」

「なるほど。ネコマークの使用についてはわたしの一存で承認します」

むろん通訳を交じえてのやりとりだが、康三郎はカミンズの快諾を得て、直ちにネコマークの図案化、意匠化を中野専務、総務部長経由で斎藤に命じた。

アライド・ヴァン・ライズ社のネコマークはあまりにも写実性が強過ぎる。もっと優しさを出さなければならない——。

斎藤はそう思いながら、何度ネコのスケッチを試みたかわからない。

凝り性の斎藤は、本物のネコを観察するためにネコを飼っている社員の家を訪ね歩きもした。

しかし、何匹ネコを見てもアイデアは浮かんでこない。

思いあまって息子の隆志に、「おまえ、いい子だからネコの絵を画《か》いてくれないか。可愛《かわい》らしく画いてくれなくちゃだめだよ」と、頼んだ。

父親の血筋を引いているとみえ、隆志はものの十分ほどで、画用紙にネコの絵を画いてきた。それも三匹。鉛筆で画かれたネコは耳が極端に大きい。顔も胴の三倍はある。

『これだ！』

斎藤の頭の中を閃光《せんこう》が走った。

クロネコマークをまとめるまでに、何日もかかったが、オリジナルは明らかに隆志の絵だった。

斎藤は会社の同僚に隆志の画いたネコの絵を見せて言ったものだ。

「息子がいいヒントを与えてくれました。このヒゲはいただけませんが、このヒゲを消せばなんとかいけそうです」

斎藤はネコマークの図案化に夢中だったが、社内報「大和ニュース」の編集も手を抜くわけにはいかなかったから、仕事がたまって、いら立つことが多く、ついつい酒に逃避しがちだ。

先立つものがなくて、会社の高級カメラを質に入れたことは復職後、何度となくあるが、ネコマークに取りつかれていたときに、これを初めてやった。

このときは給料日が近かったので、「家に忘れてきた」で済んだ。

クロネコマークが完成したのは六月の梅雨どきである。

斎藤は真っ先に、向島営業所へ走った。

窮地を救ってくれた恩人の蒲生にクロネコマークの完成図を見てもらいたかったからだ。蒲生が保証人になってくれなければ、いくら面倒みのいい康三郎も、首をタテに振ることはなかったに相違ない、と斎藤は思う。

「素晴らしい。パーフェクトだ!」

蒲生の笑顔を見て、斎藤は胸が熱くなった。

「わずか三ヵ月で、よくぞやった。ケチのつけようがないよ」

「蒲生さんに褒めてもらえれば、こんなにうれしいことはありません」

「今晩お祝いに一杯やろう」

「ありがとうございます」

「ただし、一次会だけだよ」

蒲生に念を押されて、斎藤はバツが悪そうに首筋のあたりをさすっている。

「百貨店部長に見てもらって、意見を聞いてみたらどう。あの人は感性の鋭い人だから、きっと褒めてくれると思うよ」

蒲生の意見を容れて、斎藤は百貨店部長心得の倉田正雄に会った。倉田には復職後挨拶《あいさつ》しているし、会社で何度も会っていた。

もっとも親しく口をきいたことはなかった。東大出の秀才と聞いていたせいで、なにかしら近寄り難い。それに倉田が、人を寄せつけないような雰囲気を漂わせているように思えてならなかった。

斎藤は、倉田より十年ほど先に出生したが、会社の身分は逆である。

俺はスペシャリストで、芸術家なのだから、百貨店部長なんかより俺のほうが偉いのだ——。

そう思うと、気持ちが楽になってくる。

斎藤は百貨店部の倉田のデスクの前に立って、軽く頭を下げた。

「蒲生さんから、部長に見てもらって意見を聞くように言われたものですから」

倉田は、なんで斎藤が面会を求めてきたのかわからなかったので、怪訝《けげん》そうに首をかしげた。

「〝大和ニュース〟でなにか……」

「いいえ、取材にきたわけじゃないんです。例のネコマークが一応完成したので、部長に見てもらいたいと思いまして」

斎藤は画用紙をデスクの上にひろげた。

倉田は食い入るようにクロネコマークの図案を見ている。

なかなか面をあげようとしない倉田に、斎藤は少し不安になった。

「不合格ですか」

「なにをおっしゃる。間然するところがないと思います。社長が喜ぶでしょう」

笑顔で見上げられて、斎藤の頰《ほお》もゆるんだ。

「斎藤さんも結核で闘病生活が長かったそうですねぇ」

「はい。部長も……」

「ええ。お互い、あのとき死んでいたと思えば大抵のことには動じなくなりますよねぇ」

「そんな気がします。ずぶとくなったというか」

「同病あいあわれむとも違うが、ま、戦友のようなものですかねぇ。お互いに頑張りましょう」

長身の倉田が起立したので、こんどは小柄な斎藤が見上げる番だった。

「ほんとうに見事な図案を画いてくれてありがとうございます」

倉田に頭を下げられて、斎藤は気持ちが舞い上がった。

中野から、クロネコマークの図案を見せられた康三郎のよろこびようといったらなかった。

「斎藤のやつ、見どころがあるとは思ってたが、再入社一年目で、こんなでかい仕事をしてくれるとはねぇ。大ホームランをカッ飛ばしてくれた。このマークは大和運輸のシンボルとして永遠に輝いてくれるんじゃないかな。役員会にはきみから報告してくれ。意匠登録は急いだらいい。斎藤を呼んでくれんか」

「はい。すぐお呼びしてよろしいですか」

「うん。いますぐにだ」

中野は社長執務室を出て、自室に戻り、秘書に社長が呼んでいる旨斎藤に伝えるよう命じた。

昼食にはまだ三十分ほどあったが、斎藤は社長室になかなか現れなかった。

康三郎はいら立って、総務部に使いを出したが、斎藤は席を外していた。

「多分取材だと思いますが」

斎藤の席に近い女性社員も斎藤の行先を把握していなかった。

斎藤は本社ビルに近い蕎麦屋で、一人祝杯をあげていたのである。

斎藤が赤い顔で席に戻ったのは午後一時過ぎだった。飲み出すと止まらないほうだし、からみ酒でほとんど酒乱に近いが、相手がいなかったのと手元不如意で、ビール一本で収まったのは奇蹟に近い。

今夜の蒲生との約束を忘れていなかったこともあるかもしれない。

社長から呼び出しがかかっている、と教えられて、斎藤の赤い顔が蒼《あお》くなった。汗がどっとあふれ出る。

午後の取材を考えて昼めしを早めに摂《と》った、と言い訳できるが、アルコールの臭《にお》いまでは消せない。

斎藤は手洗いで顔を洗ってから、社長室へ行った。

この日、康三郎は珍しく昼食があいていたので、斎藤を誘うつもりだったが、ざる蕎麦の出前を取って間に合わせた。

「やっと現れたか」

康三郎はにこやかに斎藤を迎え、ソファをすすめた。

斎藤にとって社長室のソファは初めての経験である。一年ほど前、復職で挨拶した時は立ち話だった。

「失礼します」

斎藤はソファに深く腰を落とした。なるべく康三郎に顔を近づけたくなかったので、そうしたまでだ。小柄なので、ソファに埋《うず》まってしまうような具合になる。緊張し切って身内が小刻みにふるえた。こんなことなら、日本酒を二、三杯ひっかけてくるんだった——。

「クロネコのマーク、見せてもらったぞ。よくやった。いくら褒めても褒め過ぎにはならんだろう」

斎藤は黙って低頭した。

「ところでキャッチフレーズのほうはどうだ。きみなら〝ケアフル・ハンドリング〟をどう訳すかね」

斎藤はうれしそうに眼を細めた。

さっきビールを飲みながら、そのことを考えたのだ。

「平仮名で〝まかせてあんしん〟というのはどうでしょう。ケアフル・ハンドリングをそう意訳できないこともないと思うのですが」

「ふうーん。〝まかせてあんしん〟ねぇ」

康三郎は表情をひきしめて、センターテーブルに指で〝まかせてあんしん〟と二度書いてから、腕を組んだ。

「クロネコマークと〝まかせてあんしん〟の組み合わせか。悪くないな。いいだろう。それでいこう」

斎藤が二回目のお辞儀をした。

「きみに褒美《ほうび》をやろう。その背広は暑くるしいな。夏用の背広を買ったらいい。内緒だぞ」

康三郎は手にしていた白い封筒をセンターテーブルにぽんと放った。

「とんでもない。わたしは与えられた仕事をしただけのことです」

「つべこべ言わず、早くしまえ」

康三郎は怒ったように言って、ソファを立った。

斎藤は、直立不動の姿勢で、康三郎がこっちを向くのを待った。

「ありがとうございます」

最敬礼すると、康三郎は軽く右手を挙げて念を押した。

「内緒だよ」

斎藤は社長室から退出して、手洗いで部厚い封筒をあけると、千円札が三十枚入っていた。

昭和三十二年六月当時、一万円札はまだなかった。一万円札が発行されたのは昭和三十三年十二月一日だ。

三万円といえば、当時の斎藤の月給をはるかに上回る金額である。


余談だが、康三郎の面倒みのよさを示す恰好《かっこう》のエピソードをひとつ引こう。

昭和三十二年三月上旬に、康三郎は古くから銀座で酒屋を開業している知人の紹介で、居酒屋の開店資金の調達に難儀していた鈴木真砂女に五十万円ほど用立てたことがある。

真砂女は明治三十九（一九〇六）年生まれで、このとき五十歳。久保田万太郎に師事し、句作を続けていたが、生活のために銀座一丁目に居酒屋〝卯波〟を開店することになった。

八坪半の小さな店だが、開店資金二百万円を作家の丹羽文雄などと共に、無利子、無期限で貸与したのである。

大学出のサラリーマンの初任給が一万数千円の時代の五十万円は少なからぬ金額だが、康三郎はどう工面したのか、二つ返事で借金の申し入れに応じた。

平成元年五月二十日付A新聞（夕刊）の〝人きのうきょう〟欄に〝銀座に生きる〟〝俳句仲間ら出版祝う〟の見出しで、次のような記事が掲載された。

銀座で居酒屋を開いている俳人の鈴木真砂女さん（八二）がまとめた自伝『銀座に生きる』の出版記念会が十九日夜、東京商工会議所で開かれた。俳句仲間や店の客ら百五十人が集まった。

あいさつが長引いたが、いまも河岸通いをする真砂女さんに「あいさつが長いと料理の鮮度が落ちる」と促されて「クロネコ」ヤマト運輸会長の倉田正雄さん（六四）が乾杯の音頭。倉田さんの父親は、真砂女さんが銀座で店を開こうと思っていた時のスポンサーで、「父は十年前に死んだが、ゆうべ夢をみた。『真砂女の本を送ったが着いたか』と聞いたら、『宅急便で着いたよ』といってました」と笑わせた。

作家・丹羽文雄さんからも「齢を重ねるごとにミズミズしくなる真砂女にカンパイ」の祝電が届いた。

3

その夜、蒲生は身銭を切って、神田の焼鳥屋で、斎藤をもてなしてくれた。

蒲生は磊落《らいらく》な性格に合わせたように大柄で、部下の面倒みのよさは、知る人ぞ知るであり、蒲生に仕えた者は誰もがかれを慕った。

ビールで乾杯したあとで、蒲生が訊いた。

「百貨店部長には会えたの」

「ええ。とっつきにくい人だと思ってたのですが、会ってみたらそうでもなかったので、ホッとしました」

「きみと同じで胸をやられてずいぶん長いこと入院してたし、駿河運輸で苦労させられて人間がひと回りもふた回りも大きくなったんじゃないかねぇ。われわれは、というより、われわれよりももっと若い世代は、二代目に恵まれて、幸せだと思うよ。二代目は暗愚が多いからねぇ。社長が正雄さんを駿河運輸に出向させたとき、社員は皆んなびっくりした。正雄さんも社長を恨んだかもしれないが、わたしはそれに耐えた正雄さんにも感心した口だけど、いまにして思うと息子を甘やかさなかった社長のほうが立派だと思うなぁ。康三郎さんは人情家で、社員に優しい人だが、正雄さんに対しては厳しいんだよねぇ。駿河運輸に放り出されたとき、正雄さんはお父さんに憎まれていると思ったかもしれない。本社から出向してた人から聞いた話だが、信じられないくらい駿河運輸の社員の質が悪かったそうだからねぇ」

人情家と聞いて、斎藤は黙っていられなくなった。

「実は、きょう社長にも呼ばれました。中野専務がネコマークのことを報告したらしいんです」

「そうなの。社長もよろこんでくれたろう」

二人は背広を脱いでワイシャツ姿でカウンターに並んで坐《すわ》っていた。

「ええ。内緒だと言って、褒美をもらいました。それも三万円の大金です。夏の背広でも買えと言われました」

「よかったなあ。おめでとう」

蒲生がグラスを眼の高さに掲げたので、斎藤もグラスを持ち上げた。二人はグラスを小さくぶつけて、一気にぐっとあけた。

よれよれの背広を大事そうに膝の上に置いている理由《わけ》がわかって、蒲生は微笑を誘われた。蒲生の背広は椅子に着せてある。

斎藤が背広の内ポケットから白い封筒を取り出して、千円札の束をのぞかせ、数え始めた。十枚数えて、引っ張り出し、蒲生の膝の上に置いた。

「蒲生さんからの借金がこれで足りるかどうかわかりませんが、とりあえず返済させてください」

蒲生は激しく首と手を振った。

「あれは、きみの入社祝いと思ってくれなければ困るよ」

斎藤の再入社が決まったとき、蒲生は五千円用立てていたし、その後も二、三度借金を申し込まれ、二、三千円ずつ都合した覚えがあった。

「出世払いでいいよ。あるとき払いの催促なしだ」

蒲生は厭な顔をせず、できる範囲で斎藤の求めに応じてきた。

「でも、借りたカネは返すのは当たり前です。大和運輸に入社できたのも、蒲生さんのお陰ですから、ほんとうは全部蒲生さんがもらうべきなんです」

「冗談よせよ。さっきも言ったが、五千円はお祝いだから、五千円だけもらうよ。それならきみも気が済むだろう」

蒲生は千円札を五枚ズボンのポケットに入れて、残りを斎藤のワイシャツのポケットにねじ込んだ。

「夏服を新調しなければいかんぞ。それと奥さんやお子さんたちになにか買ってあげたらいいよ」

メートルがあがってくると、斎藤は饒舌《じょうぜつ》になる。

「ネコマークなんて、小二の子供だって考えますよ。半分は隆志が考案したようなものなんです」

蒲生は初めて隆志の絵がヒントになったことを知った。

斎藤は、背広のポケットからメモ帳を取り出し、万年筆で隆志が画いたネコの絵を正確に再現してみせた。

さすがはプロだ、と蒲生は舌を巻いた。

「アライド・ヴァン・ライズ社のネコマークは本物のネコです。あれはマスコット・マークなんて言えた代物じゃないですよ」

「しかし、オリジナルであることはたしかだろう。それにしても、わずかな時間でよく図案化したね」

「こんなものに三ヵ月もかかってたんじゃ話になりませんよ。斎藤砂上の名がすたります」

「俳句をつくるようなわけにはいかんだろう」

「アライドのネコが頭の中にのさばって、発想の転換ができなかっただけのことです。初めから漫画を画くつもりでかかればよかったのに、それを息子に教えられるようじゃ、しょうがねぇや」

ビールからコップ酒に変わっていた。斎藤は酒を飲み出すと肴《さかな》にはほとんど箸をつけなくなる。

「少し食べないか。冷やっこ美味《おい》しいよ。焼鳥も熱いうちに食べたほうがいい」

蒲生が心配したとおり、斎藤は果たして二次会に行こうと言い出した。

「きょうは軍資金がたっぷりありますから、まかせてください」

「それはいかん。今夜は奥さんと隆志君に〝社長賞〟を報告しなければダメだよ。初めから一次会だけだって断ったじゃないか」

「そんなにウチに帰りたければ、先に帰ったらいいでしょう。俺はまだ飲んだ気がしない。だいたい人を呼びつけておいて先に帰るって法はない」

「悪い酒だなぁ。こればっかりは死ぬまでなおらんな」

蒲生は聞こえよがしに言ったが、斎藤は聞こえないふりをしている。

蒲生は仕方なくガード下の安バーに斎藤を連れていった。店に客はいなかった。お化けみたいに厚化粧をした女が三人奥のボックスで、煙草を喫いながらお茶をひいていた。

三人がいっせいに灰皿に煙草をこすりつけて、二人を取り囲んだ。

蒲生がこの店に来たのは三度目で、ボトルをキープしてある。

女たちにビールをねだられて、蒲生は笑顔でうなずいた。

蒲生も斎藤も、女に関心をもつほうではない。中にはふくらんだ胸を押しつけてくるような思わせぶりをする女もいたが、食指が動くような美形ではなかったし、斎藤と蒲生の小むずかしい話にうんざりして、女たちは女たちで勝手に私語を交わし始めた。

「ここんとこ砂上の俳句にお目にかかれないのは寂しいねぇ。ネコマークで句作どころではなかったのかもしれないが、砂上はわが社俳句部のエース格なんだから、句会に顔を出してくれよ」

「〝鶴〟の石塚先生からも、うるさく言ってくるけど、なんだかそんな気になれなくて」

「〝鶴〟は一流の俳句誌だ。きみは〝鶴〟の同人でも指折りの人で、われわれの誇りでもある。わが俳句部で足ならしをして、ふたたび〝鶴〟にどんどん作品を発表してもらいたいなあ」

「波郷先生や石塚先生の域に到達したいと思ってるけど、やっぱりあの二人は段が違うなぁ」

「砂上らしくないねぇ。出藍《しゅつらん》の誉れじゃないが、とっくに到達してると思ってるんじゃないのか」

蒲生は半ばからかったつもりだが、斎藤はまんざらでもなさそうだった。いや、本気で師を凌駕《りょうが》したと考えていたかもしれない。

「僕は唯物史観だから、二人の生きかたとは違うけどね」

蒲生はハシゴをねだる斎藤を抑えるのにひと苦労した。

斎藤は当時、日暮里のアパートに住んでいた。

蒲生は斎藤を神田駅で突き放そうと試みたが、斎藤は蒲生の腕にしがみついて放さない。

蒲生は中央線の沿線だったので、一番線である。斎藤の腕をふりほどいて電車に乗ったら、斎藤も間一髪セーフで乗り込んできた。

「しょうがねえやつだなぁ」

蒲生と斎藤は、次の御茶ノ水駅で降車した。蒲生のほうの足取りは確かだったが、斎藤は千鳥足である。蒲生は、どうしたものか思案しながら、あてどなく駅の改札口を出て、斎藤と肩を組んで聖橋のほうへ歩いて行った。

突然、斎藤が腕をふりほどいた。尿意をもよおしたのだ。

やおらズボンの前をあけた。

「ちょっと失敬して用を足させてもらうぞ」

「こんなところで、いかんよ」

蒲生の制止を振り切って、斎藤が聖橋の欄干によじのぼった。

小柄な斎藤を偉丈夫の蒲生が背後から両手で支えるのは容易だが、放尿の手伝いをさせられる羽目になるとは思わなかった。見物人の手前も恥ずかしいったらない。

斎藤はこっちの気も知らないで気持ちよさそうに神田川に向かって抛物線《ほうぶっせん》を描いている。

「終わったよ。すっとした。愉快、愉快」

「なにがすっとしただ。バカ者が！」

「蒲生さんもやらない」

「ふざけるな」

蒲生は斎藤を日暮里のアパートへ送るためにタクシーを奮発しなければならなかった。斎藤が夏用の背広を新調した形跡はなかった。すべて飲《の》み代《しろ》に化けてしまったとしか思えない。

昭和三十七年一月に蒲生が句集〝礫土〟を上梓《じょうし》したとき、斎藤は〝大和俳句〟二月号に次のような一文を寄せている。

　蒲生光秀氏の俳句はトラックで言えば小回りが利くという方ではない。七屯車か八屯車か十屯車か、ともかく小型車ではないから、そのかわりちょっとぐらいぶつけられたって、ひっくり返るようなことはない。

　そういう安心感は句作にとって大きな取柄の一つにちがいないと思う。

　もう一つ、小手先という言葉があるが、大体、氏の手などはまるでグローブのようであって、体重おそらく三十貫？　というからだについているその指先の太さに、この言葉がくっつくことは困難であることは、見れば誰にでもわかる。（中略）

　子は膝に酒わずかなるさくら貝

ね、おいしそうでしょう。「酒わずか」は飲めない口とか節酒とかいうのでは勿論《もちろん》ない。

酒も不自由な時勢がらなのだが、そのわずかな酒を実においしく飲むことを作者は知っているのである。

また、この句は「子」をよんでいるが、妻をよみ、或いは祖母、父母と家族肉親をよんだ句が点在している。

一句一句をこえ句集を通じての感想だけれども〝礫土〟という題名に似ず、何かおいしさ、熱さ、あたたかさといったものが、重さとともに皮膚に感じられるのである。

春嵐かいな泳がせ女の夜
貧しきは憤ろしや梅は実に
しぐるるや五百羅漢は石の群

巻末近くの三句。色あいはとりどりだが、通じて句法にも人間にも即した気息と自在濶《かっ》達《たつ》さを見る。やはり軽くはない。

句作はコンスタントに来なくとも、二十年という時間は、時間として別に作用するものなのであろうか。

おいしく熱く重い俳句を、もっともっと作って下さい。

了

斎藤にとって蒲生は終生の大恩人だが、二人の交情が胸にじんと伝わってくる文章だ。

4

アルコールが入っていないときの斎藤は、もの静かであったかい男だった。

後輩の伊勢幸治（俳号　磐葉子）や田島進（俳号　すゝむ）たちに俳句を教えたのも斎藤砂上だ。

普段、後輩には優しかったが、酒が入ると絡むほうが多く、伊勢たちをどれほど困らせたかわからない。

家族、とくに妻の富美子の苦労はひととおりのものではなかった。

給料袋を手つかずで渡されたことは一度としてなかった。半分入っていればましなほうで、給料日に沈没して、帰宅しないこともままあった。

そのうち、富美子は給料日に隆志を会社へ使いに出すようになる。

後年、ヤマト運輸（昭和五十七年十月一日付で社名変更）の社長になった宮野宏次は、昭和三十二年に入社し総務部門に配属されたが、同じフロアで隆志をよく見かけ、「ああ、きょう給料日なんだ」と気づくことがあったという。

給料袋を息子に手渡しているときの斎藤のバツの悪そうな顔といったらなかった。

伊勢は昭和四十一年九月中旬の某夜、斎藤と新宿の酒場〝ポルカ〟で酒を酌み交わした。伊勢は当時、労働組合の青年婦人部長で、組合を代表して訪ソし、帰国した直後だった。

「社長から五万円も餞別《せんべつ》をもらって、まだ余ってますから、懐は潤沢です。きょうはご馳走させてもらいますよ」

「僕も十年ほど前に社長から三万円もらったことがあります」

「ほう。価値はだいぶそっちのほうが上ですねぇ。理由はなんですか」

「ネコマークをことのほかよろこんでくれまして……」

「なるほど、太っ腹の社長のやりそうなことですねぇ」

「社長に言われてずっと内緒にしてたんだけど、もう時効でしょう。倉田社長は、僕みたいなはぐれ烏《がらす》のひねくれ者や組合幹部の伊勢さんにどうしてこんなによくしてくれるんでしょうか。不思議ですよ」

「組合が嫌いなわけでもないし、あなたもひねくれてるわけでもないでしょう。苦労人で話のわかる人なんです。話は飛ぶけど〝まかせてあんしん〟のキャッチフレーズでは苦労したドライバーもいるんですよ」

斎藤はわずかに首をかしげた。

「油と埃《ほこり》にまみれて、指で落書きできるくらい汚れてたトラックに、〝ご〟の字を書き足して、〝ごまかせてあんしん〟といたずら書きされたまま走って、あとで上司にこっぴどく叱《しか》られたらしいんです」

「〝ごまかせてあんしん〟ですか。まいったなぁ」

斎藤は真顔で言って、考え込んだ。

「笑い話みたいなもんですよ。〝まかせてあんしん〟は最高のキャッチフレーズです」

伊勢が微笑《ほほえ》みかけると、斎藤はホッとした顔を両手で洗うような仕種《しぐさ》をした。

「ソ連はどうでした」

「モスクワは寒かったです。食べものはわりあい豊富ですけど、生活水準は日本に比べて相当低いんじゃないでしょうか。自由にものが言えないのもちょっとねぇ」

「帝政ロシアに比べれば、市民生活は豊かになったんじゃないかなぁ」

「いい面と悪い面の両面あるんでしょうけど、大国のソ連との国交正常化が急がれてもいいと思いました」

「あなたは、組合幹部としても、俳句部でも、もっともっと頑張ってもらいたいですよ」

この夜、斎藤はねちねち絡むこともなかったし、めずらしくたのしい酒だった。

三ヵ月後、伊勢がその斎藤の訃報《ふほう》を聞くことになろうとは……。

十二月十五日の夜、自宅で酒を飲んだあとで食べた餅《もち》が喉《のど》につかえ、窒息死したという。

斎藤は富美子に愛想をつかされ、ひところ品川の独身寮に入居していたことがあるが、妻に詫《わ》びを入れてよりを戻し、昭和四十一年五月に板橋区幸町のアパートで家族と暮らし始めた。

一家団欒《だんらん》はわずか半年余に過ぎなかったことになる。

新居の通知を受けた〝鶴〟の幹部である石塚友二に宛てた転居通知に次の一句が書き添えられていた。

ひるがへりつばめ東京街の北　砂上

斎藤の告別式は十二月十七日午前十一時から十二時までアパートの自宅でとり行なわれた。

ひと足先に来てバス停留所（豊南高校前）で待っていた石塚は、蒲生たち一行と合流して、式場へ向かった。

石塚が歩きながら蒲生に訊いた。

「ずいぶん急なことで驚いてるんですが、いったい砂上君はどうして亡くなったんですか」

「おととい、残業して一杯飲んで帰って、ウチでまた深夜ひとりで一杯やりながら餅を焼いて食べたら、餅が喉につかえて死んだということです。家族は隣の部屋で寝てて朝まで気づかなかったそうですけど、七十、八十の年寄りや子供じゃあるまいし、餅が喉につかえて死ぬなんて、嘘《うそ》みたいな話で信じられません。驚くやらあきれるやら、斎藤砂上らしい死にざまとは思いますが……」

蒲生は悲しみを嚙《か》みしめながらも、最後は冗談半分に笑い飛ばした。

「三年前に久保田万太郎さんが赤貝の握《にぎ》り鮨《ずし》で窒息死したという話がありますが、七十三歳ですからねぇ。砂上君はいくつでしたっけ」

「五十二です」

「夜業続きで疲労がたまってて、躰《からだ》が弱ってたんですかねぇ」

「そんなことはないと思います。ただ、あの怠け者の砂上が、ここのところ朝はきちんと出社するし、残業もして社業に励んでいたことはたしかです。どうかしちゃったんじゃないかって、からかってやったくらいですから」

「死に花を咲かせるつもりだったんだ、と砂上は黄泉《よみ》の国で言ってるかもしれませんねぇ」

「そうかもしれません」

ふいに熱いものが胸にこみあげてきて、蒲生は絶句した。

5

四年後の昭和四十五（一九七〇）年九月に、蒲生の肝煎《きもい》りで、鶴叢書《そうしょ》第四十九編として

〝斎藤砂上句集〟が鶴俳句会から上梓された。石塚友二が〝哀《かな》しき砂上〟を寄稿している。

昭和十八年に、即日帰郷の前書附で

ほととぎす猶後るゝと思ほえず

の句がある。羸弱枯痩《るいじゃくこそう》、到底兵役に耐え難き骨相と、当人を知る総《すべ》ての人達の認める砂上に、戦時召集の赤紙が舞ひこんだのである。結果は、当然の如く即日帰郷であった。このことを砂上が猶後るゝと思ほえず、と屈辱の形で受け止めてゐるのは、必ずしも本心でなかったであらうが、時代の異常に怪しく険しい雰囲気は、砂上をして、覚えずこのやうな表白を為さしめたかと考へられる節のないことはない。このことは、猶尾を曳《ひ》いて、大東亜戦争二年、の前書での

二とせの手足も折らず霜日和

と、幾らか自嘲《じちょう》めいた句となって現れてゐるのでも知れる。しかし、次の句となると、砂上本来の面目に立還ったことを示してゐるやうに思はれる。

菊白き空生くるとは耐ゆること

ここには、狂瀾怒濤《きょうらんどとう》の時代を冷静に受止めて、われとわが身に囁《ささや》く決意の姿がある。斎藤砂上は、俳句作者としては抒情《じょじょう》派であったが、思想的には唯物主義を奉ずる立場に在っ

た。従って、「生くるとは耐ゆること」の意味は、運命論者に於《お》ける忍耐とは異質なものなのである。

戦中戦後を通じて、砂上は、右の句の意を体して、生くるべく耐えに耐えた。東京で二度戦火に焼かれ、逃れ寄った仙台で三度目の戦火に焼かれた。そして、戦後は胸部疾患に見舞はれて、十年近い闘病生活をしなければならなかったが、砂上は耐え抜いたのである。

それにしても意外な陥《おと》し穴が開いてゐたものである。健康を取戻して約十年、さまざまな起き伏しの道を辿《たど》りながらも、一応、生活的に、また家庭的にも安定した五十代に差しかかって間もなく、呼吸器官閉塞《へいそく》といふ、自殺にも等しい死を遂げようとは。

この遺句集は、昭和十四年に始まり、同四十一年で終ってゐる。戦後、主として入院加療中の句には左翼思想に発した作品が多く、健康恢復《かいふく》後は、また二十年までの鶴時代の句相に戻ってゐるが、数は極めて少い。それなりの理由があってのことであらうが、われわれとしては些《いささ》か心淋《こころさび》しさを禁じ得ないものがある。

昭和四十五年八月

そして、〝あとがき〟は蒲生自身が書いた。書きながら蒲生は涙がこぼれて仕方がなかった。

昭和四十一年十二月十五日、砂上の突然の訃から数えて四年目を迎えようとしている。あの悲しみの中で私達は砂上句集を遺さなければならないと決意した。それは俳人砂上の死を悼《いた》み、その霊やすかれを願うということのみではなかった。彼が生きて行くための道として俳句を選び、以来二十有七年、その過程において喜び、悲しみ、苦しみながら時に多作し、また寡作となりあるいは途絶えがちになりながらも常に俳句に託して表現しようとした真実の追求のあり方を私達仲間は知らなければならないと思ったからであり、またこれを伝えることも私達仲間の務めであると信じたからである。

しかし、さて二十七年間の彼の句を集める至難事に想《おも》いを回《めぐ》らしたが、これは杞憂《きゆう》に終った。砂上とは不思議な男であった。およそ社会人として、また勤め人として規格外の彼が自分の句を五回に渉《わた》ってまとめていたのである。これは初期のガリ版による「未定稿句集」や、その後の「砂上句稿」「俳句手帖」等々であった。私達はこれらを整理してから、誠に順を弁《わきま》えざることで恐懼《きょうく》の限りであったが、その選句を石塚友二先生にお願いした処《ところ》、快よくその労を約された上、尚《なお》いまは亡き波郷先生とも相談し「鶴叢書」に加えることも計ろう旨の破格のお言葉まで戴《いただ》き感激をかみしめたことである。

ここに二百九十九句収めるところの「斎藤砂上句集」の上梓をみる。三十年近い彼との交遊を思いかえして涙を禁じえない。

〈春氷柱あり晩年といふべきや〉奇《く》しくも彼が死の年の春に詠んだもので巻尾を飾っているが、五十路早々にして早くも晩年を感じた砂上は一生影を曳《ひ》いて暮した男であった。

この句集作成に当り石塚友二先生を始め〝鶴〟の石川桂郎、外川飼虎、清水基吉、岸田稚魚氏他の方々の多大なご協力を感謝致します。また大和運輸株式会社及び大和運輸労組からも種々ご援助を賜りました。併せて厚くお礼申し上げます。なお、大和俳句部では主として岡本進一、藤本霞舟、伊勢磐葉子、田島すゝむの諸兄の労を煩らわした。

最後に、砂上逝去の際、石塚友二先生からいただいた句を誌るし、この句集を彼の墓前に供え冥福《めいふく》を祈ります。

五十二が一期なりけり霜の花

昭和四十五年九月一日

蒲生の〝あとがき〟にも記されているとおり、この〝斎藤砂上句集〟を発刊するに際して、会社と組合が資金面で援助した。会社とはあるが、事実は社長の康三郎が蒲生から話を聞いて快くポケットマネーを出したのだ。

蒲生から句集を手渡されたとき、康三郎は拾い読みしながら、眼に涙を滲ませて言った。

「きみたち、いいことをしたねぇ。斎藤君に対するなによりの供養だよ」

「すべて社長のお陰です。社長が斎藤君を大和で採用してくださらなかったら、かれはもっと早く野たれ死にしていたかもしれません」

「さあ、それはどうかなぁ。もっと別の人生があったかもしれないし、もっともっと長生きしてたかもしれない。人生なんて、わからんよ」

「………」

「きっと、きみなんか斎藤にひどい目にあわされたんだろうねぇ」

「いいえ。そんなことはありません」

「隠さなくてもいいよ。中野なんかもけっこう面倒みた口なんじゃないのか……。しかし、あいつは得な性分で、ずいぶん無茶苦茶をやったらしいけど、誰からも憎まれなかったらしいねぇ」

蒲生は、そっと涙を拭《ぬぐ》いた。康三郎の耳にも斎藤の行状は聞こえていたとみえるが、康三郎は斎藤の存命中そんなことはおくびにも出さなかった。あたたかい眼で斎藤を見ていたのだ。

「ネコマークを残してくれただけでもおつりがくるよ」

康三郎に笑いかけられて、蒲生も急いで笑顔をつくった。

当時専務取締役になっていた倉田正雄にもむろん句集は届けられた。

倉田は、おずおずとネコマークを見せにきた十三年前のことを眼に浮かべながら、斎藤を偲《しの》んだ。

ヤマト運輸労働組合の季刊誌〝ネコのひるね〟の平成六（一九九四）年夏季号が〝斎藤砂上〟を特集している。その中で、伊勢幸治が思い出の砂上を次のように綴《つづ》っている。

朝から酒に酔って警察に保護された砂上氏を、何度も頭を下げて身柄を引き取ってきた上司を何人か知っている。

サラリーマンとしてはまったく失格だが氏の芸術肌、職人肌の能力を認め、氏の生活を見かねて、何度もかばった上司は、今とは時代が違うものの、ふところの深い人たちであった。

そんな氏も、酒を飲まない時は人なつこいやさしい人だった。

当時、NHKのトンチ教室で有名だった石黒敬七さんが、ネコマークをほめてくれたと喜んでいたのを覚えている。

菊白き空生くるとは耐ゆること

氏の晩年近い時の句だが、自分ではどうすることもできない境涯に祈りにも似た気持が感じられて悲しい。

斎藤砂上の生涯の友人は、同じヤマト運輸のOB社員で俳誌〝鶴〟の同人でもあった蒲生光秀氏である。砂上氏とは対照的に大柄で豪放磊落、酒を飲んでも明るい人だった。砂上氏の良き理解者で物心ともに協力をしたのであった。

〝斎藤砂上句集〟が世に出たのは、石田波郷先生が亡くなった一年後のことであった。

私に次の句が残っている。

師の墓へ弟子の遺句集野分中
砂上亡し光秀は老ゆ霜の声

その光秀氏も昭和六十四（平成元）年元旦に他界した。

送られて初旅それも霊柩車
骨太のひとつを拾ふ寒日和

と、私は詠んだ。

この二人の友情がなかったら、斎藤砂上はヤマト運輸に再入社しなかったかも知れないし、ネコマークも存在しなかったと、ふと思うことがある。

斎藤砂上はクロネコが〝宅急便〟のシンボルマークになったことを知らずにこの世を去ったが、クロネコマークと共に人々の胸の中に生き続けている。

第七章　宅配便戦争

1

「〝宅急便〟は、いまや大和《やまと》運輸一企業の仕事の枠を超え、郵便小包、国鉄小荷物と並ぶ公共輸送機関のひとつになりました。この使命はまことに大きく、責任は重大であります」

昭和五十五（一九八〇）年十一月二十九日の創立記念式典の社長挨拶《あいさつ》の中で、倉田正雄はこう語った。

たんたんとした静かな語り口ながら、自信にあふれている。

事実、昭和五十五年は〝宅急便〟事業が黒字となり、社会的な輸送システムとして定着するに至ったエポックを画する年になった。

昭和五十五年度（五十六年三月期）の〝宅急便〟の取扱い数量は三千三百四十万個で、対前年度比一千百万個の増加を示した。

〝宅急便〟取扱い数量の驚異的な増加は、大和運輸の経営を変容させ、五十五年度の収支は利益率五パーセント、前年度比三・三倍の経常利益を計上するという、かつてない好決算となったのである。

運輸省の統計によると、昭和五十五年度における路線事業の輸送トン数では、路線事業者中十三位の大和運輸が、収入では第四位、トン当たり収入では同業二位を二倍以上も引き離し、トップに躍進したことになる。ちなみに昭和五十五年度の大和運輸の売上高は六百九十九億円、経常利益は三十九億三千万円であった。

昭和五十六年二月十五日の朝、倉田は常務取締役営業本部長の鈴木久彦を社長執務室に呼んだ。

「五十五年度は三千万個をかなり上回ると思うが、四年前に〝宅急便〟を始めたとき、きみは今日《こんにち》を予想したかね」

「とんでもない。社長が大口を切り捨てて、〝宅急便〟を専業化すると決断したときは、びっくりしました。やっぱり心配でしたよ。こんなに早く利益が出るとは思いもよりませんでした。運がよかったというべきか、ついてたというのか……」

鈴木は、ちょっと間を取って、話をつづけた。

「軽自動車を所有しているお米屋さんや酒屋さんや燃料店を集荷の取次店にしようと考えた

とき、運輸省にも警察庁にも道路交通法に抵触すると言って、反対されましたが、社長はお客さんが荷物を出したいと思ったとき近くに受付窓口があると大変便利だと強調されましたよねぇ。わたしはそれを受けて警察庁に何度も足を運んで、担当の課長や係長に、あなたがたの奥さんも含めて主婦の立場に立って考えてください、〝宅急便〟は公共的なものではありませんかと陳情しました。警察庁が交差点近くに存在するお米屋さんや酒屋さんは除外するが特例措置として認めると超法規的にOKを出してくれ、運輸省にその旨を連絡してくれたわけですけど、わたしはあの時点で〝宅急便〟の先行きについて、自信めいたものが湧《わ》いてきました」

「初期の段階でそんなことがあったねぇ。いまにして思うと、〝宅急便〟が育つひとつの節目だったかもしれない。大口貨物を切り捨てたことも然《しか》りだ。きみはそうでもなかったが、大口も〝宅急便〟も両方やったらいいという声が社内には圧倒的に強かったからなあ。二兎《と》を追う者は一兎をも得ず、と僕は言い張った。僕が皆んなに押し切られて二兎を追ってたら、〝宅急便〟はいまごろまだ赤字だったかもしれない」

「大口便と訣別《けつべつ》したことによって、社内に緊張感、危機感が高まり、社員のやる気を引き出したことはたしかですけど、社長だってまさか今日あることを予想してたわけでもないんでしょう」

倉田は煎茶《せんちゃ》をひとすすりして、湯呑《ゆの》みをセンターテーブルに戻した。

「一〇〇パーセント自信があったのか、と訊《き》かれたら、イエスとは答えられなかっただろうが、九九パーセントの自信はあった。多少予想よりスピードアップされたとは思うが、運とかつきとかの問題じゃないよ。いままでに何度も言ってるが、密度が濃くなってくれば採算はとれることはわかってたさ」

「ただ、トラック業界最大手の濃西運輸が本腰を入れて宅配便に乗り出してきたら、かなわないんじゃないかと思ったことはあります」

「産業貨物で伸《の》してきた濃西が大口貨物を捨てられるはずがないから、それは取り越し苦労というものだろう」

「おっしゃるとおりです。あの会社の幹部にそれとなく宅配便についての考えかたを訊いたことがあるんです。宅配便はプラス・アルファに過ぎないと言ってました。それを聞いて安心しました。片手間でできる仕事じゃありませんから。むしろ濃西を含めた同業他社は当社が大口貨物から撤退したとき、これで大和運輸は潰《つぶ》れると思ったようですが、いまでは逆に宅配便に取り組まざるを得ないと考えてるんじゃないですか」

鈴木は、先回りして水を向けた。

けさの新聞に、日本運輸など七社が共同資本でジャパン流通を設立し、宅配便に乗り出す、という記事が出ていたが、社長から呼び出しがかかったのは、このことで話したかったからに違いない、と鈴木は思ったのだ。

「うん。ジャパン流通は三月から営業を開始するらしいが、この一、二年の間に宅配便ラッシュを迎えるだろう。クロネコにあやかって、いろんな動物が出てくるかもしれないぞ」

「そう思います」

「〝宅急便〟を普通名詞と思ってる向きもあるようだが、当社の商品名であり、一般の宅配便とはひと味もふた味も異なる。大和運輸固有のものだ。先発、先行のメリットを享受させてもらわなければならんが、そのためにもビール並みのシェアは無理としても、高いシェアを確保しておく必要があると思う」

倉田はソファに凭《もた》せていた上体を鈴木のほうへ寄せてつづけた。

「〝宅急便〟は、何社宅配便が出てこようがダントツにサービスの質が違う。来たるべき宅配便戦争に備えて、僕は五十六年度を初年度とする〝ダントツ三ヵ年計画〟を策定することを考えた」

大和運輸は昭和五十三年四月に〝宅急便〟を商標登録（登録番号1376777号）した。そして、類似名称の使用をやめるよう同業他社に通告したのは、一般消費者がサービスの出所を混同する恐れがあるため、これによるトラブルを避けたいと考えたからにほかならない。

「〝ダントツ三ヵ年計画〟ですか。ダントツ、ダントツねぇ。はっきりしてるっていうか、ストレートっていうか、他社はおもしろくないでしょうねぇ」

鈴木は、倉田の着想に感じ入って、唸《うな》るように「ダントツ」を繰り返した。〝宅急便〟を冷笑していた同業他社が、その成功を知るや群がり競って、この分野に出ようとしている。〝ダントツ〟なる言葉に、有象無象と一緒くたにされてたまるか、といった倉田の思いが伝わってくる。

昭和五十六年四月にスタートした「ダントツ三カ年計画」の基本的な考えかたは次の四点であった。

一、顧客のニーズに応《こた》える優れたサービスの提供＝サービスを提供する側の立場からではなく、受ける側の立場に立ち、真に利用者が満足するサービスの開発と販売に徹する。

二、システムとして完成された作業体制の確立＝顧客に対し、ムラのない良質なサービスを提供できる優れた技術の開発と作業システムを完成する。

三、全員経営の徹底と士気の高揚＝全社員が〝大和は我なり〟の自覚と旺盛《おうせい》な気魄《きはく》をもって職務を完遂する。

四、人間性に満ちた企業活動の展開＝仕事のやりかたは、杓子《しゃくし》定規を排し、つねに人間味と親切を旨とする。また、事故、公害の防止を優先的に考える。

組合執行部に「ダントツ三ヵ年計画」について説明しているとき、若い執行委員が倉田に嚙《か》みついた。

「全員経営とはなんですか。全員が経営者になったら組合員はゼロになってしまう。組合潰しの変形じゃないですか」

「そうだ。社長は組合潰しを考えてるんだ」

別の執行委員も声を荒らげた。

倉田は両手を挙げて、かれらを制した。

「組合を潰そうなんて毛頭考えてない。要はお客さんに接する心構えの問題です。SD（セールス・ドライバー）が良質のサービスをするかしないかで勝負が決まるんです。譬《たと》えて言うなら、わが大和チームは、これから郵政チームや同業他社チームと試合をやるわけです。勝つか負けるかはフォワード、つまりSDの勝負になってくる。フォワードが守ってばかりいたら負けます。シュートするなり、トライしなければ勝てっこない。パスに回すかシュートするかの判断はプレイヤーであるSD自身だ。第一線が判断して、自発的に行動する。帰するところ、経営目的に向かって判断し、行動するわけだから、立派な経営者じゃないですか。自分を組織のひとこまと考えるようではやり甲斐《がい》、生き甲斐がないだろう。全員経営というのはやり甲斐経営であり、生き甲斐経営のことなんだ」

沈着冷静な倉田が珍しく、頰《ほお》を紅潮させ、テーブルを叩《たた》かんばかりにまくしたてた。

「ダントツ三ヵ年計画」は、宅配便分野への新規参入を目指す同業他社を牽制《けんせい》する意味でも、大いに効果があった。

昭和五十七年秋から五十八年初めにかけて運輸省は宅配便の実態調査を実施した結果、全国で三百五十社存在する路線トラック会社のうち、三分の一の百十三社が宅配便を扱い、ブランド数は三十五種に及んでいることが判明した。しかし、大半は遠からず撤退する、と倉田は予測していた。密度の薄い業者が生き残れるほど甘い仕事ではない。事実、十年後に生き残った宅配便業者は数社に過ぎなかった。

そんな中で、大和運輸は文字どおり〝ダントツ〟の戦いぶりを印象づけた。

「ダントツ三ヵ年計画」における〝宅急便〟の伸びは、昭和五十六年度五一・五パーセント（五千六十一万五千個）、五十七年度四四・二パーセント（七千二百九十八万六千個）、五十八年度四九・七パーセント（一億九百二十四万四千個）と、同業他社を寄せつけない高伸長率を示したのだ。

この間、増収増益を持続したことは言うまでもない。五十六年度は売上高八百四十四億二千万円、経常利益四十二億六千万円、五十七年度一千六十一億七千万円、四十三億円、五十八年度一千三百四十億九千万円、五十二億一千万円であった。

昭和五十七年度に〝宅急便〟は郵便小包を凌駕《りょうが》し、年を追って格差をひろげていく。

郵政省が昭和五十八年六月に〝郵便小包の危機を訴える〟と題するパンフレットを作成

し、約十四万人の郵務関係職員に配布したのは、危機感の表れだ。

永島敏治郵便局長名でサービス向上と職員の士気の向上を訴えた文書も配られた。

このころ、同省の幹部クラスが「郵便小包が〝宅急便〟を抜き返す日は遠くない」と語ったという新聞記事を読んだ倉田は側近に所感を述べている。

「たしかに地方では郵便局に対する信頼感は根強い。それは、赤い郵便車が毎日走っているのを見ているからだが、その郵便車に積まれている荷物の鮮度を〝宅急便〟のそれと比べてみるがいい。郵便小包を多少安くしても、百円か二百円の料金差なら、消費者はスピードの速い〝宅急便〟を選択する。日本の隅々まで毎日クロネコの集配車を走らせて、必ずや郵便神話を崩してみせるよ」

倉田が強がりを言ったわけではないことは、以後二、三年の実績で立証してみせたことになる。

2

倉田が社の内外で折りあるごとに訴えていたことがある。

「自分で販売する輸送商品は、自分で工夫して作り出し、また商品内容に見合った価格を自分で設定すべきだ」

いわば、これは倉田の信念ともいうべきものであった。

「〝宅急便〟は単なる小口配送や従来からあったデパートなどの宅配サービスとは違い、非商業貨物を中心に新しいマーケットを設定し、これをシステム化したものだ。にもかかわらず、これを規制する法律や運賃制度は主として商業貨物を対象とする路線事業と同じ旧態依然たる基準によっている。路線貨物の最小単価と定められている三十キログラムや、これによる運賃のスソ切りは生活輸送になじまない」

大和運輸はこうした倉田の考えかたに立って、昭和五十七年二月、路線運賃の改定申請に際して、路線運賃とは別に〝宅急便〟だけを対象とした別建運賃を設けるよう運輸省に認可申請した。

しかし、路線運賃は同年五月に認可され、新運賃がスタートしたものの、別建運賃については一年経過後も放置されたままだった。

翌昭和五十八年三月上旬の某日、倉田は、鈴木専務と安井善三郎、宮野宏次、田谷重雄の三常務を社長執務室に招集した。

大和運輸は昭和五十七年十月一日付でヤマト運輸に社名を変更した。そして五十八年二月八日付で、鈴木は常務から専務に、安井、宮野、田谷は取締役から常務に昇進、役職役員は倉田を含めて五人となった。

「一年も待たされたが、別建運賃が認められるまでこの先何年待たされるかわからない。僕は世論に訴えるしかないと思う。ついては前年の申請を取り下げて、新しい〝宅急便〟運賃を再申請すべきではないかと考えた。新運賃の内容を早急に詰めてもらいたい」

「再申請の時期についてはどうお考えですか」

宮野の質問に、倉田が伏眼がちに答えた。

「早ければ早いほどいいと思う。年度内の今月末には出したいねぇ。世論の支持が得られる申請内容であることが必須条件だよ」

「つまり値下げを伴うっていうことですね」

「そういうことだ」

倉田は宮野に返して、一同を見回した。

「〝宅急便〟の運賃はSサイズ（十キログラムまで）とMサイズ（二十キログラムまで）の二段階制だが、Sサイズ以下があってもいいんじゃないか。つまり三段階制にして、軽いものは安くしたらいいと思う。フランス語でプチ、つまり小さいを意味するPの頭文字を取ってPサイズなんていうのはどうかな。問題は何キログラムまでをPサイズにするかだ」

倉田はこともなげに言ったが、宮野は背筋がぞくぞくするほどの興奮を覚えた。

郵便小包に対するさらなる挑戦とも受け取れるし、同業他社との差別化を助長するための施策とも考えられる。

凄《すご》いことを考える人だ、と思ったのは誰しも同じだった。

「逆に重いMサイズは値上げしてもいっこうに構わんと思うが……。とにかく至急具体案を出してもらいたい」

倉田はもう腰をあげていた。

担当部長、課長クラスがまとめた〝宅急便〟新運賃の内容を若干手直しして、鈴木たちが上げてきた最終案を倉田は承認して決裁した。

Pサイズは二キログラムまでとし、運賃は七百円で、Sサイズに比べて二百円の値下げとなる。地域は南関東、関東、信越、中部、北陸。北関東は八百円で百円の値下げ、関西は八百円で二百円、中国は九百円で二百円、四国は一千円で二百円、北海道と北九州は一千百円で二百円、南九州は一千二百円で百円の値下げとなる。

Sサイズは一部を除いて据置き、Mサイズは北東北と南九州で二百円、それ以外は百円の値上げ幅である。

ヤマト運輸が運輸省に新〝宅急便〟運賃を認可申請したのは、昭和五十八年三月三十日だが、この中で〝運賃を設定しようとする理由〟について、あらまし次のように記されてあった。

弊社では昭和五十一年に宅急便業務を開始以来現在に至るまで、一般路線貨物自動車運送事業における認可運賃を基準に宅急便の運賃の設定と適用を行ってきましたが、顧客に対し適正な運賃で、より良いサービスを提供するためには、宅急便に限り認可運賃とは別途に運賃を設定する必要があると存じます。その理由は①一般路線貨物自動車運送事業において輸送している貨物は、商業貨物が中心であるのに対し、宅急便においては非商業貨物が中心であり、対象とする市場が異なっている。②したがって宅急便は、営業所の配置、集配する車両において一般路線貨物自動車運送事業と異なり、原価にも差異がある。③顧客は不特定多数の市民であるから、運賃はわかりやすく簡単であり、利用しやすいことが必要で、地帯別運賃が便利である。以上の理由により、一般路線貨物自動車運送事業とは別建ての宅急便運賃を申請いたしますので、早急にご認可賜りますようお願い申し上げます。

3

ヤマト運輸のPサイズ運賃の申請は、一般消費者に、より〝宅急便〟を利用しやすいものとし、郵便小包市場への拡大を狙《ねら》うと同時に運輸行政の転換を迫るものだけに、大きな反響を呼んだ。

倉田は「Pサイズを値下げすれば一般小包の半分は〝宅急便〟でまかなうことになると思

う」とマスコミに公言して憚《はばか》らなかった。

また、「お茶やそのほかの軽い荷物をかき集めようと、他社は規定の運賃より安い値段で営業拡大を図っている。〝宅急便〟の値下げは企業防衛上の手段でもある。運賃競争を仕掛けたのはライバル会社のほうだ」とも語っているが、同業他社に限らず市場が競合する郵政省も強く反対した。

運輸省は、宅配便の運賃は運送サービスに応じた運賃認可制度を検討すべき、とする行政管理庁の勧告に従って四月に〝宅配便運賃制度研究会〟を発足させ、時間をかけて制度の見直しを行なおうとしていた矢先に、Pサイズ運賃を突きつけられて、周章狼狽《しゅうしょうろうばい》した。

研究会でヤマト運輸も参考意見を述べてもらいたい、とする運輸省の要請に対し、倉田は「〝宅急便〟が世に出て七年も経ち、すっかり社会に定着したというのに、いまさら何を研究する必要があるのか」と敢然とこれを拒否した。

広告のことに口を出すようなことなどついぞなかった倉田が「六月一日から〝宅急便〟の新運賃を実施する、と新聞広告を出したらどうかな」と、言い出して、広報担当者を驚かせたのは、五月中旬のことだ。

五月十七日付朝刊の全国各紙に、五段通しの広告が掲載された。

中央にクロネコマークをでんと据え、〝宅急便のPサイズを発売いたします〟の42ポ・ゴシック体の惹句《じゃっく》のあとに、〝宅急便ご利用の皆様へ〟から〝6月1日から取扱い開始予定〟

と続く。

しかし、運輸省は六月一日までに結論を出すことはできなかった。

ヤマト運輸は五月三十一日付全国紙で、〝宅急便Pサイズの発売を延期いたします〟の大広告を打った。

従来、宅急便はSサイズ（10kgまで）とMサイズ（20kgまで）の2タイプでしたが、この度、ご利用の皆様の便宜のためにSサイズより200円安いPサイズ（2kgまで）の運賃を設け、6月1日から取扱い開始を予定していました。しかし運輸省の認可が遅れているため発売を延期せざるを得なくなりました。

宅急便ご利用の皆様には大変ご迷惑をおかけいたします。紙上をおかりして、おわび申し上げます。運輸省の認可が下り次第、すみやかに発売を開始いたします。

こうした広告を打って、これでもか、これでもか、と攻めてくるヤマト運輸の実力行使に、運輸省は頭を抱え込んだ。

Y新聞が五月十五日付社説で「宅配便に運賃規制の必要なし」と主張するなど、マスコミはヤマト運輸を支持し、運輸省の対応の遅れを批判した。

倉田の読み筋どおり、ヤマト運輸は世論を味方につけたのである。

このころ、鈴木が運輸省に顔を出すと、担当の局長や課長に嫌みを言われたものだ。

「ヤマト運輸、出入り禁止の貼紙《はりがみ》を見なかったの」

「当省に全面戦争を仕掛けてくるとはいい度胸してますねぇ」

「倉田さんの顔を思い出すだけで、吐き気を催しますよ」

鈴木は負けずに言い返した。

「でも、当社は間違ったことをしてるんでしょうか。お叱《しか》りを受けるいわれはないと思いますが」

「それにしても、あんなあてつけがましい広告を出すのはいかがなものですかねぇ」

「そんなつもりはありませんよ。消費者本位の広告じゃないですか。運輸省が認可してくれれば問題は解決するんです」

鈴木は性格が明るいので根に持たれることはなかったが、それにしてもこの時期、運輸省通いは気骨《きぼね》がおれることこのうえなかった。

運輸省は七月六日ついに認可方針を発表した。

NHKは夜七時のニュースで、倉田社長の談話入りでこれを伝え、全国各紙も七日付朝刊で大きく報道した。

たとえばY新聞は〝宅配便値下げ〟〝運輸省月内にも認可〟〝業者判断を尊重〟〝まずヤマ

ト2キロ以下新設〟〝郵便小包などへの影響深刻〟の見出しで、次のようなリード（前文）で報じた。

ヤマト運輸（倉田正雄社長）が申請していた宅配便の値下げが認可されることになった。運輸省が六日「宅配便の運賃は、事業者の自主判断を尊重する」との見解をまとめたためで、きょう七日、運輸審議会に諮問《しもん》し、今月中にも認可する。市場の約四割を占める同社のこの動きに、他社も追随する模様で、激化する宅配便商戦によって、郵便小包、鉄道小荷物など国の配達機関がますます切り崩しを受けることが必至となった。

運輸省の方針は①三十キログラム以下の荷物を対象にし、運賃は一個単位②関東、近畿など地帯別運賃で、地帯の決め方は自由③重量ごとの運賃の区切り方も自由④料金割り増しなどはつけず、一本化した運賃にする⑤運賃水準は上限と下限だけ決め、その範囲内なら各社の申請どおり認める——などだが、七月二十七日付で、具体的な運賃額の上限、下限も公表され、最低額は輸送距離二百キロメートルまで一個六百円と、ヤマト運輸の申請（Ｐサイズ）より百円安く設定された。

ＮＨＫニュースの倉田の談話の趣旨は「運輸省はよくぞ思い切ってくれたと思います。これによって宅配便独自のわかりやすい合理的な運賃制度ができることになり、消費者の皆様にもよろこんでいただけると確信しています。わが社は今後とも良質なサービスをつねに第一義的に考えてまいる所存です」というものだが、倉田は鈴木たちにしみじみと述懐した。

「かくも早い時期に結論が出るとは思わなかった。認可の内容も予想以上に自由化に踏み込んでいる。運輸省は世論に押し切られたということになるのだろうか」

昭和五十八年八月四日付で、〝宅急便〟の新運賃はヤマト運輸の申請どおり認可された。そして、丸通、濃西などの宅配便各社も一斉にヤマト運輸に追随申請することになる。

4

すでにみてきたとおり〝宅急便〟の急成長ぶりに、最も危機感を募らせたのは郵政省だ。郵便小包が〝宅急便〟に侵蝕《しんしょく》されていくのだから、それも当然である。

昭和五十八年秋、郵政省は〝クロネコヤマトの宅急便〟を初めとする宅配便業者に対して、全国の各郵便局を通じ警告書を送りつけてきた。

東京郵政局が作成した〝信書の意味と具体例のしおり〟と題するパンフレットの上書《うわがき》に〝納品書、請求書、営業報告書などは「信書」に該当します〟〝運送営業者のかたがたが、その運送方法によって他人の信書（貨物に添付する無封の添状、送状を除きます）の送達をしますと、郵便法の規定によって罰せられます（依頼した人も同じです）のでご注意ください〟とあり、信書の意味と具体例を以下のように記している。

一、信書の意味

信書とは、特定の人にあてた通信文を記載した文書のことです。

①特定の人とは、広く一般の人に対する概念で、発信者の意思表示又は事実の通知を受ける人が限定されたものであることを指しています。文書自体には名あて人が表示されていないものでも、客観的にみてその内容がある一人の人又は一定の範囲の人々に対するものと認められる場合は、特定の人にあてたものとみなされます。また、ここでいう「人」とは、民法上の自然人、法人に限定されるものではなく、法人格のない団体、組合、さらにこれら組織の一機関なども含まれますし、一人でも数人でも具体的に定まっていればこれに該当します。

②通信文とは自己の意思を他人に伝え又はある事実を通知するために文字又はこれに代わる記号（速記符号、点字、電信符号など）を用いて表されたものです。

③記載の手段は、ペン、毛筆などで手書きしたものはもちろん、印刷、タイプなどの活字によるもの、あるいは複写機、ファクシミリ受信装置、ラインプリンターなどによるものも含みますし、また、記載されているものの素材は紙に限りません。

④封かんの有無は、信書の性質に関係ありませんので、葉書など封筒を用いないもので

も、通信文を記載した文書は信書となります。

二、信書の具体例

①信書に該当するものの例

書状（手紙）＝筆書、印刷等記載方法を問わず信書に該当します。

業務用書類＝納品書、受取書、払込通知書、請求書、依頼書、見積書、報告書、会議開催案内書などは特定の人にあてた通信文です。また数表のみによるものも特定の人にあてたものは信書に該当します。

願書、申込書、申請書の類＝特定の人にあてた通信文です。

許可書、免許証の類＝特定の人に対する許可、免許、承諾等の意思表示を内容とするものですので、これらを受ける者に交付するときは信書となります。

クレジットカード、キャッシュカードの類＝特定の人に対する支払猶予の付与記事番号、預貯金の払出し等の承諾又は承認の意思表示を内容とするものですので、これを受ける者に交付するときは信書となります。

お祝いやお礼（香典返し等）の品物を贈る際のお礼状の類、通達類＝通達、指示、命令、連絡、通知等は信書です。

添状・送状＝特定の人にあてた通信文です。ただし貨物に添付する無封の添状又は送状は、その性質上、貨物を送る場合に必要なものですので、特にこれを添付して同時に送達することが認められております。

②一定の条件のもとで信書とならないものの例

入学案内、入社案内の類＝広く一般人に対するものであれば信書とはなりません。

広告印刷物、パンフレットの類＝購買者等一般に対する周知宣伝を目的とする広告印刷物は信書には該当しません。

カタログ、商品目録の類＝購入者一般を対象に書かれたものは信書に該当しません。

③信書に該当しないものの例

書類、雑誌、新聞等の類＝特定の人に対するものではありません。

入場券、切符の類＝意思又は事実を通知するためのものではありません。

手形、小切手、株券、債券等有価証券＝特定の人に対するものではありません。

写真、絵画＝通信文を記載したものではありません。

レコード、カセットテープ＝文書ではありません。

（注）②、③のものでも通信文を添書きしたり、同封して送付しますと、その通信文が信書となりますのでご注意下さい。

三、添状、送状の範囲

添状とは貨物に添付するための目録書又は、説明書の類のことで、送状とは、貨物を送付する案内書のことです。しかしながら、添状と送状の間にあまり差異はありません。結局、添状、送状とは、運送貨物の種類、重量、容積、荷造の種類、個数、記号、代価、荷送人及び荷受人の住所、氏名を必要に応じ記載し、かつ当該荷物の送付に関する事項を記載したものということができます。法令又は運送約款に基づき作成される運送状も含まれます。

（注）添状又は送状であっても、送達後の荷の処理方法（例えば、「今日中に販売して下さい」など）、代金の決済方法等を記載したものは、一般の慣習による添状等とは認められませんのでご注意下さい。

役員会で郵政省の信書に関する警告が話題になったとき、倉田は苦笑を浮かべて言ったものだ。

「郵政省も、いつまでも親方日の丸でいられないことに気づいたわけだ。少しはましなサービスをするようになるだろう。競争原理が働くことはいいことだよ」

隣席の鈴木が倉田のほうへ首をねじった。

「こないだ郵務局長から呼び出しがあって、押っ取り刀で駆けつけたんですが、局長以下三十人ほどの幹部が局長室に集まってるんです。なにごとかと思ったら、〝宅急便〟が何故成功したのか、レクチュアしてくれっていうんです」

「それで、きみ、なにをどう話したんだ」

「出し抜けに局長から、ヤマト運輸は全国ネットワークづくりを本気で考えてるのか、と訊かれたので、もちろんだ、遠くない将来、〝宅急便〟の全国ネットワークが整備される、と答えました。そうしたら、局長は営利を目的とする私企業が過疎地に拠点を設けて成り立つわけがない。現に過疎地の郵便局はどこもかしこも赤字で苦しんでるんだ。国だからできることで、ヤマトがそんなことをしたら潰れるのは火を見るより明らかだ、全国ネットワークづくりを本気でやるようなら、会社は潰れる。そんな莫迦《ばか》なことを考えてるヤマトの気が知れない。われわれもそのことを期待しているよ、ってこうなんです」

「ふうーん、それからどうした」

「ぶちまくってやりましたよ。潰れるのは郵便小包のほうだって……。わたしもエキサイトして〝宅急便〟の成功については触れずじまいでした」

鈴木が郵政省郵務局長室で顔を真っ赤に染めて、ぶちまくった話の内容はこうだ。

「郵便局のサービスの質が悪過ぎるからこそヤマト運輸は全国津々浦々にネットワークを整備しようとしてるんです。明治以来、国が手がけてきたチッキ（鉄道小荷物）と小包は、遠からず絶滅するでしょう。なぜなら、まったく市民、庶民の立場に立っていないからです。ほんの一例をあげるだけで、このことは明確です。たとえば速達がある。翌日に着くのか、翌々日になるのか、あるいは三日後になるのか明示もしないで、特別料金をふんだくる。しかも、受け取り、控えも出さない。〝宅急便〟は必ず控えをわたし、荷物が翌日着くか、翌々日になるか明示します。チッキに至っては、『いつ着くか』と問えば、『着くときに着く』と答え、『ハンコを持って取りに来い』とくる。こんなていたらくで、成り立っていたほうが不思議です。局長は、営利事業とおっしゃったが、当社には〝サービスが先で、利益が後〟という標語がありますけれど、ウチの倉田は『利益のことは言うな』と口がすっぱくなるほど言ってます。事実、赤字が出ている営業所に文句を言ったことは一度もありません。山陰の過疎地であれ、北海道の僻地《へきち》であれ、〝宅急便〟を運びます。郵便局とはサービスの質が、天と地ほど違うのです。当社が潰れる日がくることを期待するのは勝手ですが、期待にお応えすることは絶対にあり得ません。郵便小包が消えるほうが遥《はる》かにその可能性が高い、とわたしは断言します」

鈴木の話を聞いて、局長も次長も顔色を変えて怒った。

「どっちが先に潰れるか、賭《か》けようじゃないか」と真顔で言い出す者も出る始末だった。

倉田が冗談ともつかずに言った。

「ちょっと言い過ぎたんじゃないのか。〝信書〟はそのシッペ返しかもしれないぞ」

「いったい郵政省はこんなもので、なにができると考えてるんでしょうか」

しかし、忘れたころに〝信書事件〟が出来《しゅったい》した。

翌昭和五十九年六月六日付で、東海郵政監察局津支局長名で、ヤマト運輸津営業所長宛《あ》てに警告書が送付されてきたのだ。


拝啓　平素は郵政業務に対し、深い御理解を賜り厚く御礼を申し上げます。

さて、貴営業所が昭和五十九年一月五日ごろ、三重県生活環境部交通安全課から運送を依頼された、名古屋市中区丸の内3―2―5東海郵政局人事部保健課あての書類の中に、郵便法でいう信書に該当する文書が同封されていたことが判明しました。

御承知のことと存じますが、何人も他人の信書の送達を業としてはならないことはもとより、運送営業者、その代表者又はその代理人、その他従業員は、その運送方法により、他人のために信書の送達をしてはならないことになっております。

また、何人も運送業者又は法に違反して信書の送達を業とするものに信書の業務を委託してはならないと、利用者側からも規制されており、これに違反しますと、運送業者依頼者とも罰せられます。

このような信書送達の規制は、郵便法に規定されているものでありますが、こうした規制の対象となるのは信書だけです。貨物となっている場合はもとより、貨物の一部に信書が在中しているという場合も同様であります。このたびの件に関しては、何らかの行き違いによるものと存じますが、今後同様なことがありますと、法に照らして厳正に対処せざるを得ませんので、今後はかかることのないよう、引受けに際しては、信書に相当するものが封入されていないか、どうか、について十分留意されるよう御指導を徹底していただきたいと存じます。

なお、このことについて措置された内容を御回答ください。

まずは、要用のみ。　　敬具

津営業所長の村田東一は本社の関係部署と連絡をとり、東海郵政監察局津支局長に宛て七月十六日付で〝誓約書〟を提出した。

全社的に〝信書〟に対する取扱いについて以下の様な方法で全従業員及び荷主、取扱店等に対して、教育、指導を行っていますが、連絡不徹底、不充分のため今回ご指摘の様な点に於きましてご迷惑をおかけし誠に申し訳ありません。以後、充分注意する所存でございます。

今回の件につき以下の様な対応を致しましたことをご報告すると共に、再発防止に努めることを誓約いたします。

一、朝礼、昼礼にてご指摘の事実を示達し、この様なことは違法であるということを認識し、やってはならぬということを周知徹底します。

二、本件に関し、私共のドライバーが直接集荷作業を行っていますので、当該ドライバー及びグループ長に対し厳重注意すると共に荷受けの際も、内容についての確認を徹底させました。

三、津営業所全取扱店及び全荷主に対し別紙「お願い」と各地区担当ドライバー、事務員が訪問し、再発防止に努め、六月十二日〜六月三十日の間に実施済みであります。

「お願い」とは、〝お客様各位、宅急便をご利用の際に荷物と一緒に手紙（信書）を入れて送ることは郵便法で禁じられていますのでご注意下さい〟の貼紙のことである。この貼紙は津営業所に限らず、ヤマト運輸の全営業所、全取扱店で掲示された。

津営業所の誓約書提出で一件落着と思っていたところ、昭和五十九年七月二十八日付で東海郵政監察局長から、倉田正雄社長に宛て警告書が送りつけられてきた。

さらに近畿郵政監察局長名では七月二十一日付で、関東郵政監察局長名では八月十三日付で同様の警告書が倉田に送付されてくるに及んで、〝信書事件〟は否応なしに拡大していく。

5

倉田は、関東郵政監察局長に対し十月三日付で以下の回答書を提出するよう秘書に命じた。東海、近畿も同様である。

謹啓　初秋の候、貴局にはますますご清祥のこととお慶《よろこ》び申し上げます。

さて、貴局よりの昭和五十九年八月十三日付の弊社宛警告に対し御回答申し上げます。

昭和五十九年二月二十八日に熊谷支店より発送した荷送人熊谷市星川の関通エージェンシー様、荷受人横浜市緑区鴨居町23―6―1郵政宿舎1―305柳田福次様あて、荷物の中に信書に該当する文書が同封されていたことにつきまして、現行法規より見て遺憾に存じております。

弊社といたしましては郵便法第五条につき、違反せざるよう常に配意し、次の通りの対策をとり実行しております。

一、引受けの際信書が入っていないかを確認する。

二、直営営業所並に取扱店に信書を入れないよう文書により随時店頭掲示している。

三、宅急便宣伝用チラシに信書を入れないよう印刷し注意を促している。

上記の通りの対策にかかわらず発生したことは遺憾でありますが、このようなことを完全に防止するためには委託された荷物をすべて内容点検しなくてはなりません。

しかし、実際上、開梱して点検することは不可能であります。

弊社は信書の送達を目的とした貨物の受託、輸送はこれまで一切行っておりません。また、受託貨物の中に信書が入っていいたために郵便法に違反することのないよう努力していることは前述の通りであります。

貴局よりの警告によると法に照らして対処するとのことでありますが、私どもはかかる防止措置を積極的にとっている以上、郵便法に触れるとは考えておりません。

このような事犯を防止するためには第五条四項に基づき、その都度、荷送人に警告していただくことが必要だと考えます。

なお、弊社として要望を申し添えます。

第五条三項に違反する場合は信書を輸送することを直接目的としている場合と、荷物の中にたまたま入っていたときがありますが、両者は形態は同じでも区別して措置されるような方策をお取りいただくようお願いしたいと考えます。

また、第五条三項に但し書きの添状、送状については、例えば香典返しの品物の中に挨拶状を同封して送ることが慣習化しているように、範囲を広げて解釈する方が国民感情に照らして妥当であると考えます。

貴局におかれましても意のあるところをご理解いただきますようお願い申し上げてこのたびの件につきご回答申し上げます。

敬具

関東、東海、近畿の三郵政監察局長に回答書を提出した直後、倉田は鈴木を社長執務室に呼んだ。

「回答書の内容はちょっと高飛車だったかねぇ」

「そんなことはないと思います。郵政省のほうが高圧的に出てきているんですから、この程度は当然ですよ。しかも、慣例として黙認されてきたことを、出し遅れの証文じゃあるまいし、いまごろ持ち出して、郵便法違反だと警告してきていることの狙いは〝宅急便〟にダメージを与えようとしているんです。いわば言いがかりみたいなものでしょう。〝宅急便〟の勢いに郵便小包は押されっぱなしですから、巻き返しを図るために、信書を持ち出して、〝宅急便〟を叩こうとしているわけです。負けちゃあいられません」

「きみは喧嘩《けんか》っ早いからなぁ」

鈴木はなにか言おうとして、照れ笑いを浮かべて口をつぐんだ。

喧嘩っ早いのは社長のほうだ、と言いたかったのだ。倉田が権力を笠《かさ》に着る者を容赦しないのは、父親の血筋と思える。

「郵政省が矛《ほこ》を収めることはないだろうねぇ」

「そう思います。ダントツの〝宅急便〟をターゲットにこれからもいろいろ仕掛けてくるんじゃないでしょうか」

倉田は思案顔で腕と脚を組んだ。

ややあってから、倉田が組んでいた脚をほどいて、面をあげた。

「郵政省なら相手にとって不足はないが、こんなことにエネルギーを取られるのは莫迦莫迦《ばかばか》しいな。なるべく早いところ幕を引きたい。そのためには思い切って下手《したて》に出るっていうのはどうだ」

「…………」

「郵便法違反で当社を罰してもらおうじゃないの。そのうえで裁判に訴える。たしか明治四十二年以来、信書問題で判例は出されてないはずだ。新しい判例をつくるいいチャンスだよ」

「下手に出るのとは逆ですねぇ。むしろ、より高圧的ですよ」

「僕の読みでは、郵政省は当社を罰せないだろう。幕引きになると思うな。ためしに、きみ、関東郵政監察局長に会って、この話をしてみろよ。万一、郵便法違反で当社を罰しようとするんなら、それはそれでけっこうだ。信書事件をうやむやにさせずに、裁判で争って、判例を出してもらおうじゃないか。しかし、郵政省にそんな肚《はら》の据わった人はいないんじゃないかねぇ」

「おもしろくなってきました。さっそく関東郵政監察局長のアポイントメントを取ります」

二日後、鈴木は大手町の総合庁舎にある関東郵政監察局に、杉山弘局長を訪ねた。

局長室で、同監察局第一部長の高野誠が同席し、三人で話し合った。

「倉田の回答書をご覧いただいたと思いますが、あの中でいくつかのお願いをしました。ご検討いただけたでしょうか」

杉山と高野は顔を見合わせて、示し合わせたように仏頂面を鈴木に向けてきた。

「とにかく法に抵触しないように留意してもらいたいですねぇ。何人《なんぴと》も他人の信書の送達を業としてはならない、と法律で定められてるんです。郵政省の警告をこけおどしと見ているとしたら、咎《とが》めを受けることになりますよ」

「局長がおっしゃった咎めとは、郵便法七六条違反に対する罰則が規定されていることを指してるんですか」

「そういうことです」

「挨拶状を入れない香典返しなんて考えられますか。失礼ながら局長や部長の場合はどうですか」

「もちろん挨拶状は別便で送ります。法に触れることをわれわれがするわけがないでしょう」

高野が傲然《ごうぜん》と言い放った。

鈴木は眉《まゆ》にツバを塗る動作をしたいくらいだったが、そこまではできない。

「わたしは品物の中に挨拶状を同封してます。普通の人はみなさんそうなさってるんじゃやないですか。それが常識というものでしょう。国民の大多数が郵便法に違反してることになりますねぇ。そうなると七六条で罰しなければなりませんよ。法律のほうが不合理ということにならないでしょうか」

鈴木は、二人がふたたび顔を見合わせたのを眼の端でとらえながら話をつづけた。

「実は、今後も宅急便の中に信書がまぎれ込む可能性を否定し切れないので、困ってるんです。法律に触れないように、あらゆる方途を講じてはいますけれど、荷物をあけて点検することが不可能な限り、ゼロにすることはできっこありません。いっそのこと、三年以下の懲役又は十万円以下の罰金に処するという七六条を適用して、罰してもらったらどうだ、と倉田は申しております。それに対して当社は直ちに提訴します。裁判所に判例を出してもらうのがよろしいんじゃないでしょうか」

「ヤマト運輸さんの回答書にある要望事項については、検討させてもらいますよ」

杉山は辟易《へきえき》したのか、投げやりな口調で返した。

〝信書事件〟もこれで終わりだな、とそのとき鈴木は思った。事実、倉田の読みは的中し、以後、郵政省が〝信書事件〟に触れることはなかった。

昭和五十九年度の〝宅急便〟個数実績は一億五千百三十二万個で、対前年度比三八・五パーセントのめざましい伸びを示した。

〝宅急便〟年間取扱個数一億個突破を記念して、特製三笠山が全社員に配られたのは昭和五十九年三月三十一日だ。

昭和五十八年度末現在のヤマト運輸の社員数は一万三千三百人。資本金は約七十六億三千万円。五十九年度の売上高は一千六百二十八億二千五百万円。経常利益は五十三億五千七百万円であった。

第八章　運輸省との闘い

1

ヤマト運輸は〝宅配便戦争〟の最中に、旧社名の大和《やまと》運輸時代からの路線免許をめぐって運輸省を相手に熾烈《しれつ》な闘いを挑んだ。ヤマト運輸というより倉田正雄と運輸省の闘いといったほうが当たっている。

〝宅急便〟の全国ネットワークづくりを展開していくうえで路線の延長は不可欠である。このためヤマト運輸は運輸省に対し路線免許の申請手続きを進めるとともに、既存業者の買収、さらには免許申請を要しない軽車両運送事業届けによる営業などあらゆる手段を駆使して、エリア拡大を図った。

昭和五十年代にヤマト運輸が申請した路線免許は百キロメートルを超える主要路線だけで

十三件、三千四百三十八キロメートルに及んだ。

このほか中部運輸局など運輸局権限の路線は二十八件、一千五百七十キロメートル。ヤマト運輸の矢継ぎ早の路線免許申請は、各地で地元業者との軋轢《あつれき》を生み、反対運動を引き起こすことになる。

この結果、主要路線のほとんどは〝ダントツ三ヵ年計画〟期間内に免許取得に至らず、昭和五十九（一九八四）年四月からの〝新ダントツ三ヵ年計画〟に引き継がれた。

積載量三百五十キログラム以下の軽車両による営業は、路線免許までのつなぎに過ぎない。なぜなら幹線輸送を他社に委託しなければならないため、輸送効率の低下、サービス面や安全面でも問題が多かったからだ。

路線免許の遅れをカバーするためにやむなく資本参加の形で他企業を買収したり、路線営業権の譲渡を受けて、全国ネットワークづくりに取り組んだ。

倉田が「運輸省など要《い》らない」と公然と運輸省批判を始めたのは、昭和五十七年七月ごろのことだ。

新聞記者に「運輸省は〝宅急便〟の邪魔ばかりしている。〝宅急便〟によるサービスを受けられない国民は不幸だ」と公言して憚《はばか》らない。この〝大砲〟が運輸省に届かぬはずはなかった。

倉田が国を相手取って、闘いを挑もうと考えたのは、それなりに理由がある。

〝宅急便〟がスタートして七年も経つのに、首都圏に近接する山梨県は空白県だった。

ヤマト運輸が東京都八王子市―長野県塩尻市間の路線トラックの免許を申請したのは、昭和五十五年八月だが、運輸省は二年も放置していた。

ヤマト運輸は昭和五十七年八月には、早期処理を求める要望書を運輸大臣に提出したが、山梨県の地元業者十三社がこぞって反対しているため、運輸省としても動きが取れなかった面もある。

残暑厳しい八月下旬の某日、当時、常務の鈴木久彦は単身、甲府市へ乗り込んで、十三社の代表者に訴えた。

甲府市内の山梨県トラック事業者協会の事務所の会議室で、鈴木はにこやかに切り出した。

「皆さんの会社の経営を脅かすことは決してありません。〝宅急便〟は郵便小包とは競合しますが、トラック業者の皆さんが扱う荷物とは競合しないのです。国道二〇号線をどうかヤマト運輸のトラックにも走らせてください。天下の公道じゃありませんか」

「死活問題です。競合しないはずがない。山梨の宅配便は地元の業者にまかせてもらいましょう」

わけても強く反対したのは、信州甲斐《かい》運輸の代表者だった。

「顧客に対して〝宅急便〟と同様のサービスができるとは思えませんが」

「できますとも。われわれは地元に密着した業者なんです」

鈴木はさかんに小首をかしげた。しかし、〝宅急便〟と数多《あまた》の宅配便の違いをここで説明しても、馬耳東風と聞き流されるだけだ。

「現実問題として、〝宅急便〟は皆さんが対象としていない非商業貨物にターゲットを絞ってます。路線貨物と競合していないのです。また、山梨県においても軽車両による〝宅急便〟サービスが細々と行なわれてます。つまり二〇号路線を走らせていただけないために〝宅急便〟サービスが不完全なものとなっていて、県民の皆さんはサービスという得《う》べかりしメリットを享受できないでいるんです。どうかその点に留意して反対を取り下げてください。お願いします」

鈴木は何度頭を下げたかわからない。

だが、個別単位で地元業者と接触したことは一度もなかった。手土産ぐらいと思ったことはあるが、菓子折一つ持参しなかったし、昼食や夕食をもてなしたこともなかった。

〝宅急便〟が路線貨物と競合しない点を繰り返しアピールしたに過ぎない。

昭和五十八年に入ると、地元業者の姿勢に変化が見られるようになった。

一月十三日には山梨県トラック事業者協会の有力メンバーである山梨日本運輸、勝沼運送、早川陸送などの代表者が〝反対申請〟を甲府の同協会事務所で取り下げる旨確約してくれた。

そして三月十日の同協会路線区域積合せ部会に出席を求められた。信州甲斐運輸を除く十二社の代表者が顔をそろえていた。

「われわれ十二社は反対申請を取り下げます。ヤマト運輸さんの甲府事業所設置を認めますので、事業者協会に加盟してください」

「ありがとうございます。なんとお礼を申しあげていいかわかりません」

鈴木は、山梨県トラック事業者協会の有力メンバーの話を聞いて、涙がこぼれそうになった。

「鈴木さんの熱意にほだされました。それもありますが、ヤマト運輸さんとわれわれの利害が反しないことが認識できたのです。ただ条件というほどのことではないと思いますが、連絡運輸を破棄して、地元の積合せ業者に依頼していただけますか」

「それと軽車両の営業届出を取り下げてください」

別のメンバーが付け加えた。

鈴木は三方に三度頭を下げてから、ゆっくりと言葉を押し出した。

「まったく問題はないと存じますが、倉田に申し伝えまして、一両日中にご返事させていただきます」

鈴木の報告を聞いて、めったに褒《ほ》めない倉田も「よくやった」と言ってくれた。

「しかし、残る一社が難物だな」

「はい。一筋縄ではいかないと思います。政治家を使って運輸省に圧力をかけるかもしれません。山梨県には例の大物政治家がいますから」

「政治家を使うなど下の下だ。あとで高くつくぞ」

山梨県トラック事業者協会と最終的な詰めを行なって、反対取り下げの覚書を交わしたのは同年六月二日である。その間も、鈴木は信州甲斐運輸との折衝を続けた。

しかし、断固反対の態度を変えることはなかった。

同社は長野県松本市に本社を置く。資本金は三億三千万円で、長野、山梨を中心に路線貨物を手がけている地元の最有力業者である。

信州甲斐運輸が政治家を使って運輸省に圧力をかけた事実の有無は詳《つまび》らかではない。しかし、ほぼ同時期に路線免許の申請を出していた江川急便が大物政治家に多額の政治献金をして、短期的に、免許を受けた事実はある。

ヤマト運輸と江川急便は、これほど運輸省から差別されていたわけだ。

鈴木はぶらっと運輸省に顔を出し、キャリアもノンキャリアもわけへだてなく会い、局長からヒラの職員に至るまで、誰かれなしに話ができる得な性分である。鈴木が廊下とんびをやっているうちに、運輸省が昭和五十八年九月に当該事業案を運輸審議会に諮問した結果、翌昭和五十九年一月十八日に公聴会を開催するところまで漕《こ》ぎつけた。

この日、午前十時に霞《かすみ》が関《せき》の運輸省大会議室で開かれた運輸審議会の公聴会は十一年ぶり。テレビニュースのカメラも入る異例の公聴会は〝宅配便戦争〟を象徴する歴史的な事件と言えた。

運輸審議会の十人ほどの委員を前に、倉田がまず冒頭陳述を行なった。いわば総論である。

「〝宅急便〟には全国どこへでも宅配するニーズがあります。他社の運送を使っていては速く運べません。顧客に良質のサービスを提供する〝宅急便〟の使命を全うするためには一日も早く国道二〇号線の路線免許を与えていただかなければなりません。昭和五十五年八月の申請以来すでに三年以上経過しております。当社の路線免許申請に反対していた地元業者十三社のうち十二社が賛成に回ってくださったのは、〝宅急便〟が路線貨物とは競合しないことを理解してくださったからこそです。一般消費者の中には、ヤマト運輸が当該地域で〝宅急便〟の営業をしないのは会社の都合によるものだと思って、抗議してくるかたもいらっしゃいます。免許が下りないから営業できないことを世論に訴えていくほかありません。山梨県民のためにも可及的速やかに免許をお願いします」

倉田の冒頭陳述はおおむねこんなところだが、落ち着き払った堂々たる態度に、鈴木は感服した。こっちはそれどころではない。相互査問、すなわち各論は鈴木の役目だが、想定問答などのリハーサルなしのぶっつけ本番である。膝頭《ひざがしら》がふるえ、脇腹《わきばら》にじっとり冷汗をかいていた。

運輸省の関係者、新聞記者、同業者などで、会場は満員だ。

信州甲斐運輸の上村満夫社長は、「地元業者でも宅配便で顧客のニーズに対応できます。〝宅急便〟のサービスに劣ることのないよう鋭意努力したい所存です。最大手のヤマト運輸さんの進出を許すことは、会社の経営を危うくしかねません」などと反対論を述べた。

一般公述人として公聴会に招かれた地元松本市の青果商業共同組合の伊東隆らは、「〝宅急便〟のメリットをわれわれにも享受させていただきたい。〝宅急便〟レベルのサービスを地元業者に期待することは難しいと思います」などと免許賛成論をぶった。

相互査問は三時間に及んだ。

利害が対立するヤマト運輸と信州甲斐運輸が真っ向からやり合うのだから、激しいやりとりになるのは仕方がない。

鈴木の相手は、重箱のスミをつっつくような細かい点や、いやがらせに近い質問をしてくる。けっこう勉強もしていた。

「あなたは、軽自動車なら免許を取らず登録だけでできる、と発言したが、ということはヤマト運輸さんは道路交通法に違反しているんじゃありませんか」

座長が「ヤマトさん、答えてください」と返事を促す。

考える時間はせいぜい五秒以内だ。

「事実関係については検証させていただきますが、軽車両で営業しているのは、利用者の強いニーズに対応するもので、免許が下りればそんな必要はなくなります」

「答えになってません。違反していることを認めるんですか」

「いや。違反していないと思います」

鈴木は強弁した。

宅配便業者が道路交通法に抵触しないとは、ヤマト運輸ならずとも考えにくい。交差点などの危険な区域でなければ黙認せざるを得ない、というのが警察の立場である。ひとのことを言えた義理かと言いたくもなるが、そこまでのドロ仕合はできない。

「甲府に営業所を設置する計画があるんじゃないですか」

この質問もこたえた。鈴木は咄嗟《とっさ》の返事に窮し、倉田のほうに眼を投げながら、

「ハイ、ヤマト運輸、答えてください」と座長に促されて、起立した。

「目下のところは考えておりません」

「甲府は通過して営業所はつくらないと確約できますか」

「将来のことは、お答えできません。少なくとも現在は白紙の状態です」

正直に言ってしまえば、遠からず営業拠点を甲府に設けるのは当然なのだ。しかし、あいまいにせざるを得なかった。

永いサラリーマン生活の中で、鈴木がこれほど冷汗三斗《れいかんさんと》の思いにさせられたことはなかった。

公聴会はヤマト運輸に有利に展開し、同年五月二十五日、運輸省は運輸審議会の答申に基づいて申請どおり〝山梨路線〟を免許した。

ヤマト運輸が国道二〇号線に第一便を出発させたのは同年六月一日である。

さらに公聴会はヤマト運輸に思わぬ副産物をもたらした。公聴会での質疑を通じて、宅配便業界の実態と制度のズレが浮き彫りにされた結果、運輸省は昭和六十年十二月、宅配便の取次店について従来の許可制から登録制に改めるとともに、路線外でも集配圏の範囲内であれば受理することに制度を改正したのだ。

2

昭和六十一年八月上旬の某日午後、倉田は鈴木専務を社長室に呼んだ。

ひたいにしわを刻んだ厳しい表情で、倉田が切り出した。

「山梨路線は公聴会が功を奏してやっと片づいたが、北《きた》東北路線問題のほうは五年も経ってるのに、いまだに棚上げされたままだ。ヤマトはきちっとした対応をしているが、運輸省は放ったらかしで音沙汰《おとさた》なしだ。ここらでけじめをつけたいと思う」

北東北路線問題とは、昭和五十六年十一月に運輸省に免許申請した仙台―青森と北上―青森の二路線の件を指している。

四年経過後の昭和六十年十二月十七日付で、ヤマト運輸は運輸大臣に対し、行政不服審査法第三条に基づいて異議申し立てを行ない、早期免許を要請した。

これに対し、運輸省は昭和六十一年一月二十二日付で、原申請を取り下げて再申請するよう大臣名で通達してきた。

この中で運輸省は、①利害関係人多数から強い反対意見があること②ヤマト運輸は、軽車両届により一部営業を行なっていること③秋田県の一部で路線事業の譲渡を受けたこと――など諸事情の帰趨《きすう》を見極め慎重に審査しているため、とその理由をあげていた。

二月七日付で、ヤマト運輸は再度説明を求める上申書を提出、原申請の取り下げには応じられない旨を回答し、強く免許を要請した。

倉田は半年間、辛抱強く運輸省の回答を待った。鈴木を呼びつけたのは堪忍袋の緒《お》が切れたためだ。

「けじめって言いますと……」

鈴木が怪訝《けげん》そうに訊くと、倉田はいっそう顔をしかめた。

「法的措置を講じるしかないだろう。行政事件訴訟法に基づいて、運輸大臣を提訴する。運輸省のサボタージュは赦《ゆる》し難い。〝不作為の違法確認の訴え〟を提起して、法廷の場で運輸省の考え方を質《ただ》すんだ」

鈴木は一瞬背筋がぞっとしたが、ファイトが漲《みなぎ》ってくるのを意識した。

監督官庁の運輸省を相手取って、訴訟を起こすなど前代未聞の大事件である。鈴木が武者震いを覚えるほど緊張して当然だ。

なかなか返事をしない鈴木にしびれを切らした倉田が、いらだたしげに訊いた。

「きみは反対なのかね。このまま手を拱《こまね》いてずっと待ち続けろとでも言うのか」

「とんでもない。社長とまったく気持ちは同じです。運輸省の怠慢ぶりは眼に余ります。法的措置を講じることで、いっそう態度を硬化させることも考えられますが、わたしも闘うしかないと思います」

「運輸省なんて腐った官庁は要らない。運輸省のお陰で〝宅急便〟はずいぶん損してる。ということは良質なサービスを受けられないでいる〝宅急便〟の利用者が損しているっていうことだろう」

鬼気迫る倉田の気魄《きはく》に、鈴木はファイトを掻《か》きたてられた。

「わかりました」

「直ちに準備にかかってくれ」

同月二十八日付で、ヤマト運輸は時の運輸大臣、橋田龍一郎を相手取って提訴に踏み切った。

日を置かずに鈴木に運輸省貨物流通局の担当課長の水野から呼び出しがかかった。

「ヤマト運輸はいったいなにを考えてるんですか。運輸省は免許しないとは言ってませんよ。訴訟沙汰とはどういう料簡なのか」

あまりの剣幕にさすがの鈴木もたじたじとなった。しかし、ここは踏ん張りどころである。

「提訴を取り下げることは考えられませんか」

水野は無理に笑顔をつくった。

鈴木も懸命に頬《ほお》をゆるめた。

「倉田は運輸省のサボタージュは赦し難いと申してます。課長、考えてもみてください。当社が申請してから五年も経つんですよ。しかも上申書を提出してから半年も経つのに、いまだにご返事をいただけないのです。わたしも何度運輸省に足を運んだかわかりません。〝利害関係人の反対が多過ぎる〟〝目下検討中〟といつも木で鼻をくくった返事ばかりです」

鈴木は脚の竦《すく》む思いで運輸省にやってきたが、話しているうちに肚《はら》が据わってきた。

水野がジロッとした眼をくれた。

「原申請をいったん取り下げて再申請するようにという当省の行政指導を無視したのは、ヤマト運輸のほうじゃないんですか」

「ですから、再度説明させていただきたい旨の上申書を提出したのです」

「つまり行政指導には従えないっていうことですね。しかも出し抜けに大臣を提訴してくるなんて正気の沙汰とは思えません。重ねてお尋ねするが、提訴を取り下げるつもりはないんですか」

「倉田に課長の意見を申し伝えますが、法廷の場でご当局のお考えをお聞きしたいと言ってますから、ちょっと……」

鈴木は言葉を濁したが、倉田が取り下げに同意するとは到底思えなかった。

「大臣も激怒してます。われわれの対応がおかしいんじゃないか、ともカミナリを落とされましたが、そうは思えないんですけどねぇ」

橋田運輸相は当選十回の実力大臣である。昭和十二年生まれだから年齢は若いが、自民党の次代を担うリーダーの一人と目されていた。

鈴木から水野課長とのやりとりを聞いた倉田は果たして、眉《まゆ》をひそめてきっぱりと言い切った。

「取り下げはあり得んな。出したり引っ込めたりできるわけがない。わがほうは不退転の決意で臨んでるんだ。運輸省のいやがらせやら圧力はもとより覚悟のうえだよ」

しかし、九月になって運輸省の方針が劇的に変化した。

「業者間の調整がつけば免許、つかなければ却下という考えは間違い」と松田貨物流通局長が表明したのだ。

これまでの、反対がない場合に限って行なってきた免許を、たとえ反対があっても審査基準に照らして処置するというのだから、運輸省免許行政の歴史的な転換を示すものにほかならない。

「これで勝負はあったと思う。提訴が運輸省の方針転換を引き出したんだ」

倉田は鈴木にこう言ったが、鈴木も同感だった。

N新聞がこの事件を報じたのは十月二十日付の朝刊である。

〝路線免許保留は違法か〟〝サービスに支障〟〝ヤマトが運輸相訴え〟の見出しに続いて同紙は次のように書いた。

「新路線の免許申請を運輸省が長期間保留しているのは不当」として、宅配便大手のヤマト運輸が運輸大臣を相手取り、東京地裁に訴えた。

ヤマト運輸は全国ネットの輸送体制を確立するため五十五年十二月、路線免許のなかった福岡―熊本―鹿児島と、福岡―大分―宮崎―鹿児島の九州二路線について、運輸省に免許を申請した。五十六年十一月には仙台―北上―青森と北上―秋田―青森の東北二路線も申請した。

路線申請が出ると、運輸省は運輸審議会に認可か却下の判断を諮問することになっている。

ところが運輸省は何の手続きもとらず保留した。ヤマト運輸は六十年十二月、「長期間にわたって何の処理もされないのは理解できない。宅配便サービスに支障をきたす」として、行政不服審査法に基づき異議を申し立てた。

これに対して運輸省は「現段階では地元業界への影響が大きく、慎重に審査中」と回答した。

運輸省は六十一年七月、東北路線についてだけ運輸審議会に諮問した。しかしヤマト運輸は八月、運輸大臣を相手取り、行政事件訴訟法に基づく「不作為の違法確認」の訴えを東京地裁に起こした。

不作為の違法の確認とは、行政庁が法令に基づく申請に対して相当の期間内に何らかの処理などをしなければならないのに、これをしないことに対して違法の確認を求めることである。

ヤマト運輸は「地元業者に委託する現行の方法では、繁忙期に十分な利用者サービスができない。再三、運輸省の処理を求めたが応じないので、訴訟に踏み切った」と説明している。

運輸省は「何年間かにわたり処理しなかったのは、トラックの貨物量が全国的に落ち込んでいる中で輸送能力との需給バランスを考慮していたためで、別に悪意があったわけではない」と反論している。公判は十月二十日に始まる。

運輸省は東北路線に続いて、ヤマト運輸などトラック会社七社が申請していた九州地区の九路線についても運輸審議会に諮問した。このような一括諮問は最近では例がなく、免許の許可に慎重な姿勢をとってきた路線トラックの許認可行政を転換したと受け止められている。

しかし、この基本方針転換と今回の訴訟との関連は否定している。運輸審議会は十月二十三日に東北路線免許に関する公聴会を開き、年内には結論を出す。

専門家の見方 「行政に不満を持つ人は積極的に訴えを起こしていくべきである。ヤマト運輸の動きは当然だ。新規参入によってサービスは向上すると思うが、反面、競争激化の末に独占が生じかねない。利用者はこうした弊害も考えておく必要がある」（交通問題評論家の角田良平氏）

倉田正雄ヤマト運輸社長の話 「運輸行政は本来、利用者の利便と業界の健全な発展を展開すべきなのに、運輸省は利用者の利便を十分に考えていない。訴えは運輸行政のあり方に一石を投じたと思う」

松田芳博運輸省貨物流通局長の話 「処理が遅れていたことは確かだが、それは認可か却下を判断するために必要な資料をそろえるのに時間がかかったのが原因だ」

鈴木は運輸省の役人から真顔で「出入り禁止」を申し渡されたが、持ち前の明るさと図々しさで通い続けた。

「いつかも、そんなことを言われたことがありましたねぇ」

「いったい鈴木さんの神経はどうなってるんですか」

「なんとでも言ってください。どうせわたしは無神経で莫迦《ばか》なんです」

「倉田さんっていう人もいい度胸してますねえ。御上《おかみ》に楯突《たてつ》いて、喧嘩《けんか》を売るんですから」

「〝宅急便〟に命懸けで取り組んでるんです。凄《すご》い人だと思います」

「神様みたいな人ですね」

「昔、巨人軍の川上哲治選手が打撃の神様って言われましたけど、そういう意味ではさしずめ倉田は〝宅急便〟の神様なんだろうと思います。〝宅急便〟に対する思いの深さ、執着心、こだわりとでもいいますか、その情熱は誰もかないません」

「まったく……とてもじゃないけど怒っていいやら、あきれていいやら」

鈴木は、運輸省の若い担当官とそんなやりとりをしたこともあった。

　十月二十三日の運輸審議会の公聴会における倉田の冒頭陳述を要約すると「連絡運輸では良質のサービスを確保できません。当社はすでに一部軽車両によって、当該地域で〝宅急便〟の実績があります。反対している地元業者の宅配便実績は微々たるもので、反対の理由は納得できません」ということになる。

　利害関係者の地元業者は、「死活問題にかかわる重大問題なので慎重審議をお願いします」と訴えた。

今回の公聴会の相互査問は鈴木が渡米して不在だったため、常務の宮野宏次が担当した。前日、宮野は極度の緊張感で、さぞかし眠れぬ夜を過ごしたことだろう。

同年十二月二日の運輸審議会は、北東北路線問題について、秋田県内の一部は却下、そのほかは免許が適当と運輸相に答申、同相は同日付で答申どおりヤマト運輸の申請を認可した。

秋田県内の一部が却下されたのは、昭和六十年十一月にヤマト運輸が地元業者から横手―大館間の路線事業の譲渡を受けているので重複するため免許の必要性はない、という理由による。

いわばヤマト運輸側の〝全面勝訴〟と言うべき答申内容だ。

3

鈴木が渡米したのは、米国の公聴会に出席を求められたことによる。

後年鈴木は専門誌にエッセイを寄せているが、以下にそのくだりを引く。

アメリカの公聴会は審理の仕方が日本と全然違うのである。

私が証人として呼ばれたのは、UPSとフェデラルが日本乗り入れについて争った公聴会であった。

判決の決め方は日本は数人の運審の先生により決定されるが、アメリカは判事が一人である。審理の進め方は、利害関係会社と運輸省から依頼された弁護士が主役で、議論し、利害関係人は、判事や弁護士の指名で壇上に呼ばれ、相手方の弁護士からいじめられる仕組みである。

参考人の意見として、上・下院議員、知事などが出て来て、こちらの会社に免許をしろと堂々と言うのにはビックリした。

私は、五日目の夜に陳述する番が回って来た。まず判事の脇に置いてある星条旗の前で、手を挙げ、宣誓した。やってみるとうそはつきにくいものである。その日終了したのは、なんと二十一時であった。

アメリカでは、事案によって、公聴会を三ヵ月位も継続審議することがあるようだ。

UPS社といえば米国最大の小口配送会社だが、倉田は〝不作為の違法確認の訴え〟という爆弾を落とした直後の九月初めに渡米し、UPS社のロジャース会長と会見した。

ヤマト運輸の国際宅急便の取扱い量は年々増加していたが、一方ではサービスエリアの拡大に伴って主要各国の集荷、配送を会社の戦力だけでカバーしていくことは、次第に困難になってきた。特に広大なアメリカでは自力でのネットワークづくりは不可能に近い。

「アメリカで競争力のあるサービスをするためには、アメリカの企業と提携することが得策だ。その相手はUPS社が適当と思う」

倉田が経営戦略会議などでこう発言したのは昭和六十（一九八五）年六月ごろのことだ。UPS社がヨーロッパのネットワークづくりに続いて日本での提携先を探していた時期にぶつかる。

ヤマト運輸以外にも丸通や濃西運輸など数社がUPS社に積極的にアプローチし、〝宅配便戦争〟がアメリカにまで拡大した状況を呈した。

ヤマト運輸は同年七月からUPS社と折衝を始めたが、UPS社は〝宅急便〟を高く評価し、ヤマト一社に交渉相手を絞った。

数次にわたる交渉を経て、昭和六十一（一九八六）年九月四日、ヤマトとUPS社は業務提携契約の基本同意書を取り交わし、倉田とロジャースが同意書にサインした。

基本同意書に基づいて、両者は東京でワーキング・グループによる会合を続けた結果、十月三日、ドキュメント・クーリエを含む小口航空貨物の業務提携契約に調印した。

〝UPS宅急便〟は昭和六十二（一九八七）年二月九日にスタートした。

〝UPS宅急便〟の発売元となるヤマトエキスプレスサービス株式会社（資本金五千万円、加藤美智男社長）が前年十二月二十六日付で設立された。ヤマト運輸の各支社と主管支店四十二店に国際営業課が設置され、各支社に国際航空部門の経験者を配置、万全の態勢が整えられたことになる。

〝UPS宅急便〟の対象は重量三一・五キログラム以下の小口航空貨物および書類とし、スタート当初のサービスエリアは日米両国とプエルトリコ、西ドイツの四ヵ国で、標準所要日数は、日米両国は引取り後二日目、西ドイツは同三日目に届けられるスピード商品である。日米両国でみると日付変更線の関係で、日本発が月曜日の場合、米国には同じ月曜日に到着、米国発は月曜日に発送して水曜日に日本到着となるスピードぶりだ。

全世界ネットワーク網の構築を目指すUPSの国際戦略に沿って〝UPS宅急便〟のサービスエリアは昭和六十三年十月には一気に四十一ヵ国に、そして平成元（一九八九）年十月には百七十五ヵ国に拡大した。

これによって、ユーゴスラビア以外の東ヨーロッパとソ連を除く世界のほとんどの地域がカバーされた。

ちなみに〝UPS宅急便〟の平成元年度における取扱い量実績は、輸出約三十一万三千個、輸入約七十九万個で、対前年度比は各三七パーセント、七九パーセントの増加を示した。

ヤマト運輸は〝宅配便戦争〟の国際版でも圧勝したことになる。

ヤマト運輸は運輸省に徹底抗戦することによって、全国エリアを拡大、整備してきたが、その結果、運輸省の役人から手ひどいシッペ返しを受けたことは一再ならずあった。倉田が「運輸省なんか要らない」と言えば言うほど現場に反動が強く出てくるのは仕方がない。

監督官庁の運輸省と正面切って喧嘩した運送会社は後にも先にもヤマト運輸一社だけだ。運輸官僚の憎しみを買わないはずがない。

それどころか所管官庁とことを構えた企業はほとんど例がない。たとえば銀行、生保などの金融機関が大蔵省の方針に背《そむ》くことは、まずあり得ない。

運輸省の本省レベルでは、倉田の〝大砲〟を打ちっ放しにせず、鈴木がフォローして二人三脚でなんとか乗り切ってきたが、地方の運輸局レベルでは二人三脚が機能せず、エモーションとエモーションが激しくぶつかりあったケースもある。

4

伊豆路線問題はその典型例だ。

ヤマト運輸は、伊豆地区の輸送を長期間、地元の伊豆貨物輸送との連絡運輸協定によって続けてきた。

〝宅急便〟が急膨張し、スキー、ゴルフ、〝ＵＰＳ宅急便〟など新しいサービスを手がけるようになったことや、サービスのレベルアップが進むにつれて、連絡運輸に依存している限り利用者のニーズに円滑に対応することが困難になってきた。

つまり、情報面で齟齬《そご》をきたすために利用者からのクレームが後を絶たなかったのである。

昭和五十七（一九八二）年六月に修善寺に軽車両による営業所を設置したのはサービスの不備を補うためだ。

昭和五十八年には下田にも同様の営業所設置を計画し、下田までの路線運行を伊豆貨物運送に依頼した。

しかし、なぜか伊豆貨物運送は協力できないと拒否してきた。この段階で運輸省中部運輸局の圧力があったかどうかは詳《つまび》らかではないが、その後の経過をみると大いにあり得るのではないかと推量できる。

すなわち、昭和五十九年十一月、ヤマト運輸は下田に営業所を開設し、軽車両による〝宅急便〟サービス、広域集配サービスを実施、昭和六十年三月には三島―下田間の路線免許を中部運輸局に申請した。

果然、伊豆貨物運送はこれに猛反対したのである。

申請後二年六ヵ月放置されたヤマト運輸は、倉田の指示で、行政不服審査法に基づく〝審査請求書〟を昭和六十二年九月七日付で橋田運輸大臣に宛て提出した。〝二年内処理〟の本省方針に反する中部運輸局のサボタージュ、いやがらせに倉田は激怒したのだ。

九月二十六日付で中部運輸局長の弁明書が本省経由でヤマト運輸に送付されてきた。

これに対しヤマト運輸が反論書を提出、ふたたび中部運輸局が再弁明書を送りつけてくる。

この間、鈴木は足しげく中部運輸局を訪問し、山田担当部長と論争した。免許の遅れを非難するあまり、山田のデスクを叩《たた》いて言い募ったことも一再ならずあった。

こうした激しい応酬を経て、中部運輸局は昭和六十二年十二月六日付で三島―下田間の路線を漸《ようや》く免許した。またしても屈辱的な運輸省側の敗北である。

弁明書で〝需給関係に著しい不均衡が生じる〟と主張してきた中部運輸局はわずか半年後に丸通にも免許を与えている。ヤマト運輸に対する当てつけとしか思えない。

独占地域に競争原理が導入され、利用者は良質のサービスを享受できるようになったが、一挙に三社になった結果、需給バランス上は逆の不均衡が生じたのではあるまいか。

5

平成五（一九九三）年三月号の総合月刊誌が特集した〝官僚王国解体論〟のトップ記事

で、倉田は評論家の酒田真と対談している。

〝無法営業の片棒をかついだ「でたらめ行政を斬《き》る！」〟〝江川事件の共犯者「運輸省の大罪」〟の見出しだが、この中で倉田は歯に衣《きぬ》着せず同省を指弾している。

「私、最初、この対談はお断りしようと思ったんですよ。いまさら運輸省に憎まれるのもいやだし（笑）、役人の悪口を言えば、やっぱり現場で反動がありますから。ところが先日、運輸省の自動車交通局貨物課長という人がある業界誌にとんでもないことを書いているのを偶然読んでしまった。〝江川急便事件の本質とは何か〟みたいなテーマで、三つの問題点が指摘してあったんです。一つは東京江川の渡部元社長がやった巨額な債務保証による特別背任の問題。第二に、暴力団と東京江川急便、または暴力団と政治家という暴力団がらみの問題。そして第三に江川からの政治献金問題です。

それはいいとして、私がムラムラッときたのは、その課長が〝この三つの問題は運輸行政とは関係ない〟などとふざけたことを書いている点です。それを読んで、私は冗談じゃない、と腹が立ってきた。江川事件は全部運輸省の責任なんですから、もし自分たちの責任だと思ってないとしたら、それこそとんでもない話だ。それで機会があったら、このことをもっとはっきり大きな声で言わなきゃいけないなと思いましてね」

「江川問題には、背後に二つの問題があります。第一の問題点は運輸行政と直接関係はないが、運送業で儲《もう》けた膨大なカネを政治家をはじめ、芸能人やスポーツ選手たちに対してタニマチ的に配ったこと。これはモラルの問題であると同時に、政治の問題でもあり、特別背任の問題でもある。

もっとも一連の報道では、この問題ばかりが追及されていて、もうひとつの大事な問題が見逃されている。もし江川急便がまともな商売をやっていたら、大勢の政治家や芸能人のタニマチになれるほどのカネを持てるはずはないんです」

「江川はどうして何千億というカネが自由になったか。その秘密を一言でいえば、無免許で仕事をやってこれたからですよ。江川剛さんは昭和三十六年に京都で江川急便を開業したのですが、それから平成元年まで三十年近くも違法営業をやっていたという事実がある。運輸行政はそれをずっと見逃してきた。ここに一つの大きな問題点があるんです」

「運送業界は、平成元年に法律改正がおこなわれましたが、旧法の道路運送法時代は運輸省の免許制でした。法律に基づく免許を受けなければ、運送業の仕事をやってはいけないとされ、私ども各事業者はそのルール通りにやってきた。ところが江川グループだけはこれを無視して無免許営業をやり、カネをガッポリ儲けていたんです。こういう違法行為が一社だけ大手を振ってまかり通ってきたこと自体、もう許すべからざることじゃないですか」

「うちなんかには、口を開けば〝法律を守れ〟ときびしいことをいって、こちらがその通りにやっても、役人は免許を下ろさない。うちは東京から仙台までの免許はあるが、仙台から青森までの免許がなかったんです。それを正規の手続きで書類を添えて、免許延長をお願いしたら、六年も放っておかれた。仕方なく行政訴訟という手段に訴えたら、向こうが驚いて、すぐに免許を出した。しかし、業界内で一社だけ簡単に免許をもらっていたのが江川急便です。どうやったかといったら、政治献金して、政治家から圧力をかけてという図式ですよ」

「運輸省に知らないとはいわせない。だいたい、江川のやってきたことは本質的に違法なんです。さっきもいったように平成元年に法律改正があり、それまでの道路運送法から貨物自動車運送事業法に規制緩和《かんわ》されたわけですが、旧法の道路運送法では、免許に二種類ありましてね。一つは路線免許と称されるもので、路線上の小口貨物の積み合わせ輸送、旅客でいえば乗合バスで不特定の人を乗せて運ぶのと同じように、小口の荷物を集めて長距離輸送する。

この『路線』のほうは都道府県を経由して長距離輸送できる路線免許であるのに対し、もう一つ、〝貸切〟というのがある。こちらは都道府県単位の区域免許で、免許を受けた区域内で車を借り切った人に対してサービスを提供する。区域外まで配送はできるが、積み合わせはできない。仮に東京で区域免許をもっていても、青森県内で事業をやるなら青森の区域免許を新たに取得しなきゃいけない。うちなんか引っ越しの仕事をやるために、四十七都道府県に全部、一つひとつ免許申請していったんです」

「江川は路線トラック同然に小口貨物の積み合わせをやりながら、路線免許をわざと取らなかった。路線免許を取れば、東京ターミナルと大阪ターミナル間の運行車の数、車の維持や管理にまで細かい規制を受けるからです。一方、江川みたいに区域免許しか持たない運送屋が区域外へ荷物を積み合わせて運ぶとなったら、県境で隣の県の運送会社にリレーするしかないが、事実上そんなことはできません。だから江川は完全な違法営業だった。東京から大阪へ荷物を運ぶ場合でも、荷物が集まると、手当たり次第に小さなトラック会社に声をかけて輸送代を買い叩き、安く運ばせるからコストも下がる。そういう違法な運送屋が三十年近くも堂々と日本中で商売をやっていたんです。運輸省は当然、営業停止を食らわすべきなのに逆に全部黙認してきたために、江川グループだけは大儲けできたんだという図式なんですよ」

「昭和六十一、二年ごろ、社会党が運輸委員会で江川の長時間労働問題を追及したのを受けて、運輸省はトラック数台の営業停止という処罰をおこなってます。だが、これは本当なら免許取り消しに値する事案でした。それが江川に限っては、数日間の免許停止ですんで、処罰された連中がその後また同じことを何度もやっている。それより前の昭和五十三年にこういうことがありました。九州の路線会社が江川急便のやっていることは違法だって問題にしたんです。そのときに福岡の陸運局の課長がその路線会社と江川急便を呼んで、『両者で業務提携の契約を結びなさい』と契約書を書かせたわけです。路線会社の下請けということにすれば、江川の違法性は消えるという理屈です。この例などは明らかに運輸省は江川の違法性を認識していて、形式上何とか繕《つくろ》っておかないと、今度は自分たちが世間から糾弾《きゅうだん》されるという計算ですね」

「われわれはある時期から〝あそこは別だ〟と諦《あきら》めた。背後関係がややこしいから、さわらぬ神にたたりなしとね。ただ、初めの段階では各地の地元業者からかなり強い反発もあって、それを抑えこむために江川は各都道府県の多くの政治家にわたりをつけていくという構図があったはずです。全国規模の違法行為を認めさせるためには、結局、すべての代議士に現金をバラまいたような格好じゃないですかね。その場合でも江川のやり方は何かあったときに摘発しないでくれという用心棒代だったんです」

「無免許営業を黙認してきた運輸省の責任は重いし、運輸省に政治家が圧力をかけて黙認させたということがあれば、これは問題だと思う」

「運輸行政自体、どう考えても合理性に欠けていて、きわめて不透明、不公正です。たとえば道路運送法がつくられたのは昭和二十六年のことですが、当時はまず健全な事業者を育てようという名目で免許制を導入し、参入規制をやった。同時に消費者保護という名目から認可運賃制度をつくり、運輸省の認可した運賃表以外は使ってはいけないよ、という形にしました。産業を育成する過程ではそれも必要だったかもしれないが、業界がある程度成熟したら、そういうやり方は逆にマイナスなんです。そこで〝規制緩和〟という言葉が出てきて、平成元年に従来の免許制は許可制に変わり、さらに認可運賃制度も見直されて、新しく届出制になったんです」

「免許制の時代にも免許基準というのは一応あったけれども、だれに免許を与えるかは国の権限でしてね。それが今度の許可制の場合は客観的な許可基準があって、それを満たせばだれでも参入できるようになった。だから法律の建前としては、市場原理がはたらくはずですが、現実はそうならない。たとえば前の免許制も本来の趣旨というのは、需給のバランスをとるということだった。ところが現場の需要を当の運輸省が全然つかんでいないんです。そもそも貨物の供給ならきちんとした統計になりますが、需要は荷主の意識によるものだからだれにも正確にはわからないものです。だから私が以前、〝基本的なデータも持たないで、どうやって需給バランスを調整するんですか〟と聞いたら、〝同業者が反対すれば供給過剰とみなす〟とこうです」

「うちが東京―仙台間の免許を申請して五年もほったらかされたのは、反対者がいたからなんです。宅急便というのは普通の運送会社と全然違う業種ですけれども、とくに地方の業者は〝ヤマト運輸がきたら怖い、だから反対だ〟と感情的に反対したので、ずっと免許がとれなかった。そのとき、役所のほうは〝反対者を説得して、反対の意思表示を取り下げさせたら、いつでも判を押してやるよ〟とおっしゃった。路線トラックの昭和五十九年度実績では、免許申請百七件、免許六十六件、却下ゼロ、取り下げ二十九件。同じく昭和六十年度では、免許申請百四十四件、免許九十件、却下ゼロ、取り下げ七十八件となってます。運輸省のほうが、同業者の反対があるから見込みはないよ、オレも判を押す気はないよ、一度却下されたら当分は出せないよ、いったん取り下げて時期をみたほうがいいよ、と口ではうまいことというわけです。だけど、実際に申請を出されて困るのは運輸省のほうなんです。却下するだけの正当な理由なんかどこにもないんですから」

「規制緩和やって、免許制が許可制になったら、〝これで申請数は急増する、だから職員を増やさなければやっていけない〟というので、実際に増員しています。それを見て、ある省庁の人は〝運輸省サンはしたたかだね。焼け太りだね〟。パーキンソンの法則じゃないが、役人というのは自分の子分を増やし、勢力を増やし、天下り先を増やすために仕事をやっている。だから私はもう前から〝運輸省無用論〟を主張しているんです」

「今度の法改正で、運輸省はこれまでの経済的規制を緩《ゆる》めて、需給のバランスにはタッチしない、市場原理に任せる、そのかわり社会的規制を強めるといってます。規制緩和して、許可制にしたらいろんな人が参入してきて、役所の目が行き届かないかもしれない。それで運転手が長時間労働をやって居眠り運転したら大変だ、過積み運転の心配もある、だからこの二つはきびしく取り締まらなければいけないという理屈です。問題は、その取り締まりをだれがやるか。本当は過積みの取り締まりなどはわけない。重量計、業界言葉運輸省は自分たちでやる気なんかない。〝事業者団体を指定するから、そこがやりなさい〟でいう〝カンカン〟を百キロおきに国道につくれば一発で姿を消しますからね。しかし、です」

「先頃、運輸省は江川六社の合併申請を簡単に許可しました。東京江川がデタラメな債務保証をやって、四千億とか五千億の債務を背負っていてとても返せないということで、東京江川のほかに大阪江川、北陸江川、愛知江川など六社で合併申請したんです。その申請内容を見たら、合併後の十年間で債務は全額返済できる、今後十年間の売上高に対する経常利益率は一七パーセント、と書いてあるので驚きました。これは運送屋の常識では考えられない数字です。運輸省の統計でも、運送業者の経常利益率はだいたい四パーセントが平均値なんです。片一方の法律では、業者に対して〝適正利潤以上だったら運賃の変更命令を出す〟といいながら、江川が〝経常利益一七パーセント〟といったら、〝結構ですね、それで借金を返せますね〟全然つじつまが合ってない。ただ、今度国会に出した行政手続法では、私が〝届出とは官庁に書類が着いたことをもって効力を発生する〟という一項目を入れてもらいました。これがそのまま通れば、運輸行政の許可制はかなり変わるかもしれない。許可基準を具体的に示せ、事務処理期間を一年以内にしろ、事務処理期間をはっきりと確約しろ、口頭での行政指導はダメだ、要求があるなら文書にしろ、という内容ですから。だが、おそらく役人はものすごく抵抗してくるでしょうから、この法律も骨抜きにされる可能性は大ですね。いまの霞が関というのは本当にひどい。〝省益あって国益なし〟というが、最近は省益どころか局益です」

正に永年、運輸省を相手に闘い続けてきた者でなければ語ることのできない告発である。インタビューを終えて〝利権行政への挑戦〟と酒田真は次のように倉田を称揚し運輸省をきびしく指弾した。

造船疑獄、武州鉄道事件、大阪タクシー汚職、ロッキード、それに今度の江川急便と、日本の汚職にはほとんど運輸省がからんでいる。その意味で、疑獄史は運輸疑獄史といってもいいくらいである。運輸省が最大の許認可官庁であることにその原因があるが、そうした利権臭がつきまとう運輸行政に倉田さんは真っ向から挑戦してきた。

〝ヤマトには政治力なんかない。あっても使いたくない〟という倉田さんは〝運輸省なんか要らない〟とも発言して、周囲をハラハラさせてきたのである。

しかし、今度の江川急便事件の発覚で、ヤマトの行き方こそが賞讃されなければならないものであることがはっきりしただろう。

コスモスや江川の〝政治力〟行使作戦がスキャンダルにつながるのであり、それを防ぐためにはどうしたらいいか。倉田さんはズバリと語っている。あるいは、運輸官僚たちはこれによってまた〝ネコいじめ〟をやるかもしれない。そうしたら、こちらも執拗《しつよう》に運輸省批判を続ける。それが倉田さんの〝勇気〟に応える道だと思うからである。

第九章　流通革命

1

ヤマト運輸の開発した新商品は、顧客のニーズないしクレームが出発点になったケースがほとんどだ。ヤマト運輸側からすればサービスの質をより高める、ということができよう。いわば、初めにサービスありきである。

昭和五十八（一九八三）年にスタートした〝スキー宅急便〟と昭和五十九年に営業を開始した〝ゴルフ宅急便〟は前者の典型例である。

〝スキー宅急便〟は、一年前の昭和五十七年十二月に長野支店が〝スキー手ぶらサービス〟と称して、スキー用具の輸送サービスを始めたのが発端である。

長野支店が扱う〝宅急便〟の主力は、特産のりんごであった。りんごのシーズンは十一月と十二月だ。わさびやわさび漬も含めて平成元年時点で月間百万個以上を扱うまでに伸びたが、昭和五十七年ごろはまだ荷物が少なかった。

県内の営業所を含めて、SD（セールス・ドライバー）たちは、荷物をいかに確保するかに腐心していた。

長野支店は国道一八号線に面しているが、昭和五十七年十二月上旬の某日昼食時に、支店の前を通過していくスキーバスを見やりながら、若いSDがつぶやいた。

「スキーの板とザックをクロネコで運べないかなあ」

同僚のSDが応じた。

「汽車や電車でスキー用具を運ぶ人もいると思うが、当人も大変だけど、ほかの乗客に迷惑かけるよな。スキー用具の〝宅急便〟化はたしかに考えられるよ」

「スキーシーズンは一月から三月なので、需要期が〝宅急便〟のピーク時にぶつからないこともいいよねぇ。猫も杓子《しゃくし》もスキーをやる時代で、スキー人口は増える一方だから、トライしてみる価値はあるんじゃないか」

SDたちは支店長の越野和行に、自分たちのアイデアを話した。

越野は消極的だった。

「スキー用具のサイズがネックにならないかねぇ」

「板のサイズはほぼ一定してますから、システム化しやすいんじゃないですか」

「大雪のときに車両を走らせるのは危険もあるしなぁ」

「チェーンを巻いても走れない大雪なんて、めったにありませんよ。スキーヤーの立場に立ってみるとスキー用具を運ぶのは骨が折れますから、確実に需要は伸びると思うんです」

　SDたちは一歩も引かなかった。

　越野はかれらの熱意に押されて折れた。

「本社とも連絡を取るが、とりあえずホテルからスキーヤーの自宅までの片道でやってみよう。ネーミングは〝スキー手ぶらサービス〟とでもするか」

〝スキー手ぶらサービス〟は特に女性のスキーヤーに好評だった。しかし、往路でホテルの駐車場まではバスや自家用車が運んでくれるが、駐車場からホテルまで板とザックを運ぶのがひと仕事だ。雪でキャスターは用をなさない。

　スキー客は、往復の宅配をSDたちに求めた。

　越野は、こんどもなかなか首をタテに振らなかった。

「吹雪のときはどうなるかを考えてみろ。最悪の場合、山の上のホテルに人力で運ばなければならない。きみたちそこまで考えてるのか」

「大丈夫です。やりましょう。帰りだけの片道なんて中途半端なことはよくないですよ」

　越野は、不承不承うなずいた。

　結果は上々だった。

長野支店の報告を聞いた営業推進部は、テストのエリアをひろげようと考え、山形、新潟両支店にも〝スキー手ぶらサービス〟を呼びかけた。

昭和五十七年十二月から昭和五十八年四月までの五ヵ月間に三店が路線扱いで〝宅急便〟に準じる形態で運んだスキー用具は一万七千百九十三個に及んだ。

スキーヤーにとどまらず、ホテルやスキー場の観光業者もスキー用具の持ち運びに頭を悩ませていたので、テストの反響は小さくなかった。

この結果をもとに〝スキー宅急便〟と名づけた新サービスがシステム化され、営業を開始したのは昭和五十八年十二月一日だ。

〝スキー宅急便〟のサービスエリアは〝宅急便〟サービスエリア内の全国四百二十六ヵ所のスキー場からスキーヤーの自宅までと、自宅からスキー場までとし、料金はスキー板、ザックとも〝宅急便〟Mサイズと同額（カバー代は二百円）。

〝スキー宅急便〟が全国的に展開した初年度（昭和五十八年十二月〜昭和五十九年三月）の取扱い個数は、二十五万四千五十四個に達した。予想以上の好スタートである。

〝スキー宅急便〟二年目の昭和五十九年十二月は、新潟地方を中心に記録的な豪雪に見舞われた。

この年、日本列島は記録的な寒波に襲われ、東京地方の降雪日数二十九日は、気象庁始まって以来の新記録である。

猛烈な吹雪でリフトが動かなくなったスキー場も少なくなかった。

〝スキー宅急便〟も苦戦を強いられた。

越野の不安が不幸にも的中してしまったことになる。

高速道路の閉鎖や道路の除雪作業の遅れなどで業務が混乱、スキー用具がスキー場に遅れて到着し、顧客に迷惑をかける事件が新潟地方を中心に続出した。

ヤマト運輸は社員に正月休みを返上させて、全国規模で応援部隊を動員し、可能な限りの対応に当たったが、この豪雪が教訓となり、以後、事務所施設の増設、基地の新設・整備など数々のサービス改善策が実行された。

わけても倉田社長の〝鶴《つる》の一声〟で開発された特装車（雪上車）は、〝スキー宅急便〟に大きな威力を発揮することになる。雪上車は三年目の昭和六十年十二月一日に八両導入された。どんな大雪でも、キャタピラ付の雪上車は走り回ることが可能なのだから、それも当然だ。

さらに三年目のスタートに当たって〝スキー宅急便〟の到着情報が、各着点で事前に確認できる情報システムが開発された結果、正確な業務が行なわれるようになった。

また、昭和六十三年度からシステムの改善によって、コンピュータによるプレー日入力や保管報告が実施されたため、顧客に対するサービスが著しく向上したのである。

長野支店が〝スキー宅急便〟がらみで開発したものの一つに板用のビニール製包装資材が

あげられる。

私鉄系列のホテルが宿泊客を対象にスキー板を運んでいたが、〝スキー宅急便〟と区別する必要に迫られたことが、その動機づけになった。

ちなみに〝スキー宅急便〟の取扱い個数の推移をみると、昭和五十九年度四十万五千八百七十個、六十年度六十七万四千四百十六個、六十一年度八十六万五千二百九十一個、六十二年度百二十一万六千二百十三個、六十三年度百五十五万九千六百二十個、平成一年度百六十八万四千三百五十七個となっている。

昭和五十九年四月一日から営業を開始した〝ゴルフ宅急便〟も、クロネコの新サービスとして各方面から注目された。

顧客のニーズを本社の営業推進部が汲《く》み上げて商品化した。

ゴルファーにとって、キャディーバッグ（ゴルフバッグ）の持ち運びほど厄介なものはない。

営業推進部の高田修一が主として担当したが、高田たちは、ゴルフ場が顧客（ゴルファー）との間に介在する特異性を考慮して、まず全国一千三百二十八ヵ所のゴルフ場にアンケート方式で取扱いを依頼した。その結果、取扱いを拒否したゴルフ場は約一〇パーセントに過ぎなかった。

キャディーバッグは〝宅急便〟のサイズに合わないばかりでなく、横積みができない。このため専用ボックスパレット（運搬車）、専用ケースの開発などが不可欠であった。

また集配サービスがゴルフ場に限定されるので、ゴルフ場の要求に沿ったシステムをつくらなければならない。

営業開始までに、これらの点をクリアし、〝ゴルフ宅急便〟の内容を次のように決めた。

▽取扱い品目＝キャディーバッグ、ボストンバッグ。

▽サービスエリア＝〝宅急便〟エリア内の所定のゴルフ場と自宅の間。

▽サービスレベル＝〝宅急便〟と同一。ただしプレー前日に必着。

▽料金＝〝宅急便〟Mサイズ扱い。

▽取扱い＝専用ケースを使用。ただしケースは別売り。

▽作業＝専用ボックスパレット（運搬車）の開発と使用。

▽情報＝ゴルフ場向け発送に限り、着店時に「〝ゴルフ宅急便〟到着情報」を出力、万一現品が配達前日までに着店がなければ、ただちに捜索態勢をとるシステムを確立。

テレビコマーシャルの影響も加わって、スタート月三万個の取扱い個数が、十月は十万個を突破する大ヒット商品になった。

問題は、首都圏のゴルフ場を中心に、週末に殺到するキャディーバッグの山を見て、ゴルフ場側がその管理と対応に悲鳴をあげたことだ。

ヤマト運輸とゴルフ場側で改善策を協議した結果、以下のシステムに改善された。

①プレー前日のみ届ける（早く到着したものは会社で保管）。
②時間指定配達、到着の事前連絡も可能な限り行なう。
③保管のための専用ボックスをゴルフ場に提供。
④ゴルフ場への到着時の着払いの禁止。
⑤引取り後の事故を含めトラブルの責任はヤマト運輸が負う。
⑥極力取扱い店契約を締結するほか、必要に応じ特別の契約を結ぶ。

〝ゴルフ宅急便〟はブームを呼び、初年度の昭和五十九年度で九十一万四千百四十四個、六十年度百六十万三百七十五個、六十一年度二百二十万七千九百六十五個、六十二年度三百十二万四千二百四十五個、六十三年度三百八十三万五千五百十五個、平成一年度四百六十四万三千六百四十六個と高い伸長率で増え続けている。

2

「発泡スチロールの荷物が可哀相だ……」

そんな倉田のつぶやきが、〝クール宅急便〟開発のきっかけになった。

〝宅急便〟で扱う荷物の五〇パーセント近くは食料品である。従来、生鮮食料品の鮮度を落とさずに荷物を運ぶためには発泡スチロール製容器にドライアイスや保冷剤を入れて輸送されていた。

〝フレッシュ24〟〝フレッシュ48〟などによるヤマト運輸のサービスも、この域を出なかった。しかし、これでは鮮度の保持に限度がある。

倉田は昭和五十九年の夏ごろ、東京のターミナル（集配センター）を視察したとき、荷物の三分の一近くが発泡スチロール製容器であることを眼《ま》の当たりにした。

そして思わず、口を突いて出た言葉が、昭和六十年四月の経営戦略会議（倉田社長、鈴木専務ら在京役員で構成）で「〝宅急便〟に保冷機能を付加した運輸システムの開発」を新テーマとして掲げる方針の決定へと発展する。

経営戦略会議で①生産者や商店から個人向けに送られる商品を対象に考える②どんな荷姿でも送れるサービスとする③品物に適したいくつかの温度帯で輸送する④出荷元に対しいま以上の手間をかけさせない⑤いつでもどこでも利用できるサービスとする――の基本方針が決定した。

営業推進部が受け皿になって、メーカー各社と接触を開始したのは同年七月ごろである。最大の課題は温度帯をどうするかだ。

5度C（冷蔵）と0度C（氷温）の二温度帯しか考えられない、とメーカー側は主張した。

営業推進部長の吉富敬二（四十五歳）、同部宅急便課長の加瀬享（三十九歳）なども、メーカー側の意見に与《くみ》した。

当初の段階ではマイナス18度Cの冷凍温度帯は思いもよらず、夢のまた夢だったのである。

しかし、倉田はマイナス18度Cを加えた三温度帯に固執していた。だいいちメーカー側のいいなりになる必要がどこにあるのか、二温度帯ではせっかくのサービスも完璧《かんぺき》なものにならない、なぜ端《はな》から諦《あきら》めなければならないのか、と倉田は考えていた。

マイナス18度Cに挑戦する価値はある、と倉田の熱き思いをどこで聞いたのか、芙蓉《ふよう》銀行の紹介で、ベンチャービジネスのコルコ（本社中央区京橋）が営業推進部にアプローチしてきたのは秋ごろのことだ。

コルコの杉岡社長は、大胆な発想を示して吉富、加瀬たちを驚かせた。

それは、冷気送り込み方式ないし内部冷却方式ともいうべき方法で、マイナス18度Cの厚い壁を突き破れるという驚異的な提案であった。

「ひと口で言えば、発泡スチロールのケースに小さな窓を取り付けて、そこに冷却した鉄の棒を差し込み、荷物を内部で冷やす仕組みです。鉄棒を冷やすエネルギーは電気です」

吉富たちはこの提案を受け容れた。

経営戦略会議に諮《はか》って、約二千万円の予算が計上され、コルコに内部冷却方式の開発を依頼した。

試作品は成功したかに見えた。ただしコストを度外視すればの話だ。

発泡スチロールのケースや鉄棒などの装備も含めて、この方式ではコスト高で、赤字が嵩《かさ》むだけだという無残な結果は、吉富たちを打ちのめさずにはおかなかった。

温度管理を二温度帯にするか三温度帯にするかをめぐる議論の決着がつかないままに、昭和六十二年に入ると、倉田は酸素会社を訪問したり、秋葉原の電器街をぶらつくなど冷凍帯への挑戦をたった一人で続けていた。

そして、作業、ハード、営業の三部会から成るプロジェクトチームを設置すべきだと倉田が経営戦略会議で提案したのは同年三月のことだ。

吉富がチームリーダーに指名された。

三部会のリーダーは、作業部会は加瀬、ハード部会は宮本正久（三十四歳）、営業部会は山之内雅史（二十六歳）。

山之内は入社三年目だ。平社員の分際でこんなビッグプロジェクトに関与できるとは僥倖《ぎょうこう》というしかないと山之内は思った。

加瀬も含めて三人とも営業推進部に所属していたため、幹事役ともいうべき作業部会のリーダーに指名されたのだ。

プロジェクトチームは全社的な機構なので、メンバーは現場からもピックアップされた。営業部会は、栗村信夫（北東京主管支店長、四十歳）、上山博喜（関東支社営業課長、四十二歳）、笹崎司朗（千葉特販営業所長、二十九歳）。ハード部会は畑矢作（車両部車両課長、四十四歳）、根本一利（深川工場長、四十五歳）、川平宏（作業改善部作業改善課長、五十二歳）。

そして、作業部会は石垣清（作業改善部運行改善課長、三十七歳）、北口芳夫（事務改善部システム開発課長、三十六歳）、越塚和行（埼玉主管支店長、四十四歳）。

オブザーバーとして労働組合副委員長の鈴木武夫（五十四歳）がプロジェクトチームに参加した。このことは、労働組合も〝グール宅急便〟の開発に前向きなスタンスを取っていたことを示している。

ついでながら、昭和五十九年十月十一日付で労働組合の委員長は、相原進から伊勢幸治に、書記長は山田三郎から松山孝一に交代した。定年退職によって、執行部の若返りが実現したことになる。伊勢も松山も歯に衣着せずストレートにものを言う直言居士で聞こえていた。

余談だが、伊勢は直言居士ぶりが高じて、脳梗塞《のうこうそく》で倒れたことがある。

ヤマト運輸は四月と九月を毎年〝交通事故ゼロ月間〟と定めて、事故撲滅運動を推進してきた。

せめて一年のうち二ヵ月は交通事故をゼロにしたい、というのがSDたちの共通の思いだが、昭和六十二年九月は全国で二件しか事故が発生しなかった。運送会社にとって事故はつきものだから、二件ならゼロまでほんのひと息である。ここまでやれたのだからゼロ達成と発表したいと考えるのも人情だ。

労使懇談会で経営側の担当者がゼロ達成を宣言してしまった。

伊勢は持ち前の正義感で「事故隠しがある」と発言した。

倉田は怒り心頭に発した。

「公式の場での組合委員長の発言は軽視できない。重大に受けとめざるを得ないので、事実関係を厳重に調査するように」と担当者に厳命した。

その結果、降格人事など関係者の処分があり、伊勢を恨む者がいたとしても責められまい。伊勢は心痛による脳梗塞で、入院を余儀なくされた。病状は比較的軽かったので、二ヵ月で退院できたが、このときほど伊勢は懊悩《おうのう》したことはなかった。

しかし、運送業者の本分にもとる事故隠しはあり得べからざることだと伊勢は思っていた。だが、良心に恥じることはないとわが胸に言いきかせながらも、後味の悪さはいつまでもしこりとなって伊勢の胸に残った。

倉田はこの一件を総括してこう述懐している。

「会社で情報をいちばん多く持っているのは誰かと言えば、決して社長ではない。なぜなら、悪い情報は絶対社長のもとにあげられてこないからだ。悪い情報は、えてして労働組合に集まる。だから私は、労働組合に『きみたちは私の大事な神経だ。会社が病気になったとき痛みを伝えてくれるのがきみたちだ。だから会社がうまくいってなかったら必ず伝えてくれ』というようになった」

3

毎週金曜日に本社五階の会議室で開催される経営戦略会議に、吉富たちは何度となく出席を求められたが、末席の山之内は書記役だった。

吉富たちが経営戦略会議に提案した二温度帯に対して、倉田は首をタテに振らなかった。

「きみたち、発想を思い切って転換させてみたらどうだ」

倉田の発言をメモに取りながら「社長、それはないですよ」と山之内は胸の中でつぶやいたものだ。

事務屋の山之内がそんなふうだから、技術屋の畑はもっと深刻に表情を歪《ゆが》めている。倉田の前で、畑はさかんに首をかしげるだけだったが、プロジェクトチームのハード部会では「社長の言っていることは理想論に過ぎんよ。無理なものは無理なんだ」と発言している。

特に畑の場合、車両課長の立場が加わる。メーカー側との接点にいるので、一層、冷凍帯には悲観的にならざるを得なかった。

〝宅急便〟の車両をほぼ全面的にセントラル自動車に依存している関係で、ヤマト運輸はこの時点で、新商品の開発をセントラル自動車グループに依頼する方針を固めていた。

プロジェクトチームは、セントラル自動車特装部の原野部長、芝田課長、国宮係長、日東電装冷房技術第一部の鍋山次長、須々木同部設計十課長、木下係長、東京支店営業部の山辺係長、アコラ車両企画室の岩崎部長、荒川課長、岸山係長、大野係長、製品企画室の高村主査、松山係長、藤安室員らと、ひんぱんにミーティングを行なった。日東電装もアコラもセントラル自動車の系列企業である。

「なんとか二温度帯で押し返そう」

これがハード部会の結論だった。

吉富も了解し、「輸送の最適温度と許容温度について」と題するレポートを経営戦略会議に提出したが、それでも倉田は首をタテに振ってくれない。

三月上旬の経営戦略会議で吉富、加瀬、宮本たちは臆《おく》することなく二温度帯を主張してやまなかった。

「二温度帯でも顧客のニーズを満たせると思います」

「三温度帯ですと開発費が嵩みますから、採算ベースに乗せられないことも考えられます。リスクがあまりにも高いということにならないでしょうか」

「それ以前の問題として、冷凍食品を扱っているのはスーパーマーケットだけで、需要が少ないことが気がかりです。全国展開にどれほど時間がかかるかわかりません」

倉田がうつむき加減にぼそっと言い返した。

「たしかに、冷凍帯の需要は少ないな」

プロジェクトチームの面々はホッとして顔を見合わせたが、次の瞬間、一同の表情に失望の色と緊張感が戻った。

「吉富のレポートにも冷凍食品はスーパーにしかないと書いてあったが、それは流通ルートがないからだろう。いまは少ないが、手段があれば需要はついてくるんじゃないのかね」

吉富も加瀬も言い返せなかった。

畑は、身内のふるえを制しかねた。

二温度帯でゴーサインが出るはずだとセントラル自動車グループ側に予断を与えていたからだ。

「きみたちのスタンスはおかしいと思うなぁ。初めから冷凍帯をギブアップする必要がどこにあるのかね。三温度帯でいこう」

これが経営会議の結論だった。

畑は、さぞやセントラル自動車グループの面々が落胆するだろう、と思い遣《や》ったが、サイは投げられたのだ。ここは心を鬼にして、かれらと接触しよう、とわが胸に言い聞かせながら日東電装東京支店に電話をかけ、山辺を呼び出した。

「二温度帯は否定されました。三温度帯でお願いするしかありません」

「まさか……」

「トップの経営決断ですから」

「現場の人たちがなんと言いますかねぇ」

「否も応もないんです」

「とにかく現場に伝えます」

翌日、愛知県からセントラル自動車グループの関係者が大挙して上京してきた。

原野、鍋山らの技術者たちは口々に言いたてた。

「SDの作業が非常に難しくなると思います」

「三温度帯になりますと、従来の一・二五トンの集配車では無理です。搭載するキャビネットが大型化しますから少なくとも二トン車でなければ……」

「作業性の問題、温度管理など技術上の問題、コスト上の問題等からみて、失礼ながら三温度帯は賢明な選択とは言えないと思います」

「開発費は百億円以上になると見込まれます」

畑や宮本はたじたじとなりながらも、「ぜひ三温度帯に挑戦してください。セントラル自動車グループで手に負えないということですと、ほかの会社にお願いしなければなりません」と、突き放した。

開発費が百億円以上と聞いて倉田の気持ちも揺れた。しかし、ゴーサインが変わることはなかった。

開発グループは、集配車に搭載するコールドケース（キャビネット）を棺桶《かんおけ》式にするか観音開きのライティングテーブル型にするかで議論が分かれたが、冷媒の効率性を考慮してライティングテーブル型に決まった。

コールドケースの最深部を冷凍温度帯にし、上部に蓄冷剤室を設ける。向かって手前の右側は冷蔵温度帯、左側は氷温度帯だ。容量は約千リットル。高さは一メートル七十センチ（うち蓄冷剤室と冷凍帯は七十センチ）、幅は蓄冷剤室と冷凍帯部分が五十五センチ、冷蔵帯と氷温帯部分は九十センチ。

一方、ターミナル間を運行する大型トラックに多数搭載される冷蔵庫コールドボックスは高さ一メートル七十五センチ、幅はタテヨコ各一メートル十センチで、容量は千五百リットル。

幾多の曲折を経たが、なんとひと月後の四月七日にはコールドケースとコールドボックスの仕様書が経営戦略会議に提出された。

宅配便ダントツに相応《ふさわ》しいスピードぶりである。

仕様書を食い入るように見つめていた倉田が面を上げて、隣席の鈴木に話しかけた。

「やっと終わったね。システム的にはいちばんシンプルな方法になったんじゃないかな」

「ええ」

鈴木が感慨深げな面持ちでうなずいた。

鈴木自身もそうだったが、倉田が三温度帯にゴーサインを出すまで気持ちが揺れないはずはなかった、と思わずにはいられなかった。

営業推進部時代も、プロジェクトチームがスタートしてからも、倉田はマイナス18度Cに固執し続け、これをドロップするとは一度として口にしなかった。しかし、開発費が嵩み、採算ラインに乗るまで時間がかかることに思いを致せば、悩まないほうがどうかしている。

〝クール宅急便〟の開発で結果的に百五十億円もの膨大な資金を投じることになるが、経営トップとしてプロフィット（利潤）の追求を第一義的に考えるとすれば、三温度帯はあり得なかった。

初めにサービスありきの姿勢をつらぬくに際して、倉田がどれほど苦悩したかは察して余りある――。

宅配便のダントツであり続けることに、倉田は執念を燃やし、そして決断したのだ。

こうした感慨は、吉富以下のプロジェクトチームのメンバー全員に共通したもので、終始強気な姿勢を取り続けながらも、倉田の気持ちの揺れは痛いほど汲み取れたのである。吉富のレポートが逆効果をもたらしたとも考えられる。倉田をして、マイナス18度C（冷凍帯）に駆り立ててしまったのではなかったろうか。

会議室を退席しようとする吉富たちを、倉田が呼び止めた。

「きみたち、きょうのことは部外秘だぞ。当分の間プロジェクトチーム限りにしてくれ。まだ同業他社には知られたくないからな」

みんながハッとするほど倉田の表情は厳しかった。

ボックステスト、キャビネットの模型作りなど機材の開発が五月の連休を返上して続けられた。

4

昭和六十二年六月二日（火曜日）は、プロジェクトチームのメンバーにとって、生涯忘れ得ぬ日になった。

この日、東京地方は小雨が降り、この季節には珍しく梅雨寒《つゆざむ》のように肌寒かった。

午前十時を過ぎたころ、銀座二丁目の営業所前に二トンの集配車が横づけされた。

発泡スチロールやら材木やらの資材も大量に運び込まれた。

スリードア冷蔵庫と同一の機能を備えたコールドキャビネットを搭載した一号車が、とにもかくにも完成寸前のところまで漕《こ》ぎつけていたのである。

プロジェクトチームのメンバーと、セントラル自動車グループの関係者二十人ほどが息を呑《の》んで見守る中、倉田が姿を現したのは午後一時過ぎである。

倉田は車内に入って、コールドキャビネットなどを熱心に点検した。

「通路が狭過ぎないかなぁ」

「奥が深過ぎるような気がする。もっと奥行きを浅くしたほうがいいんじゃないか」

「入口を広くしたほうが作業しやすいよねぇ」

「蓄冷剤を入れる場所は横に広がるとムダなスペースを取るんじゃないのか」

「ここをもう少し下げれば、書類を載せられるかな」

「この空間はデッドスペースだ。もったいないよなぁ」

「パイプで手摺《てすり》を付けて、棚板を付ければドライもそこに積めるかねぇ。しかし荷崩れで危険かぁ」

「そうか、5度帯に常温品を混載しても構わないわけか」

倉田はこんなことをつぶやきながら、小一時間も、狭い車内を動き回った。

メモを取りながら山之内はなんだか胸が熱くなった。

こんな社長がいること自体不思議でならない。

「社長、お時間が」

秘書に促されて、倉田は名残惜しそうに集配車の周りをぐるっと一回りしてから、待たせてある専用車に乗り込んだ。

所用で外出の時間が迫っていたのである。

倉田の意見を容れて、プロジェクトチームと開発チームは翌日も発泡スチロール製キャビネットの模型の改良に傾注した。

5

〝クール宅急便〟が社内発表されたのは、六月十五日である。もっとも、〝クール宅急便〟のネーミングが決定したのは、ひと月以上も後のことだ。

プロジェクトチームで議論している過程でさまざまな案が出された。

〝フレッシュ宅急便〟〝ゴールド宅急便〟〝ゴールド冷凍宅急便〟〝新鮮宅急便〟〝グルメ宅急便〟〝ぴちぴち宅急便〟〝うめえー宅急便〟〝いきいき宅急便〟〝おいしさまるごと宅急便〟〝ひえーる宅急便〟〝ふーど宅急便〟〝クリスタル宅急便〟

「食料品が荷物のすべてとは限らないぞ。化粧品やフィルムが入ってくることもカウントしなければ……」

誰かが言い出し、食料品だけをイメージしたネーミングを外して、営業部会リーダーの山之内が何度となく、社長室に足を運んだ。

「ううーん」

「ぴんとこないねぇ」

「もっといいのないのか」

「ちょっとねぇ」

倉田は首を左右に振り続けた。

社内アンケートをやってみよう、ということになり、全国の社員百五十人を無作為に抽出して、アンケート用紙を配布した。

その結果が〝クール宅急便〟であった。

「アンケートの結果、〝クール宅急便〟が最も多く、四〇パーセント近い得票でした」

「わかった。いいだろう」

倉田は六回目でやっとOKを出した。ただ倉田は一部の側近に「〝クール宅急便〟かねぇ」と胸のうちを事前に明かしていた。アンケートの結果を聞いて、うなずくのも当然である。

クール料金はPサイズが二百円、Sサイズ三百円、Mサイズ六百円とし、一般宅急便運賃に加算されることで、ネーミングも含めて七月二十四日に決定した。

八月一日を期して一部の地域を対象にテスト販売をスタートさせることに決まり、プロジェクトチームは、セントラル自動車グループの開発チームと共同で、集配車の走行テストを繰り返し続けた。

百四十秒走行して、四十秒エンジンを止める。その間、冷気を逃がさないためにはどうあるべきか。ドアの中にカーテンを入れてみよう――。運転席向けのクーラーを荷物に回そう――。荷物優先の基本方針にSDたちも協力してくれた。

改良を重ねてエアコンプレッサーを二基備えることになるが、テスト販売では一基だった。

八月一日は土曜日だったが、プロジェクトチームの面々は、埼玉県戸田の北東京主管支店、品川区八潮の南東京主管支店、江東区枝川の東京主管支店の三ターミナルに分散して仮眠室に泊まり込んだ。とりあえずサービス地域を東京二十三区に限定した結果である。

仙台、長岡、千葉、横浜、厚木、静岡、阪神、岡山の八地区三十二センターで、〝クール宅急便〟の集配車が一日の夕方までに集めた荷物が一日の夜、クールボックスを搭載した大型トラックに移されて、二日の朝までに三ターミナルに運ばれてくる。

畑と宮本は北東京主管支店で待機していた。セントラル自動車や日東電装など開発チームの担当者も、一日から〝クール宅急便〟の第一便車を待ち受けた。

仙台の笹《ささ》かまぼこも、八戸の鮮魚も、鮮度は保たれたまま、その日のうちに集配車で利用者に配達された。

北東京主管支店だけが集配車のコールドケースに温度センサーを取り付けて温度管理に関するデータの収集に努めた。

また、集配車のマイナス18度Cの冷凍温度帯に午前九時から三時間半の間、紙容器入りの小さなアイスクリームを六個入れて実験したところ、冷気の強い奥のほうは問題なかったが、手前の二個はやわらかくなっていた。

エアコンのコンプレッサーで冷媒の冷気を送る仕組みだが、コンプレッサーを二基取り付けることなどによってこの問題もクリアできた。

八月一日に運ばれた〝クール宅急便〟は百四十八個に過ぎなかったが、二週間で千九百個を扱った。

九月に苫小牧《とまこまい》、十月に北九州とサービスエリアをひろげ、十二月から関東の一都六県に拡大し、昭和六十三年三月までの八ヵ月のテスト販売期間中に十万七千個の〝クール宅急便〟を取り扱った。

困難な夏場に三温度帯を克服し、〝クール宅急便〟による保冷輸送のテスト販売は大成功を収めたことになる。

ただ、厳冬期の北海道で、思わぬ経験をさせられた。

静岡や愛媛から札幌、帯広、釧路《くしろ》、北見などに運ばれたみかんが冷凍化してしまうのである。

冷やすことに夢中で、そこまで考えがめぐらなかったのである。冷凍品はまったく問題がない。しかし、5度Cの冷蔵温度帯と0度Cの氷温度帯は、外気の気温が低いために冷凍品になってしまう。ドライ、すなわち常温品も然《しか》りだ。

倉田流に言えば「みかんが可哀相」ということになる。

しばれる北海道の寒気では、逆にヒーターを取り付けて温める必要に迫られた。

ともあれ〝クール宅急便〟の第一年度（昭和六十三年四月〜平成元年三月）の取扱い実績は六百六十三万個、二年度は一千九百万個に及んだ。

昭和六十三年七月には主要ターミナル（札幌、埼玉、北東京、東京、静岡、大阪、長岡の七ベース）に低温仕分け室を設置し、作業性を向上させた。

〝クール宅急便〟の反響の大きさは、プロジェクトチームの予想をはるかに超えていた。

夏の中元セールで売れなかったハムやサーモンが飛ぶように売れるようになったのは、〝クール宅急便〟のおかげである。

百貨店、スーパーなど新しい大口クライアントの獲得が進み、夏場に限らず、四季を通じて需要が落ちないのだから、〝クール宅急便〟の威力はもの凄《すご》い。

昭和六十三年七月まで全国の九四パーセントをカバーできる態勢が整った。

さらに驚くべきことが生じた。

あの丸越までが〝クール宅急便〟を利用させてほしい、と頭を下げて頼んできたのだ。平成六年になってからだが、プロジェクトチームを取り仕切った吉富は取締役関東支社長になっていた。吉富は丸越の担当役員の訪問を受けたとき、倉田にそのことを報告した。

「ふうーん」

「ノーとは言えませんよねぇ」

「もちろん、来る者を拒むいわれはない」

倉田は表情を変えなかったが、昭和五十四年二月に訣別《けつべつ》してから十五年ぶりに取引が再開されたのである。感慨がなかろうはずがない。

宅配便業者で0度Cの氷温度帯で〝クール宅急便〟に追随したところはあるが、マイナス18度Cに挑戦し、成功したのはヤマト運輸一社だけで、世界的にも例をみない。

〝クール宅急便〟は〝スキー宅急便〟などのように顧客のニーズやクレームによって誕生したのではない。〝宅急便〟の開発がそうであるように、トップダウンで実現したサービスであることは、疑いを入れない。

セントラル自動車グループの協力なくしてこの開発は不可能だったが、〝クール宅急便〟の車両だけでも一万五千両以上がセントラル自動車に発注されている。開発の苦労は充分報いられたことになる。

〝おいしさ、活きてる、クール宅急便〟のPRちらしに、〝最適庫内温度システムで、おいしさしっかり、全国配達〟の惹句《じゃっく》に続いて、次のような説明文が認《したた》められる。

6

クール宅急便は、お預かり～仕分け作業～配達といった全行程において、徹底した管理を貫いています。そのバックボーンとしてあげられるのは、保冷機材、蓄冷剤をはじめとするさまざまな最新設備です。

配達先がご不在の場合でも、ご安心ください。再配達まで、温度帯別に責任をもって保冷保管。また夜間（午後六時～八時）のお届けも行なっています。起こり得る全《すべ》ての事態を考慮して、きめ細やかなシステムで。

登場以来、確実に伸長しているクール宅急便ならではのサービスです。

おかげさまで、クール宅急便は着実にマーケットを拡大し、流通革命とさえ呼ばれるほどの実績を重ねてきました。また、パーフェクトな保冷輸送のため、各種設備投資にも随時努めています。たとえば、保冷機材搭載の車両はスタート当初に比べ二・五倍の増強を図り、一九九二年末現在、約一万台。私たちヤマト運輸の熱意をあらわす数字でもあります。おいしさや鮮度をそこなうことなく、いつもスムーズな配達を実現するクール宅急便。日本中の〝おいしさ〟を全国津々浦々へ——確かなノウハウでお届けします。

〝流通革命〟を豪語するに値することは、昭和六十三年のN新聞年間優秀製品賞を受賞したことでも証明された。

平成元（一九八九）年二月三日付のN産業新聞は、〝開発責任者は語る〟の見出しで、吉富の談話を掲載した。

宅配便で送られている荷物の四五％が食料品。その半分は家庭で冷蔵庫に入れることが必要なものだ。我が社では年間六千万個が要保冷の荷物になる計算だ。従来は発泡スチロール容器と蓄冷剤を使って輸送していたが、不便な上、温度管理も万全ではない。各家庭、個人の商店を中心に「温度管理が完全にできる宅配商品を」との要望が強まっていた。

すべてが一からの勉強だった。最初は「なぜ食品を冷やすのか」「温度帯をいくつに分けるのがいいのか」というところから始まった。

食品にはそれぞれ適温がある。冷凍食品はマイナス15度C以下、魚介類は零度C、乳製品は5度C以下といった具合だ。東京・秋葉原の電器街で全家電メーカーの冷蔵庫のカタログをかき集めて、適温を研究した。

「一温度、二温度で十分ではないか」という意見もあった。しかしグルメ（美食）ブームになり「一温度、二温度では時代の波に乗り遅れてしまう」との意見を容れて温度帯を三つに分けることにした。

次は保冷手段の問題だった。全国の千の営業所に大型冷蔵庫を設置することにしたが、集配車はそうはいかない。一般貨物との共同車にしなければ集配効率が落ちるからだ。狭いスペースをどうやり繰りするか、電源をどう確保するか。自動車、電器メーカーを交えて検討を重ねた。大変だったのが現場の教育だ。食べ物を扱うだけに細心の注意が必要になる。教育用ビデオを作成し、各地で説明会を開いた。初めは「手間がかかる」と反対する声も現場にはあった。

一九八八年四月から全国で営業を始めた。七月の取扱い個数は百七十万個、心配された冬場も、十二月には二百万個を記録した。当初目標を四百万個上回る年間九百万個の突破は確実だ。今のところ企業、商店の利用が圧倒的だが、一般家庭の需要も喚起していきたい。

このネットワークを使ってアイスクリームなどの乳製品を全国に売り出した酪農業者もある。このシステムを考えて使う利用者もでてきたわけでいいサービスが新しい需要を生み出す好例といえよう。

7

前後するが、倉田は昭和六十二年六月四日から十日ほど米国に出張した。

帰国後ほどなく、鈴木を社長室に呼んだ。

「僕は会長になる。あとをよろしく頼む」

倉田はかねがね六十二歳社長定年説を唱えていた。つまりそれはヤマト運輸の内規になっていたのである。

鈴木は、この十六年間、倉田社長を補佐し女房役に徹してきた。

「光栄に存じます。微力を尽くします」

考えてみれば、〝宅急便〟生みの親である倉田は創業者と変わるところがない。

父親の倉田康三郎がヤマト運輸の創業者だが、大口貨物を切り捨てるなど父親が起こした事業を否定することによって、今日のヤマト運輸が存在するとすれば、倉田は数多《あまた》の二代目経営者とは画然と異なる存在である。

鈴木がナンバー2であることには違いがないとしても、専務と社長ではプレッシャーがまるで違う。経営執行権が社長にあるとすれば、なおさら、その重圧が軽かろうはずはない。

しかし、〝創業者〟の会長がバックアップしてくれることの安心感はなにものにも代え難い。

ヤマト運輸は六月二十八日に開いた定時総会後の取締役会で、倉田の代表取締役会長就任と、鈴木の代表取締役社長昇格を決めた。

増資を重ね八月には、資本金が二百十六億二千万円になった。社員は約二万八千人。〝宅急便〟がヤマト運輸を大企業に押し上げたのだ。

鈴木はバブル経済期に社長になったため、〝宅急便〟取扱い個数も飛躍的に伸びた。半期で初めて一億個を突破したのは昭和六十二年九月だが、昭和六十三年度の年間取扱い個数は三億四千八百七十七万三千個である。驚異的な伸長率だ。

鈴木のリーダーシップで〝宅急便〟の値上げを決めたのは六十三年十一月である。

値上げ問題が社内で検討され始めたのは七月ごろだ。

しかし、倉田は値上げ自体に消極的だった。

「荷物を他社に取られる心配をしなくていいのか」

「〝宅急便〟はサービスの質が違います。SDなど現場に過重な負担がかかってますから、社員も思い切って増やす必要があります。そのためにも、百円値上げすべきと考えます」

「百円とすれば、三億個として三百億円の増収になる。運輸省が認可してくれるとは考えにくいな」

「大口取引先は、半年、一年と時間をかけてお願いするわけですから、一挙に三百億円の増収にはなりません。運輸省とのネゴは、わたしがやります」

「気がすすまんなあ。シェアを落とすことだけはしたくないな」

「わたしにまかせてください。万一シェアを落とすようなことになったら責任を取ります」

「きみがそこまで言うんじゃしょうがないかなぁ」

倉田は不承不承OKを出した。

ついでに五年ぶりに〝宅急便〟のモデルチェンジを実施しようということになった。

Pサイズ（百センチメートル、十キログラム）、Mサイズ（百二十センチ、二十キログラム）の三段階制から六十サイズ、八十サイズ、百サイズ、百二十サイズの四段階制へのモデルチェンジである。

六十サイズは、六十センチメートル、二キログラム、八十サイズは八十センチメートル、五キログラムで、百サイズは従来のSサイズ、百二十サイズは同Mサイズだ。

郵便小包との比較などを考慮して、〝小さいものはより安く〟という新機軸を打ち出したことになる。六十サイズは従来のPサイズより百円安くし、六百円とすることで郵便小包とほぼ同じレベルにした。

八十サイズの料金は八百円、百サイズは千円、百二十サイズは千二百円。従来のP、S、Mに比べて各百円の値上げである。

運輸省は当初、宅配便は一般消費者の生活に欠くことのできない商品なので、百円の値上げは社会的影響が大きい、との理由で難色を示した。

しかし、鈴木はヤマト運輸の経営状態をねばり強く訴え、また〝宅急便〟のサービスがいかに同業他社より優れているかを力説して、運輸省の内諾を取り付けた。

事前の根回しが功を奏し、平成元年九月二十六日付で申請し、十月二十日付で運輸省の認可が取得できたのである。

値上げによるマイナスの影響も軽微であり、シェアは伸びこそすれ、低下することはなかった。

平成元年十一月二十九日に目黒の八芳園で開催された創立七十周年記念式典の披露パーティで倉田が鈴木に声をかけた。

「杞憂《きゆう》に終わってよかったなぁ。きみの経営判断は間違ってなかった」

「ありがとうございます。内心は夜も眠れないほど心配だったんです」

鈴木は晴れ晴れとした表情で答えた。

平成元年九月三十日付でヤマト運輸の資本金は四百十二億一千八百万円に増資されていたが、十二月一日現在で〝宅急便〟のエリアは伊豆大島、奄美《あまみ》大島などを加えて人口比カバー率は九九・九パーセント、面積比では九九・五パーセントに達した。平成元年度の〝宅急便〟取扱い個数は四億一千百二十五万七千個を記録した。

ヤマト運輸は、尽きることない挑戦によって、ダイナミズムを失うことなく快進撃を続けている。

たとえば平成六年度（平成六年四月〜平成七年三月）の宅急便取扱い実績をみると、次のようになっている。

▽〝宅急便〟総個数＝五億九千七十六万六千四十個（前年比一〇七・七パーセント）▽〝クール宅急便〟＝六千二百二十九万九千百四十六個（一一九・三パーセント）▽〝宅急便タイムサービス〟＝九百三十万四千九百六十四個（一三四・五パーセント）。

ちなみに同社は〝宅急便システム〟で平成二年十一月に日本科学技術連盟石川賞受賞の栄誉に浴した。

参考資料

『大和運輸五十年史』　大和運輸株式会社社史編集委員会
『ヤマト運輸70年史』　ヤマト運輸株式会社社史編纂委員会
『宅配便戦争』　日経産業新聞編　日本経済新聞社
『これがクロネコヤマトだ！』　倉石俊　ダイヤモンド社
『斎藤砂上句集』　大和運輸文化会俳句部　鶴俳句会
『現代』　１９９３年４月号　特集官僚王国解体論　佐川事件の共犯者「運輸省の大罪」　小倉昌男
佐高信
『新事業の戦略的展開　宅急便の開発戦略・経営者の考え方について』　ヤマト運輸（株）取締役会長　小倉昌男　社会経済国民会議・調査資料センター

解説

佐高　信

「倉田はシャイというか、無類の照れ屋である。倉田ほど理路整然と話す男を鈴木は知らないが、伏眼がちに、うつむき加減に話すことが多い。ところが〝小口便〟だけはそうではなかった。相手の眼をとらえて離さず、ほとばしるような熱情を込めて迫った。こんな倉田に接したことはついぞなかった」

クロネコヤマトの宅急便の創始者、小倉昌男をモデルとしたこの小説に、こんな場面があるが、作者の高杉良は本人に一度も会っていない。しかし、見事にここで小倉の人物像を浮かびあがらせている。私は三度ほど会ってインタビューしており、その一度分はこの小説の中に「酒田真」との対談として出てくるが、小倉はまさに「シャイな男」で、とても「運輸省なんか要らない」という過激な発言をした人とは思えない。

小倉ほど、いわゆる〝お役所仕事〟に改革を突きつけた男はいないだろう。「行政改革」のリード・オフ・マン（一番打者）だが、しかし、宅急便で国鉄（現ＪＲ）や郵便局の官業を食ったこの人の意欲は衰えることなく、「次のターゲットは郵政省」と言って、信書も自分たちにやらせろ、と迫っていた。

なぜ、そこまで小倉はミリタントになれるのか。それを高杉は骨太のドラマにしているわけだが、あるとき、小倉は私のインタビューに答えて、こう言っていた。

「声なき声っていうのは、案外あるんですよ」

それを確信しているからか、運輸省を批判する言葉は激しくても、口調はあくまで穏やか。

「しかし、運輸省とかの厭がらせが、さまざまな形であるんじゃないですか」

と尋ねると、小倉はこう答えた。

「それは免許とか許認可事務を遅らされたり、細かいことはありますよ。向こうも『運輸省なんかいらない』と公言されれば、おもしろくないでしょう。よく運輸省にあれだけ楯突いて、ちゃんと商売していられますねと言われますが、それは悪口を公然と言っているからです。公然と言わないで、直《じか》に運輸省に向かって言ったら、つぶされてしまう。公然と言うから、世論が味方してバックアップしてくれる。それを僕は計算しているわけです。だから、公然と言うのは、つぶされないための一つの作戦なんですね。

取材に応じて、運輸省というのはこんなにケシカラン役所だと言い、それが記事になれば、運輸省の人はますます怒るけれども、簡単にはウチを叩きにくくなるでしょう」

この小説には、小倉昌男だけでなく、父親の康臣ら、魅力的な人物が登場する。中でも忘れがたいのは、クロネコマークの図案をつくった斎藤砂上である。俳人としても著名な斎藤は、しかし、大変な酒飲みだった。

　まだ康臣が社長だった時に、このマークはつくられたのだが、喜んだ康臣が、専務の中野に、

「斎藤のやつ、見どころがあるとは思ってたが、再入社一年目で、こんなでかい仕事をしてくれるとはねぇ。大ホームランをカッ飛ばしてくれた。このマークは大和運輸のシンボルとして永遠に輝いてくれるんじゃないかな。役員会にはきみから報告してくれ。意匠登録は急いだらいい。斎藤を呼んでくれんか」

　と言っても、斎藤は席にいなかった。

　近くの蕎麦屋で、一人だけで祝杯をあげていたのである。

「やっと現れたか」

　と社長に言われたのは、呼ばれて一時間半も経ってからだった。昼なのに顔も赤い。

　それでも、まだマシだったと、高杉はこう描写している。

「飲み出すと止まらないほうだし、からみ酒でほとんど酒乱に近いが、相手がいなかったのと手元不如意で、ビール一本で収まったのは奇蹟に近い」

　もちろん、康臣もそれはわかったが、咎めはしなかった。低頭する斎藤に、

「ところでキャッチフレーズのほうはどうだ。きみなら〝ケアフル・ハンドリング〟をどう訳すかね」

と聞く。

「平仮名で〝まかせてあんしん〟というのはどうでしょう」

と斎藤は答え、

「いいだろう。それでいこう」

ということになって、斎藤は褒美をもらった。当時の斎藤の月給をはるかに上回る金額の金一封である。

背広を買えと言われたのだが、それも酒に消えてしまった。

砂上は俳号で、本名は武志。その再入社を斡旋したのは、やはり俳人の蒲生光秀だった。

しかし、五十二歳で砂上はこの世を去る。

俳句の師の石塚友二が遺句集に「哀しき砂上」という文を書き、「菊白き空生くるとは耐ゆること」という砂上の句を引きながら、

「戦中戦後を通じて、砂上は、右の句の意を体して、生くるべく耐えに耐えた。東京で二度戦火に焼かれ、逃れ寄った仙台で三度目の戦火に焼かれた。そして、戦後は胸部疾患に見舞はれて、十年近い闘病生活をしなければならなかったが、砂上は耐え抜いたのである。それにしても意外な陥し穴が開いてゐたものである。健康を取戻して約十年、さまざまな起き伏しの道を辿りながらも、一応、生活的に、また家庭的にも安定した五十代に差しかかって間もなく、呼吸器官閉塞といふ、自殺にも等しい死を遂げようとは」

と嘆じている。

第六章〝クロネコ〟の挿話の斎藤砂上にこだわりすぎた解説になってしまったかもしれない。

最後に、最近出されてベストセラーとなっている小倉昌男著『小倉昌男　経営学』（日経ＢＰ社）から、「経営リーダー10の条件」を挙げよう。

1. 論理的思考
2. 時代の風を読む
3. 戦略的思考
4. 攻めの経営
5. 行政に頼らぬ自立の精神
6. 政治家に頼るな、自助努力あるのみ
7. マスコミとの良い関係
8. 明るい性格
9. 身銭を切ること
10. 高い倫理観

これを具体的なドラマとして高杉はビビッドに描いているのだが、『小倉昌男　経営学』の「あとがき」の小倉の次の言葉も、それを裏づけるものとして、私は引いておきたい。

「あえて言わせてもらうと、金融機関のリストラについては、釈然としないものがある。バブル時代の残滓を整理するために、何千億円という特別損失を計上できたということは、本来、非常に儲かっていたということだと思う。預金にはゼロに等しい金利しか払わず、弱い企業への貸付金を強引に引き上げ、最終的には公的資金を受け入れて存続を図った責任は重いものがある。利用者の不満もはかりしれないであろう。金融機関の経営者は、リストラをする前に自らの責任を明らかにすべきではないだろうか」

|著者|高杉 良　1939年東京都生まれ。専門紙記者、編集長を経て、1975年『虚構の城』でデビュー。以後、企業小説・経済小説を次々に発表する。作品に『あざやかな退任』『生命燃ゆ』『管理職降格』『小説日本興業銀行』『懲戒解雇』『辞令』『人事権！』『濁流』『金融腐蝕列島』等がある。また、『高杉良経済小説全集』（全15巻・角川書店）も刊行されている。

挑戦《ちょうせん》つきることなし　小説《しょうせつ》ヤマト運輸《うんゆ》

高杉《たかすぎ》 良《りょう》

講談社文庫

定価はカバーに
表示してあります

2000年３月15日第１刷発行

発行者――野間佐和子

発行所――株式会社 講談社

東京都文京区音羽2-12-21　〒112-8001

電話 出版部（03）5395-3510
　　 販売部（03）5395-3626
　　 製作部（03）5395-3615

デザイン―菊地信義

製版――豊国印刷株式会社

印刷――豊国印刷株式会社

製本――株式会社大進堂

Printed in Japan

落丁本・乱丁本は小社書籍製作部あてにお送りください。送料は小社負担にてお取替えします。なお、この本の内容についてのお問い合わせは文庫出版部あてにお願いいたします。（庫）

ISBN4-06-264826-1

講談社文庫刊行の辞

二十一世紀の到来を目睫に望みながら、われわれはいま、人類史上かつて例を見ない巨大な転換期をむかえようとしている。

世界も、日本も、激動の予兆に対する期待とおののきを内に蔵して、未知の時代に歩み入ろうとしている。このときにあたり、創業の人野間清治の「ナショナル・エデュケイター」への志を現代に甦らせようと意図して、われわれはここに古今の文芸作品はいうまでもなく、ひろく人文・社会・自然の諸科学から東西の名著を網羅する、新しい綜合文庫の発刊を決意した。

激動の転換期はまた断絶の時代である。われわれは戦後二十五年間の出版文化のありかたへの深い反省をこめて、この断絶の時代にあえて人間的な持続を求めようとする。いたずらに浮薄な商業主義のあだ花を追い求めることなく、長期にわたって良書に生命をあたえようとつとめるところにしか、今後の出版文化の真の繁栄はあり得ないと信じるからである。

同時にわれわれはこの綜合文庫の刊行を通じて、人文・社会・自然の諸科学が、結局人間の学にほかならないことを立証しようと願っている。かつて知識とは、「汝自身を知る」ことにつきていた。現代社会の瑣末な情報の氾濫のなかから、力強い知識の源泉を掘り起し、技術文明のただなかに、生きた人間の姿を復活させること。それこそわれわれの切なる希求である。

われわれは権威に盲従せず、俗流に媚びることなく、渾然一体となって日本の「草の根」をかたちづくる若く新しい世代の人々に、心をこめてこの新しい綜合文庫をおくり届けたい。それは知識の泉であるとともに感受性のふるさとであり、もっとも有機的に組織され、社会に開かれた万人のための大学をめざしている。大方の支援と協力を衷心より切望してやまない。

一九七一年七月

野間省一

講談社文庫 最新刊

渡辺淳一
失楽園 上下
絶対愛を育んだ大人の男女の命削る性愛への讃歌。人間の根源を問うベストセラー大作！

新芥川賞作家
藤野千夜
少年と少女のポルカ
男が好きなトシヒコと女になりたいヤマダ。芥川賞作家が軽やかに描く新感覚の青春小説。

乙川優三郎
霧の橋
刀を捨て商人として成功した男。だが、夫婦の心に揺らぎが。第七回時代小説大賞受賞作。

吉村達也
金田一温泉殺人事件
温泉好きの志垣警部のもとに届いた一通の殺人予告。東北の観光地で連続殺人が発生した。

折原一
新津きよみ
二重生活
私を裏切った男と侮辱した女は許せない――夫婦合作のめくるめく多重心理ミステリー。

東海林さだお
平成サラリーマン専科
〈トホホとウヒョヒョの丸かじり〉
笑って乗り切れ平成不況。爆笑と涙を誘い、心のふところを温めます。文庫オリジナル！

澤地久枝
時のほとりで
戦争の痕《あと》を辿《たど》る旅、出逢った人々。心臓手術を控えた日々、心に湧き上がる熱い思いを綴る。

江波戸哲夫
新入社員 船木徹
今どきの「新人」、「上司」がよくわかる！ 会社の荒波に揉まれる人々の葛藤を描く企業小説。

金谷多一郎
金谷多一郎のバーディ・コーチングブック
日本一の教え上手がコースで貴方にアドバイス。100が切れ、1ラウンドで元が取れます。

森村誠一
完全犯罪のエチュード
新宿、高層ビルの谷間にうごめく人間の業に牛尾刑事が挑戦する完全犯罪六つの事件簿!!

柳田邦男
いのち
〈8人の医師との対話〉
「自分の死を創る時代」の終末期医療とは。患者の人間性復権を求める医師の情熱に迫る。

講談社文庫　目録

田辺聖子　宮本武蔵をくどく法
田辺聖子　どんぐりのリボン
田辺聖子　春情蛸《たこ》の足
田辺聖子　ほのかに白粉《おしろい》の匂い
田辺聖子　私本・イソップ物語
田辺聖子　蜻蛉日記をご一緒に
田辺聖子　不倫は家庭の常備薬
田辺聖子　ぼちぼち草紙
田辺聖子　『源氏物語』の男たち〈ミスター・ゲンジの生活と意見〉
田辺聖子　『源氏物語』男の世界
田辺聖子／岡田嘉夫・絵　源氏たまゆら
田辺聖子　おかあさん疲れたよ(上)(下)
田辺聖子　ひねくれ一茶
田辺聖子　「おくのほそ道」を旅しよう〈古典を歩く11〉
田辺聖子　「東海道中膝栗毛」を旅しよう〈古典を歩く12〉
田辺聖子　薄荷草《ペパーミント・ラヴ》の恋
立原正秋　夢のあと
立原正秋　剣と花(上)(下)
立原正秋　永い夜

立原正秋　その年の冬
立原正秋　空蟬《うつせみ》
谷川俊太郎訳／和田誠絵　マザー・グース　全四冊
谷川俊太郎　ぺ
高橋三千綱　涙
高橋三千綱　平成のさぶらい
立花隆　田中角栄研究全記録(上)(下)
立花隆　中核VS革マル(上)(下)
立花隆　日本共産党の研究　全三冊
立花隆　文明の逆説〈危機の時代の人間研究〉
立花隆　青春漂流
立花隆　同時代を撃つ〈情報ウォッチング〉I〜III
田中光二　アッシュ―大宇宙の狼
立原えりか　でかでか人とちびちび人
立原えりか　小さな花物語
立原えりか　朝ごとの花束〈小さな童話集〉
立原えりか　タマネギ色のなみだ
立原えりか　月あかりの中庭
立原えりか　木馬がのった白い船

立原えりか　蝶を編む人
立原えりか　赤い糸の電話
立原えりか　わたしとおどってよ白くまさん
田原総一朗　総理を操った男たち〈戦後財界戦国史〉
田原総一朗　メディア・ウォーズ〈テレビ仕掛人たちの興亡〉
田原総一朗　世代交代の嵐〈トップ交代の現場〉
武田泰淳　司馬遷―史記の世界―
高杉良　虚構の城
高杉良　大逆転!〈小説三菱・第一銀行合併事件〉
高杉良　バンダルの塔
高杉良　懲戒解雇
高杉良　労働貴族
高杉良　広報室沈黙す(上)(下)
高杉良　会社蘇生
高杉良　炎の経営者(上)(下)
高杉良　小説日本興業銀行　全五冊
高杉良　小説巨大証券
高杉良　社長の器
高杉良　祖国へ、熱き心を〈東京にオリンピックを呼んだ男〉

高杉　良　大合併〈小説第一勧業銀行〉
高杉　良　その人事に異議あり〈女性広報主任のジレンマ〉
高杉　良　人事権！
高杉　良　濁流〈組織悪に抗した男たち〉(上)(下)
高杉　良　小説消費者金融〈クレジット社会の罠〉
高杉　良　小説新巨大証券(上)(下)
高杉　良　局長罷免―小説通産省
高杉　良　首魁《しゅかい》の宴《うたげ》〈政官財腐敗の構図〉
高杉　良　指名解雇
高杉　良　燃ゆるとき
高杉　良　挑戦つきることなし〈小説ヤマト運輸〉
多岐川　恭　仙台で消えた女
高柳芳夫　プラハからの道化たち
谷沢永一　大国・日本の「正体」
高橋源一郎　さようなら、ギャングたち
高橋源一郎　ジェイムス・ジョイスを読んだ猫
高橋克彦　写楽殺人事件
高橋克彦　浮世絵鑑賞事典
高橋克彦　倫敦《ロンドン》暗殺塔

高橋克彦　悪魔のトリル
高橋克彦　総門谷
高橋克彦　北斎殺人事件
高橋克彦　歌麿殺《さつ》贋《がん》事件
高橋克彦　バンドネオンの豹《ジャガー》
高橋克彦　聖豹紀《ジャガー・センチュリー》〈バンドネオンの豹〉
高橋克彦　蒼《あお》夜叉《やしゃ》
高橋克彦　浮世絵ミステリーゾーン
高橋克彦　広重殺人事件
高橋克彦　北斎の罪
高橋克彦　総門谷R阿黒篇
高橋克彦　総門谷R鵺(ぬえ)篇
高橋克彦　総門谷R小町変妖篇
高橋克彦　1999年〈対談集〉
高橋克彦　星封陣
高橋克彦　炎立《ほむら》つ　壱　北の埋み火
高橋克彦　炎立つ　弐　燃える北天
高橋克彦　炎立つ　参　空への炎
高橋克彦　炎立つ　四　冥き稲妻

高橋克彦　炎立つ　伍　光彩楽土〈全五巻〉
高橋克彦　小説家〈直木賞作家になれるかもしれない秘訣〉
高橋克彦　見た！世紀末〈対談集〉
高橋克彦　白妖鬼
高橋克彦　書斎からの空飛ぶ円盤
高橋克彦　こいつがないと生きてはいけない
高橋　治　秘伝
高橋　治　夜光貝岬
高橋　治　うず潮のひと
高橋　治　さすらい波太郎〈房州沖純情〉
高橋　治　さすらい波太郎〈相模湾慕情〉
高橋　治　さすらい波太郎〈再会遠州灘〉
高橋　治　男波女波(上)(下)〈放浪一本釣り〉
高橋　治　名もなき道を(上)(下)
高橋　治　人間ぱあてい
高橋　治　花と心に囲まれて
高橋　治　星の衣
高橋義夫　闇の葬列〈広沢参議暗殺犯人捜査始末〉
高橋義夫　メリケンざむらい

講談社文庫　目録

講談社文庫　目録

講談社文庫　目録

藤堂志津子 目醒《めざ》め
藤堂志津子 彼のこと
藤堂志津子 絹のまなざし
藤堂志津子 せつない時間
藤堂志津子 さようなら、婚約者
藤堂志津子 白い屋根の家
藤堂志津子 海の時計(上)(下)
藤堂志津子ほか 誘惑の香り
豊田行二 秘書室の殺人
鳥羽亮 剣の道殺人事件
鳥羽亮 警視庁捜査一課南平《なんぺい》班
鳥羽亮 広域指定127号事件〈警視庁捜査一課南平班〉
鳥羽亮 刑事魂〈警視庁捜査一課南平班〉
鳥羽亮 切り裂き魔〈警視庁捜査一課南平班〉
鳥羽亮 三鬼の剣
鳥羽亮 隠《おぬ》猿《ざる》の剣
鳥羽亮 鱗光の剣〈深川群狼伝〉
鳥越碧 雁金屋草紙
鳥越碧 後朝《きぬぎぬ》〈和泉式部日記抄〉

東郷隆 大砲松
東郷隆 架空戦記 信長〈覇王の海〉
東郷隆 続・架空戦記 信長〈覇王暗殺〉
戸塚真弓 パリ住み方の記
戸塚真弓 パリからのおいしい旅
富岡多恵子 「とはずがたり」を旅しよう〈古典を歩く9〉
戸田郁子 ソウルは今日も快晴〈日韓結婚物語〉
ドリアン助川 湾岸線に陽は昇る
夏目漱石 こころ
夏樹静子 天使が消えていく
夏樹静子 黒白の旅路
夏樹静子 ガラスの絆《きずな》
夏樹静子 誤認逮捕
夏樹静子 二人の夫をもつ女
夏樹静子 ベッドの中の他人
夏樹静子 砂の殺意
夏樹静子 遠ざかる影
夏樹静子 家路の果て
夏樹静子 国境の女

夏樹静子 最後に愛を見たのは
夏樹静子 女の銃
夏樹静子 駅に佇《た》つ人
夏樹静子 そして誰かいなくなった
夏樹静子 クロイツェル・ソナタ
中井英夫 虚無への供物
永井路子 「平家物語」を旅しよう〈古典を歩く7〉
長井彬 原子炉の蟹《かに》
中津文彦 黄金流砂
中津文彦 山田長政の密書
中川靖造 海軍技術研究所〈エレクトロニクス王国の先駆者たち〉
南條範夫 細香日記
南條範夫 天保九年の少年群
南條範夫 初恋に恋した女《ひと》〈与謝野晶子〉
長尾三郎編 サハラに死す〈上温湯隆の一生〉
長尾三郎 マッキンリーに死す〈植村直己の栄光と修羅〉
長尾三郎 古寺再興〈現代の名工・西岡常一棟梁〉
長尾三郎 魂を彫る〈鑿《のみ》に賭けた大仏師父子の「心の王国」〉
南里征典 成城官能夫人

2000年3月15日現在